CONSTELADO

千 里 远 景 ， 如 在 尺 寸 之 间 。

KHAKI TOWN

棕蛇酒吧

[澳]朱迪·纳恩 Judy Nunn 著
赵雯 译

中国工人出版社

献给我的哥哥罗伯特·纳恩

怀念你，罗伯

本书取材于麦克·罗伯茨的故事“罗斯河热病”

目 录

序 言

1964年

房间东北方向响起敲门声。坐在窗边办公的他，期待地抬起头，他已知晓通报来访之人。

门开了，未全敞开，只是半开着，秘书把头探进来，“肯尼迪参议员来了，总统先生。”

总统从椅子上起身，笔直地站了起来，腰板挺直。他身材魁梧，身高约六英尺三英寸，形象威严。对此，他深知熟谙。

“好的，好的，请进。”他用得克萨斯腔说道。

秘书把房门打开，肯尼迪走进房间，随后秘书一言不发地离开房间，把身后的门关上，门锁发出轻微的咔嗒声。

“罗伯特……”总统绕过办公桌，伸出手，面带微笑地向年轻人问候，“很高兴见到你，非常开心你能来。”

“总统先生。”肯尼迪虽有点紧张，但还是用稚气的微笑回应。他身高近六英尺，但与总统相比，无论是身高还是体格都相形见绌。

林登·贝恩斯·约翰逊亲切地指着桌旁来宾一侧两把扶手椅中的一把，说：“请坐。”椅子正对南面飘窗，俯瞰白宫草木成荫的绿地。

博比坐了下来。他喜欢这里的景色。过去他常常坐在其中的一把椅子上，单独和哥哥在总统椭圆形办公室里共饮一瓶苏格兰威士忌，谈论政治之外的事情，以逃避每天令人窒息的压力。他突然感到一阵悲伤袭来。天呐！他好怀念杰克。

“我想我们可以一起喝点，”林登一边指着面前桌上那瓶烈酒和两个酒杯，一边弯下魁梧的身躯坐到另一把扶手椅里，“我们一起举杯来纪念一下你哥哥，怎么样？”

博比吓了一跳。林登猜到了他的想法？这是在表示同情吗？真是这样，那就太奇怪了。他带着嘲讽的语气对自己说。没听说林登这么敏锐啊。

林登继续热情洋溢地说着，年轻人对立的情绪并没有扰乱他的兴致。“我知道我们并不总是和谐一致，罗伯特……”他说着，拿起那瓶未开封的烈酒，撕开了酒封。

一切尽在不言中，博比想。

“这一刻我很想和你一起分享。”林登拿起一个酒瓶给两人各倒了一大杯深棕色烈酒，酒瓶上的商标博比并不认得。酒的颜色与其说像苏格兰威士忌，倒更像白兰地。“这一刻我也想和你哥哥分享，”他边说边把其中一杯递给博比，“这一刻是为了怀念约翰，我知道他有多在意这事儿。”

两人站在那里，举着酒杯。博比静待着随之而来的解释。

林登高声说道，“我放在那儿了，”他戏剧性地用手指了指放在桌子中央的文件——《1964年民权法案》终版。他停了一下，以达到进一步的戏剧性效果。“我将签署这些文件，《1964年民权法案》明天将成为法律。我想你和我在此时应该一起敬你哥哥一杯。”

博比对这种反常的慷慨行为感到困惑，林登很少把功劳归结于他人。虽然这个人还是以他一向傲慢的姿态说出这个声明，但博比还是被莫名打动了。他怎么可能不感动呢？这个举动非常大度。

“总统先生，您考虑得非常周到，”他说，“确实非常周到。这的确是杰克非常关注的一项立法。”

“你也一样，”林登说道，“我敢说我们三人都很关注。”他举起酒杯，“为《民权法案》和约翰干杯。”

“为《民权法案》和约翰干杯。”他们碰了碰杯，一饮而尽。

烈酒刺喉，博比喘了喘。“老天，这到底是什么酒？”他问道，低头凝视着杯中之物，就连气味都散发出威胁。

“是啊，相当浓烈，是吧？”林登赞同道，“不过，会让你越来越喜欢的。澳洲人通常把它同姜汁汽水加冰块，现在同可乐一起喝，我更喜欢喝纯的。”他又喝了一大口，“够劲儿。”

“澳洲人？”博比有些困惑不解。

“是的，没错，澳大利亚人。”林登拿起酒瓶，给自己又倒了一杯，“这是班达伯格朗姆酒，来自遥远的澳大利亚昆士兰，”他边说边向博比展示酒瓶上的商标，“太平洋战争期间，我在那儿服兵役，这是送给我的礼物，我已经随身携带了二十多年，只为等待合适的时机来喝。好吧，我想合适的时机就是此时此刻。我给你倒满？”他拿着酒瓶。

博比急忙说：“不用了，谢谢。”他真希望能兑些加冰的可乐，“我就先喝这些吧。”他的兴致被吊了起来，想知道林登葫芦里到底卖的什么药。他要告诉我他在太平洋服役时发生的事儿吗？他真的以为我会信吗？

博比又试着抿了一口朗姆酒，不知道该如何回答。这些年来，他和杰克经常谈起林登的军功，并对此不以为然。道格拉斯·麦克阿瑟将军本人亲自为他颁发了英勇作战的银星奖章。

“整件事都是胡搞，”杰克向弟弟吐露道，“我听说林登驾驶B26轰炸机自愿作为观察员参加了前往新几内亚的空袭任务。他的飞机并没像报道说的被击中，而是因发电机故障而折返。至少我听说是这样的。飞机从未到达目的地，也从未遭遇炮火袭击。一些人甚至说，官方飞行记录显示，在飞机靠近目标并遭到炮火袭击时，林登的飞机已被记录返回了空军基地。”

在许多知情人士看来，林登·约翰逊参了军，但从未服过现役。这在他的官方战争记录里却没有显示。

博比谨慎地回答，“战争期间，杰克也在太平洋服役。”他试探性地说道，不知会把话题引向何处。

“是的，是的，他确实在那服役，”林登友好地点点头并挥了挥手以示赞同，“非常令人尊敬。我的现役只执行了一次任务，但真相是，在这项特殊任务中，我被派往澳大利亚，执行远比战斗更重要的任务。任务目的时至今日仍处于保密之中，”他补充道，尽管周围无人，他还是压低声音，以进行密谋的方式用食指轻敲鼻翼，

"这个目的与我们刚刚为《民权法案》的干杯有异曲同工之处。这就是为什么我决定打开这瓶班达伯格酒，和你分享故事的原因，罗伯特。"

博比现在来了兴致。看来林登并不是要吹嘘他所得到的嘉奖和他那可疑的战争记录，而是要说些完全不同的东西。

林登举起酒杯，博比也跟着举杯，两人又抿了一口朗姆酒，庆祝这一刻难得的友情。

"我被叫到这间办公室时，比你现在的年龄还小几岁，"林登继续说道，"那是1942年，当时我听命于罗斯福总统，艾森豪威尔将军当时也在场，只有我们三个人。那实际上是我第一次见到艾克。我进来时，他就在这儿，在总统椭圆形办公室里。总统亲自为我们引见，真是荣幸之至。正如你所知，"他补充说，"艾森豪威尔将军负责协调美方太平洋战争战略，麦克阿瑟将军则在战场上指挥部队。"林登面露微笑，既有点儿谦逊，也有点儿自嘲，但没有引起什么效果，"作为一名年轻的国会议员，你可以想象，单独与罗斯福总统和艾克将军在一起，我多少有点惶恐。"

但他根本没有被吓到。他意识到这一刻的重要性，一个上帝赐予的事业晋升机会。年轻的林登·贝恩斯·约翰逊雄心勃勃、壮志凌云。

事实证明，我是对的，不是吗？他现在充满自豪地回想。想想看，三位美国总统齐聚，就在这个房间里！嗯，当时我们当中的两人并不知道我们会成为总统，他有点儿自鸣得意，但事后看来，三巨头齐聚确实令人难忘。

林登仍能历历在目地回想起那次会面的每一瞬间。

富兰克林.D.罗斯福说："议员先生，有项任务要交给你。"他摇着轮椅从办公桌后面出来，示意两人坐下，他们坐了下来。"在南太平洋，也就是在澳大利亚，发生了一起相当严重的事件，需要对此进行谨慎调查。调查工作必须由一位极其可靠的政治顾问去完成，林登，我认为你就是最合适的政治顾问。"

这些话对年轻的林登·约翰逊来说犹如仙乐；时至今日，他仍能记得总统说的每个音节和每个细微变化。罗斯福一直是他心目中的英雄，他希望并祈愿有朝一日能与之比肩。那一天到来之时，他想，他名字的缩写也会尽人皆知。

我现在当上了总统，他洋洋自得、心满意足地想着。我真的当上了总统。瞧，我们一家子都凑巧是LBJ，我们每个人的缩写都是LBJ。他妻子儿时的绰号一直是"伯德夫人"（LB）——太巧了！他们给两个女儿取名为琳达·伯德和露西·贝恩斯，他们甚至还养了一只狗，叫小比格·约翰逊。他庄园的名称呢？当然叫“LBJ农场”。袖扣、衣服、烟灰缸和马克杯等家居用品都印有令他自豪的名字的首字母。“LBJ”对世界来说是一个响亮清晰的名号。

“这起事件发生在澳大利亚北部一个叫汤斯维尔的大港口，我们的黑人士兵在那儿出了麻烦。”罗斯福继续说，“如果民众知道，后果将不堪设想。尽管我们的社会还未融合，但军队必须统一战线，黑人和白人士兵肩并肩为我们伟大的国家服务。这就是这起令人不快的事件必须得到彻查的原因。一旦调查完毕，弄清全部真相，我们会采取正确行动，但所有的调查结果都必须严格保密。我们必须铭记，”他略带嘲讽地补充道，“我们要对付的是该死的澳大利亚政府。鉴于他们的种族立场，我相信他们会非常乐意掩盖这起恶性事件。”

林登看上去有点茫然，罗斯福点头示意艾森豪威尔作简短解释。艾克以他一贯直率的方式进行解释。他说，“他们那里有所谓的‘白澳政策’。我们最初提出派遣黑人军队时，他们就说不想要黑人军队。”

“见鬼，”对林登来说，这倒是个新闻，“那我们是怎么说的呢？”

“我们说，不要黑人部队，那就甭想要美国部队！

其他免谈！”罗斯福吼道。

“不用说，他们改口了，”艾克继续说，“但局势仍然紧张。他们需要尽可能多的帮助。他们的大部分军队要么在北非作战，要么在新加坡被日本人俘虏。”

“懂了。我们在那里驻扎有多少黑人部队？”林登问。

“目前有3000多名黑人士兵，”将军回答说，“还有更多的士兵要被派往澳洲，到8月会有7000多名。他们作为工程兵，在太平洋冲突区建造防御和进攻基地所需的简易机场及基础设施。麦克阿瑟充分意识到，他需要一个能让他们尽快离开澳大利亚本土的计划。”

“所以，议员先生，”罗斯福说，“我想让你到那儿去进行调查。出于礼貌，抵达澳大利亚后，你需要知会麦克阿瑟一声，他目前在墨尔本的总司令部，之后你就前往汤斯维尔，到那里去弄清这场混乱局面的真相，直接向我报告。你只向我一人汇报，清楚了？”他和艾森豪威尔对视了一下，艾森豪威尔点了点头，显然两人早已达成共识。

“是，总统先生。”

“把这该死的麻烦压下来，林登，免得惹我们一身腥。”

林登喝完了杯中剩下的朗姆酒，给自己又倒了满满的第三杯。他很喜欢重温很久前的那个场景，他坚信那是他登上顶峰的第一块进身之阶。

“来，罗伯特，继续喝，”他催促道，“你的第一杯酒还没喝完呢。”

“好嘞。”博比顺从地喝完了杯中酒，酒精的刺激作用不那么强了，随之而来是一阵暖热，“它确实让你越来越喜欢，不是吗？”

“确实是，你想知道我为什么单单选中今天来开这瓶酒吗？你想知道1942年的澳大利亚之行和我们刚刚为《民权法案》所做的庆祝之间有何共通之处吗？”他并未期待回答。年轻人的兴趣显然被勾了起来，他的问题也是个反问句。“好吧，我告诉你。”

林登舒舒服服地坐回到椅子里。“罗斯福把我派到澳大利亚去调查种族暴乱，调查结果被列为绝密。我告诉你，时至今日仍未脱密，我也告诉你一些别的事情——少数知情的澳大利亚人非常希望这件事就这样一直秘而不宣。你听说过白澳政策吗？”

“大致知道一点。”博比回答，显然他对这个明显不相干的问题有点困惑。

“国际上并没有正式将其称为白澳政策，”林登承认，“我可以发誓，当地人就是这么叫的，它实质就是这样。这是一项歧视性政策，目的是拒绝所有非白种人进入他们的国家。这是他们在成立联邦议会时通过的第一项立法，被称为《1901年移民限制法》。”他不可思议地摇了摇头，“真的，那些澳大利亚人确实非比寻常，可以说是另类。”

博比满脸疑惑。

“罗伯特，你很清楚，我们一直都在因种族隔离政策而饱受诟病，在某些方面，我们与澳大利亚人没什么区别。我们把黑人隔离起来，不让他们和白人享有同样的好处，认为他们低人一等……”

博比打断他的话：“那是过去的事，现在即将成为过去。”他指了指总统办公桌上那份极为重要的文件。

“没错，”林登表示同意，“我们国家正处于巨大变革的前夕，我认为这也让我们现在的谈话变得特别有意义，我来告诉你原因。在这个文明时代，白澳政策仍然存在。”他洋洋自得地举起酒杯，“就像我说的，那些澳大利亚人是与众不同的另类。”他喝了一大口，接着说，“你想知道我为什么在1942年被派到那里去吗？”

又是一个反问，博比点了点头，尽管他很想听听这个让林登如此热切要分享的故事。这个严防死守的战争秘密到底是什么？

“你去过那里吗，罗伯特？”

“没有。”

约翰逊摇晃着酒杯里深色的酒，聚精会神地看着，想起他初尝“邦迪”酒的情景。这种朗姆酒在澳大利亚被亲切地称为“邦迪”。至少瓦尔是这么告诉他的。他在汤斯维尔只逗留了几天进行调查，但他还记得瓦尔给他这瓶酒时的情景，这瓶酒现在就在他面前的桌子上。

他说：“嗯，我还可以告诉你一些别的事情，特别是关于昆士兰州北部，一个叫作汤斯维尔的地方。”

第一部分

平民百姓

第一章

1942年

瓦尔·卡拉汉注视着酒吧的吧台，惊讶地发现周围人山人海，全是穿卡其制服的士兵。此时是下午四点半，酒吧刚营业，由于啤酒配给，没有必要过早营业。幸好她有巴兹和他在黑市的关系。用不了多久，她就需要他的支援了。

她和年轻的贝蒂和吉尔一起站在吧台后面，帮忙接待涌入酒吧的顾客。这些酒客从敞开的门涌进位于斯托克斯大街和斯图尔特大街交汇的繁忙的街角酒吧。

她一边开着啤酒，一边想，四处都是军人。从棕蛇酒吧这里望去，人们都在外面排队，街上的路人几乎没有平民百姓，到处都是军人。陆军、海军、空军，你能想到的应有尽有，他们都身着卡其色军装。尽管军服的深浅和风格有所不同，但都是卡其色。

变化似乎就发生在一夜之间，瓦尔想。真是不可思议！我们这里变成了一个卡其色的兵镇。

毋庸置疑，军事入侵发生得非常快。汤斯维尔市民以及昆士兰州北部许多其他城区的市民都感到惊慌失措。和北部领地的平民不同，当地居民并未因建立军事禁区而被疏散到南方。昆士兰州北部，那些留下来的人仍像往常一样生活，仿佛太平洋战争与他们无关。

我们根本就没认真想过这些事情，不是吗？瓦尔一边沉思，一边数着一个家伙的零钱，哎，我们真该好好想想！她其实很惊讶，和所有人一样，她竟然也会是如此措手不及。她对自己说，像我这样坚强的女人，在处处是陷阱的生活中摸爬滚打，理应有足够的应对经验与知识。可该死的，只有少数澳大利亚军队驻扎在这里，看他们军训简直是个笑话。妈的，他们穿着短裤和沙滩鞋，身上不穿衬衫，每当一批训练完，就把枪交给下一批，让他们也摸摸武器。难怪我们没把打仗当回事儿。

她从架子上抓起一瓶波旁威士忌，开始给另一个家伙倒酒，一个少校军衔的北佬。瓦尔一边倒一边调笑。瓦尔已经53岁了，总爱卖弄风情。这对生意有好处，而且她知道她可以全身而退。虽然她已有些上了年纪，但很会保养。她一直留着金发，从没露出过一缕白发。她的乳房仍然坚挺，如果她想的话，她还可以玩些花样。但她已金盆洗手了，人生的那部分已经过去了。她现在是受人尊敬的酒吧老板。她已经做了很多年。但积习难改，不是吗？至少瓦尔是这么认为的。

“给你，伙计，”她说着，把少校点的两杯加冰的波旁威士忌酒递给他——他也给朋友买了一杯，瓦尔给了他又一个风情万种的微笑。

当然了，她想，先是新加坡沦陷。紧接着，四天后，他们就轰炸了倒霉的达尔文！是在让我们警醒啊！难怪我们都对老天施加给我们的一切感到恐惧。日本人已经到了我们可怜的家门口了。他们分分秒秒都在逼近。感谢上帝，美国佬来了。

她把贝蒂和吉尔留在吧台，自己在军服涌动的人群中穿梭，收集四处的空酒杯，一边扮演着女老板的角色，一边四下卖弄风情。

看看他们吧，她想，她的目光再一次投向酒吧里的人和窗外街上的行人。当然，有些是澳大利亚兵，但大多数是美国兵。他们已经接管了整个镇子。天哪，还不到三月中旬！

澳大利亚东北部海岸这个沉睡的居住地确实经历了戏剧性的蜕变。在昆士兰州北部地区的所有沿海城镇中，当地人和游客似乎一致认为，汤斯维尔的风景最为秀美。其他沿海城镇当然也有同样的热带风光：郁郁葱葱的棕榈树、榕树和露兜树，令人陶醉的鸡蛋花香，清澈碧蓝的海洋和白沙海滩，但没有哪个城镇能与城堡山和磁石岛相媲美。

汤斯维尔不仅是一张完美展现热带风光的明信片，还拥有旖旎的风光。耸立在居住地上方的城堡山，是一块高950英尺的红色花岗岩，可以从各个角度俯瞰风景。这是一个非常有灵性的地方，当地土著社区称之为库沙灵格社区。距离海岸不到五英里处就是磁石岛，名字很贴切，在变幻的日光下，看起来像在对人招手，如充满希望的天堂吸引着人们。总之，汤斯维尔是个理想的度假胜地，当地人在此轻松休闲地生活，游客视之为世外桃源。

但一切不复存在，今日已不同往昔。游客不再造访，人们现在生活在兵镇。和平已不复存在，汤斯维尔人已从事实中警醒：他们就在火线上。这可把他们吓坏了。

成千上万的部队似乎瞬间就来了，还有源源不断运来的重型设备和堵塞街道的军用车辆，极大地困扰了当地居民的日常生活。接着，军方征用房产：旅馆被征为军官住处；学生被遣散，学校被接管为医院；许多电影院、大厅，甚至那些准备南迁的居民的一些私人住宅都被军队征用。一时间，盟军的营地在植物园、公园和阿姆斯特朗的赛马场拔地而起，到处都是帐篷。当然啦，到处都是美国佬。美国航空兵和地勤人员会驻扎在机场。出于战略考虑，机场将横跨北部，便于美军轰炸机飞往新几内亚。

机场和其他军事基础设施将由美国工程兵修建。这些黑人组成的工程兵由白人军官指挥。这更引起汤斯维尔居民的好奇，他们以前很少见到美国黑人。当然，更没见过这么多黑人涌进城中。

大约一个星期前，伊迪姨妈和瓦尔在火车站，看着黑人士兵从车厢蜂拥而出，她对瓦尔简短地说道："他们和俺们不一样，不是吗?"她们听说又有一火车的美国兵抵达，就到车站来瞧瞧。伊迪姨妈使劲盯着他们，说："一点也不像俺们的士兵，"她不情愿地赞赏道，"他们看起来高大多了，长得还他妈的挺好看，俺不想让俺们的人和他们打起来。"

伊迪姨妈是雅加布卡人，来自更北边的凯恩斯地区，四十多岁的她已经在附近的棕榈岛生活了十多年，她说自己是布卡曼女人。这个词读作"Bwookamun"，棕榈岛上原住民都叫这个名字，意思是"许多部落——同一民族"。

伊迪姨妈喜欢乱说，所以瓦尔听到她对美国兵的评论后哈哈大笑。瓦尔说："好吧，我见过几个，我可以告诉你，伊迪，来我这儿的都是绅士，我们澳洲男孩肯定能从那些美国黑人身上学些规矩，这是肯定的。"

瓦尔并不想让酒吧只对白人开放，况且瓦尔的酒吧还因为棕蛇而广受欢迎。美国种族隔离政策的做法确实已经影响了这里，白人和黑人士兵大多去自己喜欢的休闲场所，但对瓦尔来说，棕蛇酒吧欢迎任何守规矩的人。

事实上，澳大利亚政府对民众不接受黑人军队的担忧是没必要的，至少目前看来如此。当地民众似乎并没像预想的那样，对大量黑人出现在城镇感到不快。然而，澳大利亚官方一致这样认为，所幸太平洋战区的美军总司令麦克阿瑟将军对澳大利亚眼前的局势深为理解。将军明确表示，所有有色人种部队将在"澳大利亚紧急状态结束"后撤离，出于对澳大利亚种族观念的"尊重"，黑人将被派往"远离市中心"的基地。

当然，汤斯维尔就是这样一个基地，位于西部约500英里处的内陆采矿小镇伊萨山也同样是基地。这两个地方都是建造简易机场和军事基地的理想地点，而且的确都"远离市中心"；就伊萨山而言，大部分人认为，那里可能是人迹罕至的最远之处。因此，两个城镇都有如潮水般涌入的美国黑人士兵，他们先期抵达，数量远超白人。他们的任务就是建造基地。

瓦尔在酒吧里转了一圈，把酒杯倒空，让姑娘们清洗。“你们好，兄弟们。”她对刚到的四个美国黑人士兵喊道；他们都是级别最低的年轻列兵，二十出头。她认出了其中一个身材高大叫本的帅哥。本来过酒吧几次，每次都带来一群新朋友。

“嗨，瓦尔。”本回应道。

果然不出瓦尔所料，在本的一个朋友去吧台买啤酒下注时，本把其他人直接带到蛇栏。本自己从未赢过，却想要看朋友赢。

酒吧以蛇栏而闻名，甚至因其而得名，就是这个名字赋予了酒吧既有个性化又受人喜爱的称号。多年以来，新来的人常问：“谁是布朗夫妇?”他们无视招牌中的所有格符号，认为布朗夫妇一定是酒吧老板。他们很快就被告知，“‘browns’指的不是人，是‘brown's’酒吧。”

事实上，这个“brown”指的是蛇——准确地说，是东部棕蛇，有剧毒且极具攻击性。蛇栏实际是个大玻璃围栏，放置在棕蛇酒吧正中央两英尺高的花岗岩基座上。蛇栏看起来更像是装饰性附属物，很像鱼缸，在当地人看来也确实如此，他们很少注意到里面红褐色的爬行动物，它要么在打瞌睡，要么在惬意地滑行。然而，这个蛇栏并不仅仅是为了装饰。任何有胆量的新人要想挑战自我，都可以在酒吧打赌，看他能否在蛇袭击时把手放在玻璃上。瓦尔很乐意接受任何金额的赌注，并以3：1的比例付给赌客。赌注大约为每次5先令，最多1英镑。这个生意对她来说不是笔大买卖，也并未打算依靠它挣大钱。蛇栏为酒客们提供了极好的娱乐，吸引人们前来。

当然也有需要遵守的规则。要从观众中选出一名裁判，这位裁判要站在玻璃围栏的另一边，盯着挑战者，确保他绝不闭眼或看向别处。另选一名裁判站在挑战者身旁，用棍子敲击花岗岩基座，拍打玻璃，从而激怒棕蛇，促使它攻击。在蛇快要攻击时，挑战者要将手平放在与胸部平齐的玻璃上，以吸引蛇的注意力。此外，在裁判的密切注视下，挑战者必须始终与蛇的眼睛保持对视。

蛇的意图自始至终都是显而易见的。一旦成功将其激怒，这条东部棕蛇就会将身体的前半部分从地上水平地抬起，左右摇摆，它脖子扁平，吐着黑色的蛇信，然后蓄势攻击。蛇的身体会垂直立起，露出较浅的奶油色腹部，脖子弯成S形，嘴巴大张。

当蛇在野外发起攻击时，身体会抬离地面很高，因此蛇大多会咬在人的大腿上方。但在棕蛇酒吧，由于围栏已被升高，蛇的攻击就会在接近胸部甚至头的高度。在蛇攻击前的几秒钟，挑战者需要一直盯着它橙黄色巩膜中间的黑眼仁。不用说，这是令人恐惧的经历，没有人能挑战成功，这就是为什么很少会有人下注，而且当地人从不下注。真要是有的话，他就会一直在赌注上输钱。

吧台第一波的忙乱暂告一段落。瓦尔停下来，关注着蛇栏周围。她收了那个年轻人五英镑——一笔数目可观的赌注，美国佬很有钱。现在她看着本的伙伴接受了挑战，眼睛盯着蛇，在蛇开始表现出敌意时把手放在玻璃上。

结果总是一样，不会有意外，她想，今天也不会有。她看着那条蛇竖起身来，欣赏着它拱曲的身体，宽厚的头，令人恐惧的鳞茎状腮帮子和大张着的嘴。她想，太壮观了，真是了不起的动物。

瓦尔喜欢她养的蛇。她在内陆游走的这些年里，已经成为相当有天赋的业余爬虫学家。酒吧后面有几个笼子，每个笼子都有一条大小适中的东部棕蛇，她会定期把小汤姆捉的活老鼠和青蛙喂给它们。小汤姆胆子很大，十三岁，是贝蒂的弟弟。瓦尔从未过度使用过这些动物，她会每周轮换一次。令她惊讶的是，从来没人注意到蛇的不同，甚至都没有人说起过。人们根本不看，不是吗，她想，可能是因为他们根本就不关注。可蛇就是不一样——明显不一样，特别是它们的颜色。东部棕蛇实际上是黑蛇属，颜色有明显差异。她的一条蛇颜色较深，一条较浅，还有一条甚至有些绿，但都是“东部棕蛇”，都很致命且有攻击性。在瓦尔看来，它们都特别漂亮。

接着，蛇以闪电般的速度袭来。本能地——似乎是以一种与蛇相同的闪电般速度——那人把手抽走了。本的伙伴挑战失败。一阵掌声响起，或是为蛇，或是为本的伙伴，或是仅仅为娱乐本身。

是的，总是一样的结果，瓦尔想。当然会是这样，不是吗——人性，就这么简单——我们真的都一样。不管是黑的、白的还是他妈的褐的，我们都一样。她四下看了看为数众多的美国白人士兵。有些人似乎不明白这一点，不是吗？

在本和伙伴们进来的时候，一向善于察言观色的瓦尔感受到了紧张气氛。当然，这几个美国黑人到来之前，气氛就已经有些紧张，这种气氛是从角落里的一群澳洲士兵那里散发出来的。你可以感受到他们对人数远超他们的白种美国佬的敌意。这很正常，她想。他们是嫉妒。美国佬穿着整齐的制服，烧钱给女孩们买更多的东西。哎呀，她以前见过太多了，不是吗？她想，男人争女人，且赌注不均时，总会出问题。她瞥了一眼在酒吧尽头的几个美国白人士兵。但这次？这次完全不同。

她那双青灰色的眼睛，有时会令人感到不安。她紧盯着这群人，观察他们是否有惹出麻烦的迹象。显而易见，他们对美国黑人士兵的到来感到愤怒。从本和伙伴们出现的那刻起，他们就开始不满。当然，他们也没有为蛇的获胜和娱乐活动鼓掌喝彩。

本拍了拍朋友的后背。“下次走运些，萨姆。”他说。萨姆点点头，心虚地笑了笑，额头满是汗珠，煎熬的考验比预想的要难得多。

其他人也一起举杯，四个人喝光了杯中的啤酒。本随后拿起他们的酒杯，又走到吧台前去买酒。

“你好，长官，想要什么，再来一杯？”

年轻的贝蒂面带灿烂的微笑为他倒满酒。二十岁的贝蒂，金发碧眼，特别漂亮。

“是的，谢谢，美女。”本轻佻地咧嘴笑笑，盘算着是否有机会约她出去，“你什么时候下班？”

“别得意忘形，小子，”一个声音吼道，那是一个美国人的声音，显然是南方口音，“别癞蛤蟆想吃天鹅肉。”

他们中的一个人从酒吧的另一端朝本大步走来。“我知道你能来这个地方。”说话的是名中士，“但你不能对白人女孩轻佻，你听到我说的了吗？难道你想像一匹黑色种马一样去找那个女孩吗？”他指了指正在吧台另一头干活的吉尔。

吉尔也很年轻漂亮。她的父亲是英国人，据说她身上有土著的血统。吉尔是伊迪姨妈的女儿。

“嘿，这儿，小姐，”美国人喊道，“你想来这儿给这小子服务吗？”

瓦尔准备出面干预，但事实证明没有必要。

“别，吉尔，不用麻烦了，”贝蒂大声叫道，整个酒吧的人都能听到，“我来给这个帅哥服务。”然后对本说，“你叫什么名字，大兵？”

吉尔对贝蒂露出开心的微笑并竖起大拇指，瓦尔也大声哄笑。她非常为姑娘们感到自豪。她把她们看作女儿，而不是酒吧的工作人员。

“你得小心点，兄弟，”瓦尔对那个美国南方佬喊道，“不然这里没有人愿意给你服务。”

那个美国南方佬悄悄溜回到酒吧的另一端，回去之前，他用极度厌恶的目光看了一眼本，瓦尔也用同样厌恶的目光看着他。

瓦尔想，她会从此失去这群人的光顾，但她一点也不在乎。看着他们喝完酒往门外走，她心想，总算打发走了。我不需要你们的光顾。人就是人，兄弟，无论是黑还是白。她突然觉得很自豪，不仅为姑娘们感到自豪，也为她的酒吧自豪——棕色是介于黑白之间的颜色——而且，她的棕蛇酒吧是真正的中立派，不是吗？面对毒蛇，每个人的表现都一样。

令瓦尔出乎意料的是，人们觉得她的蛇栏非常新奇。她过去遇到许多类似的人蛇赌局。蛇一般带有剧毒且攻击性很强，无论是棕伊蛇还是东部棕蛇。在她工作过的内陆城镇的酒吧里，蛇栏算不上是什么新鲜东西。见鬼，她碰到过一个奇怪的家伙，他甚至不需要在蛇和他之间放一块玻璃，那里赌的是这个家伙能否把蛇放回围栏而不被咬伤。能打这个赌的，一般都是土著人。尽管她不太愿意承认，我想这证明了所有人面对毒蛇时表现得都一样。澳大利亚的黑人土著生来就会耍蛇。当然，他们也被迫如此，不是吗，她想——因为他们吃这讨厌的东西。

在瓦尔工作过的那些偏远小镇里，蛇栏是醉醺醺的矿工们唯一的娱乐。妈的，他们会用两只爬在墙上的苍蝇来打赌，她想：烈酒和赌博，就是他们的全部。那些被困在不毛之地的人只能找些乐子来消遣。这也让我做的生意变成了金矿！

瓦尔·琼·卡拉汉，娘家姓霍尔，一出生就生活艰辛。1889年，她出生于悉尼市内城边上的萨里山，离一排妓院和肮脏的杂货店只有不到50码的地方。母亲是妓女，父亲不详。十三岁，她从伯克街公立学校辍学，开始从事与母亲一样的工作。五年中，她历经两次堕胎和一次流产，后来嫁给来自布罗肯希尔的矿工詹姆斯·帕特里克·卡拉汉。

他们在短短一周内坠入爱河，詹姆斯对他在莱利街妓院发现的18岁妓女非常痴迷，而瓦尔则被将婚姻作为另一种生活方式的想法所吸引。她自此从良，跟丈夫到了布罗肯希尔。1910年，他们的女儿黛西出生。

黛西似乎让这段没有爱情的婚姻有了意义。瓦尔原打算继续做个忠实的妻子，尽管这男人经常把钱赌光，酒醉后偶尔还会揍她。1913年，小黛西感染了严重的白喉病去世了，瓦尔的心也死了。没有黛西的婚姻不再有意义，也断了她对婚姻的执念。

詹姆斯很快便厌倦了无精打采、郁郁寡欢的妻子。一年后战争爆发，他加入了澳大利亚军队，前往遥远的战场去冒险。他甚至根本就没有告诉瓦尔这件事。前一刻他人还在，下一刻人就消失得无影无踪了，留下她独自谋生。

她别无选择，只能重操旧业。她从一对英国夫妇那里买了辆露营拖车，他们打算在布罗肯希尔定居，所以不再需要房车了。当时的露营拖车在英国和美国旅行者中相当受欢迎，被许多人称为“大篷车”。瓦尔把车拖在她丈夫的二手老爷车后面，开始了她的风尘之旅，在采矿镇艰难谋生，沿途还招募了两个姑娘。

消息很快就传开了，“卡拉汉大篷车”成了众所周知的身份标识，不仅在矿工中，在警察中也是如此。一些警察接受了她的金钱贿赂，对她的生意睁一只眼闭一只眼；一些警察会让她的大篷车和姑娘们半个小时后再离开镇子。

瓦尔最终得知丈夫死于加利波利的孤松战役，她对姑娘们说："这是那个混蛋最走运的事，现在人们不再记得他是个没用的混蛋，而是他妈的称他为英雄。"

第一次世界大战结束时，瓦尔已积累了数量可观的资金，她决定不再卖淫。她告别姑娘们，开着她的大篷车北上布里斯班。这一次，大篷车不再是移动妓院，而是流动的家。

瓦尔·卡拉汉依然貌美，没多久就找了个男人。托马斯·麦金太尔是酒店老板，她和他在一起生活整整五年。她努力工作，经营酒吧、雇佣员工和记账，而且凭借她敏锐的商业眼光，很快就通晓了酒吧生意。但她错在让她的情人知道她有私房钱。那五年，麦金太尔，又一个无可救药的赌徒，把钱输得精光。一旦瓦尔"人尽其用"，他便不再满足于掠夺她，而是把她丢到街上。不过，瓦尔容颜仍在，她还有大篷车。因此，"卡拉汉大篷车"又开始重操旧业。

瓦尔和大篷车融为一体。她把它看作唯一真正的家，一个她自己的家。她无数次告诉自己：我他妈的是对的，不是吗？我曾拥有的家都属于那两个没用的混蛋赌鬼。老天爷啊，我眼光可真“好”！

她去了昆士兰州北部偏远的地区，那里的男人需要女人提供快乐。他们需要的不仅是性。在见多识广的瓦尔看来，她要扮演的角色并不像人们想象的那么简单。她的许多客户都是孤独的男性，他们不仅渴望女人的身体，还渴望女人的陪伴。她可以集母亲、情人和妻子的角色于一身，瓦尔深谙此道。

她开着“大篷车”从一个城镇到另一个城镇，赚的钱比以往任何时候都多，最后和她在途中招募的三个姑娘一起来到了伊萨山。她甚至为她的团队买了一辆二手车和另一辆大篷车。她现在是个真正的女商人了。

1934年，45岁的瓦尔决定彻底退出风尘。她把生意交给在她那里工作最久的姑娘，然后去了汤斯维尔。这是她去过并喜欢的地方，更巧的是，那里有一家酒吧要出售。瓦尔手里有钱，决定把资产投向酒吧行业。这一次她将不再依靠任何男人。她不需要也不想要丈夫、情人或合伙人。瓦尔·卡拉汉完全有能力靠自己做生意。

她也做到了。她买下了斯托克斯街和斯特尔特街拐角处的酒吧，翻新了主吧台，引进蛇栏，并取名为“棕蛇酒吧”，从那以后她就再没重操旧业。

她在楼上保留了几个房间作为自己和员工的私人住

宿和办公场所，其余的房间则出租给客人。后面那个较大的房间可以通过酒店后面的楼梯秘密进入。这是为那些想赌博又信得过的顾客预留的，主要是赌扑克牌，巴兹最近装了一张21点纸牌桌。他从哪里弄来的，瓦尔不知，也不想问。30岁的巴瑞·巴兹·泰勒是个手段高明的骗子，战时的限令让他从中获利。他过去曾是劣迹斑斑的黑市交易大佬，他能弄到许多普通老百姓买不到的商品，谁也搞不清他是从哪里弄来的。有新鲜水果和蔬菜、黄油、鸡蛋和肉类，甚至严格定量配给的汽油，他都能弄到。汤斯维尔市民中只有为数不多的几个人开车，瓦尔就是其中一位，这都要归功于巴兹。她只能推测这个人和美军内部的人员有关系，那些美国人无耻地挥霍着他们轻而易举得到的商品。

总之，巴兹完全控制着赌博室。大家都知道瓦尔也乐于这么做。她甚至不在乎巴兹是否像她怀疑的那样顺带着占她便宜——赌博室吸引了大量顾客，有顾客就意味着有钱，况且现在美国佬就在城里。

她意识到自己很可能又一次和赌徒沾上关系，因为巴兹本人也是牌桌上的常客。如果是这样的话，至少这是个成功的赌徒，而且她本人和他并没有任何瓜葛。

和巴兹来往只是方便做生意。至少她是这么对自己说的。巴兹对生意来说确实不可或缺。

赌博室当然违法，但他们小心翼翼，瓦尔很早就打定主意，赌博不太可能像妓院一样引发太多法律上的麻烦。

然而，这些天来，她的看法有些改变。自从军队接管该镇以来，妓院如雨后春笋般遍布各处。尽管当地有反对的声音，但没有人打算关闭。军方当然不会关闭，政府也不会。军方与政府沆瀣一气，非常乐意军队士兵通过妓女来“满足他们基本的男性欲望”，而不是冒险与女性发生任何形式的情感和持久的交往，从而丧失对眼前要进行的战争的关注。军方和大多数远离家园的美国人很高兴有女人为他们提供服务。

瓦尔曾短暂地想过，是否应该利用这种新发现的自由和半官方的认可重操旧业，不，她决定，过去已经结束。她喜欢当酒吧老板。

她并不对自己的过去感到羞耻。虽然她没有对外透露过，但也没有刻意隐瞒她的过去。谁在乎呢，她想。偶尔有男人认出她，故意说了些自作聪明、下流的关于“卡拉汉大篷车”的话来羞辱她，她便会用自己的方式回击。

“哦，那些日子早就过去了，兄弟，”她会友好地笑一笑，说，“很高兴你还记得我。恐怕我不记得你了。你一定是个不中用的。”

不，瓦尔想，我不在乎妓院会不会赚大钱，我只坚持我的酒吧就是酒吧。

她深情地看着姑娘们——贝蒂和吉尔。她视她们如女儿，瓦尔在她们身上看到了很多年前失去的小黛西。她想，她们都是我长大了的黛西。当然，她们有自己的妈妈，而且她们的妈妈都非常好，但多感受点母爱也没有什么坏处，不是吗？我不想让我的任何一个姑娘去做妓女。这就更有不开妓院的理由了。

她看着本把啤酒递给朋友，有点摇摇晃晃地又回到吧台，打算和贝蒂搭讪。贝蒂一直在忙着，招待顾客，擦拭柜台，把空杯子放到她身后的水槽里，同时轻松地应对本的搭讪。

在酒吧的喧闹声中，瓦尔听不清他们在说什么，但她很欣赏这个姑娘的自信。她一向如此。贝蒂令她着迷。她想知道，这个身材苗条、留着美丽金发、长着蓝眼睛的小姑娘是从哪里获得这样的力量的。贝蒂很坚强，这是毫无疑问的。事实上，她甚至可以说贝蒂很强势。

她绕过柜台朝楼梯走去。她让姑娘们在这里处理事情，自己去办公室做其他工作。

她从本身边经过时，本正漫不经心地靠着吧台，自以为自己就要俘获佳人的芳心。但贝蒂令人钦佩地沉着，冷静中止了这一进程。

是的，瓦尔想，她很坚强，很有胆量和魅力。

妈的，她会成为非常好的妓女。

第二章

贝蒂并不是真的坚强，但她强硬的形象也确实不是装出来的。多年来，贝蒂只向人展示她希望被人看到的一面，虚虚实实，成了她所崇拜的美国电影明星的翻版。银幕上的女强人一直是她的最爱，十几岁时，她曾试着模仿葛丽泰·嘉宝[1]或玛琳·黛德丽[2]，她特别崇拜她们身上不着修饰的威严。但嘉宝和黛德丽的形象不太适合她，年轻的贝蒂太好动了，“文静”不是她的风格。所以她把

---

1 葛丽泰·嘉宝，瑞典籍好莱坞电影演员，代表作《安娜·卡列尼娜》和《茶花女》，被誉为“默片女皇”，她性格孤僻，厌恶社交，多愁善感，被评价为“哈姆雷特以后，最忧郁的斯堪的纳维亚人”。

2 玛琳·黛德丽，二十世纪二三十年代唯一可以与葛丽泰·嘉宝分庭抗礼的女星，德裔美国演员兼歌手，她高冷美艳，性感优雅。

目光转向机智的凯瑟琳·赫本[1]和剽悍的贝蒂·戴维斯[2]，但她发现很难将两者中和。最后，她选择了罗莎琳德·拉塞尔[3]和卡罗尔·隆巴德[4]善良、俏皮的风格，她们既幽默又精于世故，更适合她。实际上，她最终呈现的就是贝蒂真正的样子，也就是她崇拜的所有银幕偶像的结合体。在自我创造的过程中，她变得坚强。因此，在贝蒂漂亮的外表下，潜伏着她真正叛逆的一面。她甚至在两个月前刚刚过完二十岁生日就失去了处女之身。

这是贝蒂自己慎重做出的决定，尽管她内心是个真正的浪漫主义者，但她做的事和爱无关。作为女人，她认为二十岁该是失去童贞之时，她以非常实际的方式进行。她小心翼翼地做出选择，选择了那个已经追了她几个星期的年轻的澳大利亚士兵，而且确保他做爱时戴着避孕套。这事儿就发生在酒店楼上的小房间，忙的时候她偶尔会待在那里——通常她会回家，步行20分钟就回到母亲住的房子。

她不觉得这个经历有什么创伤，但也不觉得特别

1　凯瑟琳·赫本，美国著名演员，从小便性格直爽、不拘一格，并且充满聪明才智。

2　贝蒂·戴维斯，美国电影、舞台剧演员，她个性泼辣剽悍，敢拼敢闯、永不服输，人称“电影第一夫人”。

3　罗莎琳德·拉塞尔，美国著名演员，出演多部喜剧。

4　卡罗尔·隆巴德，美国喜剧演员，她活泼、坦率、自然。

愉快，她认为没有必要再重复。有什么意义呢？做爱已经达到了目的——她知道性是什么了，现在她可以只去寻找乐趣。她也确实这样做了。这使那个年轻的士兵很困惑，因为他一直很确信他们即将开始一段火力全开的恋情。

一周后，卡罗尔·隆巴德于1月16日在美国内华达州的一次飞机失事中丧生，这扫了她对“单纯寻找乐趣”的兴致。贝蒂两个星期都沉浸在哀悼之中。她真的为这位明星的去世感到伤心，她给卡罗尔的丈夫写了一封慰问信，并把信寄给好莱坞的米高梅电影公司。可怜的，好可怜的克拉克·盖博，她为他心痛，他们两人曾经那么相爱。

贝蒂·弗朗西斯是个有教养的女孩，她出生在典型的中产家庭。父亲乔治是一名警察，母亲格蕾丝是家庭主妇，小贝蒂出生在布里斯班。1928年，她六岁时，父亲晋升为高级警官，举家迁至汤斯维尔。一年后，她的小弟弟汤姆出生。

全家人在这个慵懒的热带小镇过着舒适的生活，一切都很平静祥和。他们在磁石岛还有度假屋，那是一间简朴的小棚屋，当然没有什么花哨的东西，但对贝蒂和汤姆来说，他们在阿卡迪亚田园般的环境中度过的童年诸般历险确实是妙不可言。

一切都如同期待的情况进行着。乔治成了高级军士；格蕾丝教养子女的任务现在也不那么繁重，她开始投身慈善工作；贝蒂进入痴迷于电影的青少年时期，年轻的汤姆则是个爱捉弄人的小机灵鬼，有着精明的商业头脑。

突如其来的战争把一切都搅得天翻地覆。

对弗朗西斯一家来说，他们的生活与大多数汤斯维尔居民一样，没有大的波折。1942年，新加坡沦陷，达尔文被轰炸，而他们家的变故则发生在两年前。

1940年初，海军少校埃里克·费尔德在汤斯维尔建立了盟军情报局C组总部，就是众所周知的海岸警卫哨。他找到乔治·弗朗西斯并告诉他，他早年的经历和对南太平洋的了解对海岸警卫哨来说非常有价值。海岸警卫哨期望大量平民和军事人员自愿入伍，所以费尔德少校非常希望能把他招募进去。

事实上，乔治也非常愿意入伍。

事情来得太快，贝蒂和11岁的汤姆都蒙了。作为高级中士，他们的父亲是汤斯维尔最杰出的一位公民，突然间，他就走了。26岁的布鲁斯·德斯蒙德中士被提升到父亲原来的职位。

“是因为阿尔伯特爷爷。”母亲耐心地解释，但这只会增加贝蒂的困惑。她只见过祖父母一次，他们曾去布里斯班看望他们，她甚至不记得他们长什么样了。汤姆从未见过祖父母，更是一片茫然。格蕾丝给他们做了进一步解释。

阿尔伯特·弗朗西斯曾做过澳大利亚政府殖民事务部教师，全家曾在南太平洋各地旅行。乔治在群岛长大，在斐济、新赫布里底群岛、布干维尔岛和新几内亚岛生活过。

“你们的爸爸对这个地区很熟悉，这对军队非常重要。”格蕾丝说。贝蒂已接受了这个事实，她知道父亲小时候和年轻时在南太平洋待过很长一段时间，所以她认为这说得通。

然而，汤姆并不那么容易满足。这个满脸雀斑、活泼多动、思维敏捷的男孩仍心存疑惑。

“可为什么爸爸这么快就不见了，”他问道，“为什么我们不知道他被派到哪里去了？”“你爸爸在海军情报部门工作，”格蕾丝以不容置疑的口气回答道，“他们做事都是保密的。”贝蒂和汤姆只好接受这个回答。

整个谈话中，格蕾丝尽可能小心地避免提到海岸警卫哨，因为她担心孩子会发现海岸警卫哨面临的危险。海岸警卫哨兵孤独地在那些人迹罕至的岛屿上执行任务，监视敌人活动，几乎没有后援支持。尽管丈夫努力地消除她的恐惧，但格蕾丝一点儿也不高兴他自愿承担这样的职责。

“海岸警卫哨兵的职责不是打仗，亲爱的，”乔治轻描淡写地说，“事实上，军方不希望海岸警卫哨做任何可能引人注意的事情。他们告诉我，我们的任务就是静静地坐在那里观察和收集信息。”他微笑着安慰说，甚至有点幽默地补充道，“费尔德本人将他的组织命名为‘费迪南’，为的就是提醒人们这样做的目的。你还记得那本儿童书《费迪南的故事》吗？汤姆小时候你给他读过这本书。”

“是的，我当然记得，”她回答，声音嘶哑，“费迪南是头不想打架的公牛。他坐在树下，闻着花香。”

“正是如此。”

“可费迪南没有参战，不是吗？”她接着说，声音嘶哑，语气尖刻。漂亮的格蕾丝在生活中一直都在扮演着传统女性的角色，有时也会令人出乎意料地表现出挑衅，“费迪南并没有被要求进入冲突区去监视敌人。”

那一刻乔治知道，试图淡化这件事情的危险程度或以任何方式哄骗她都没用。妻子不是傻瓜，他需要与她坦诚相对。

“我想去，格蕾丝，”他说，“我必须去。”

她表情僵硬，说：“为什么？”于是他继续和她讲道理。

“我可以发挥作用，你不明白吗？我可以报效国家。”

仍旧没有回应。

“哦，格蕾丝，我本想报名参加这场该死的战争，但他们不接受三十九岁的人参军。”他乞求地望着她，“难道你看不出来吗，宝贝儿，这是我一直等待的机会，是我一直渴望的机会。你看得出来，不是吗?”

“是的，”她平静地说道，“是的，我看得出来。”

他们没有再谈这个话题，而是紧紧相拥，无声的行为胜过言语表达，但格蕾丝并未对此感到高兴。

这些天，每当有人向贝蒂问起她的父亲，她总是很诚实地回答，她已经整整两年没见过他了。“他在海军情报部门工作，”她会说，“我们不知道他具体在哪儿，但他还活着，身体健康。”

家人知道的确实就这么多。费尔德是个好心肠的人。他让格蕾丝·弗朗西斯尽可能了解丈夫的健康状况，甚至不时在他们之间传递信息，但却从未告诉她乔治在哪里。

对于有关父亲的询问，小汤姆的回答与姐姐的有些不同。“海军情报部门，”13岁的汤姆会自豪地吹嘘道，“这是最高机密，发誓要保密的，不能说在哪里。”他补充道，好像他真的知道似的。

就在格蕾丝还在努力接受丈夫突然离去的事实，并尽量平息她对丈夫安全的担忧时，她又面临另一个难题——贝蒂。过去的一年里，贝蒂在离开学校后就一直拒绝参加速记和打字课程，这些课程会让她有资格从事秘书工作。

“亲爱的，这是现在许多年轻女性都在做的事。”格蕾丝温和地建议道，她很惊讶像她女儿这样进步的女孩竟然不追随当下时兴的选择。

“可我不想当秘书，”贝蒂坚持说，“我不想被关在办公室里。我想过有社交的生活，可以结识不同的人。我打算去商店工作。”

谁也说服不了这姑娘，格蕾丝只能希望那是家规规矩矩的商店，不要太粗俗。奇怪的是，乔治似乎一点儿也不担心。

“再过几年她就要结婚了，格蕾丝，”他语气轻松地说，“像贝蒂这样漂亮的女孩，走在街上就已经足够引人注目的了。我不担心她在哪家商店工作，亲爱的，我担心的是她选择什么样的男人。这才是需要我们留意的。”

事实证明，那家店是可以接受的——博尔顿夫人茶室，位于弗林德斯街，那儿有许多富裕家庭，尤其是在周六，他们都在那儿喝茶。乔治的担心也被印证，许多年轻人热衷于讨好漂亮的贝蒂·弗朗西斯。事实上，现在经常光顾博尔顿夫人茶室的年轻男顾客明显增多。不得不说贝蒂是调情高手，幸运的是，贝蒂似乎从不当真。格蕾丝并没有完全放下心来，贝蒂的行为显然是受她所热衷的美国电影女演员的影响，但她仍心存感激。17岁还太小，任何有关婚姻的承诺都太严肃了。

情况突然间发生了变化。乔治不再在家监视贝蒂，贝蒂十八岁了。贝蒂想去酒吧工作！不是在酒店柜台做接待员，迎接客人，而是在酒店的酒吧工作！为什么是酒吧？她的女儿成了酒吧女郎！这是想都不敢想的！

贝蒂丝毫不为母亲的愤怒所触动。“现在不一样了，妈妈，”她不以为然地耸耸肩说，“自从战争和所有事情发生后，情况就变了。如今，女性可以从事各种工作。”

“但我的女儿不行，也不能在酒吧工作！”

格蕾丝不同意，而贝蒂也不肯退让。

“瓦尔提供的这份工作真的很不错，报酬是茶室的两倍。”

贝蒂早就对瓦尔·卡拉汉印象深刻。她经常在镇上看到这个女人——瓦尔是个很难被忽视的女人，她丰胸肥臀，金发碧眼，红唇烈焰——但她们从未真正见过面，直到有一天在罗克西电影院，贝蒂的朋友介绍她们互相认识。

“你看起来像琼·布朗德尔。”贝蒂钦佩地说。瓦尔喜欢她的评论。她同样也对贝蒂印象深刻。她像画一样美，是一个大胆、直率的年轻人。“你应该来为我工作。”

她说。

于是，第二天晚些时候，贝蒂在茶室下班后，就去棕蛇酒吧找她。她一进酒吧，就知道她属于这里。

“你至少来见见瓦尔，妈妈，”她催促道，“您会喜欢她的，老实说。她人真的很好，很实在，也很聪明。至少来见见她，一定要来！”

格蕾丝去了。或许是为了息事宁人，或许是因为她有所怀疑，不管是否会得到她的允许，女儿都会接受这个女人提供的工作。最好得知道跟我作对的是什么人，格蕾丝明智地决定去看看。

她一眼就看出瓦尔·卡拉汉这个女人出身工人阶级。她认出这个女人，她曾在镇上见过瓦尔。她当时觉得，她就是个普普通通的女人，有些气质，可能会让人觉得她很有吸引力，她的头发显然是染的，有点儿装嫩。

现在，格蕾丝正在楼上的办公室和瓦尔聊天，贝蒂端庄地坐在她身旁的沙发上，三人围坐在咖啡桌旁，手里拿着杯子，年轻的吉尔已经端上了一壶茶，格蕾丝对瓦尔又有了新认识。

一双青灰色的眼睛专注地盯着她，用严肃的语气说着客套话，格蕾丝发现她很难对瓦尔做出判断。金发和红唇似乎有些无关紧要。

“不用担心你女儿，格蕾丝，”瓦尔说道，从一开始，她就连一句“你好，弗朗西斯夫人”这样客套话都没说，而是说“你好，格蕾丝，我是瓦尔。”然后像男人一样热情有力地与她握手。这种问候非同寻常，令格蕾丝对这个女人的人格魅力感到有些敬畏。

“你女儿来我这儿工作，我会照顾好她的，”瓦尔接着说，“你刚刚见过来送茶的小吉尔。她和贝蒂同岁，她们会成为好朋友的。我知道你可能会担心她在男人喝酒的酒吧里工作，”她没有停下来，接着说道，“好啦，别担心。”她不屑地挥了挥手，她知道女孩的母亲当然会担心。大多数母亲都会这样，尤其是像格蕾丝·弗朗西斯这样比较传统的母亲。她穿着整洁精致的连衣裙，戴着手套，拿着小手提包，还有她精心梳理的头发。她的两鬓已微显白发，她真该染染头发。

瓦尔能看出贝蒂长得像谁。格蕾丝长相漂亮，但她不该让白发露出来。很多女人到了四十岁左右就会这样，她对此不太赞同。她们进入乏味的中年，好像别无选择。天哪，把头发染染有什么不好呢？

“我不允许在棕蛇酒吧酗酒。”她继续说，她这是在说谎。一旦男人喝上酒，怎么能让他们保持冷静呢，况且她为什么要这样做呢？生意毕竟是生意。但她从不允许事情失控。她在吧台下面放了一把12毫米口径的猎枪。众所周知，她曾多次把闹事者赶到街上去。巴兹总是在星期五和星期六的晚上充当保镖，因为在这两个晚上，酒吧通常非常喧闹。

她也不愿意太过依赖巴兹，他随身带刀，情况也很难预料。不过，最好不要告诉格蕾丝·弗朗西斯这些事。“而且，贝蒂要做的不仅是在吧台后面服务，她还会做更多的事儿，”她接着说，“我打算在这间办公室里教你女儿记账和基本会计。”她指了指简朴的房间尽头，那里有一张大桌子，上面堆满了文件和账本，桌子后面放着一把威风的扶手椅，访客一侧放着两把硬靠背椅。既正式，又气派。“她不仅会学到办公室的知识，”瓦尔说，“还会从我这里拿到一封优秀的个人推荐信，胜过任何商业文凭。”

贝蒂告诉过瓦尔，母亲希望她修读秘书课程，所以瓦尔给格蕾丝描绘了一幅完美的图景。她并没撒谎。她打算全面培养这个姑娘；这样做对她自己也有好处。

“没有什么比在工作中获得经验更重要的了，格蕾丝，”她由衷地说，“我可以向你保证，她学到的东西会比从书本上学到的多得多。”

瓦尔将杯中茶一饮而尽，把茶杯和碟子放在咖啡桌上，打算结束谈话。“怎么样？”她问。尽管格蕾丝·弗朗西斯打量她的方式让她很感兴趣，但她早已对回复心中有数。她勇敢面对，退却似乎不是她的性格。“不用担心你的小姑娘，亲爱的，”她说，“我会照顾她的。”

“好的，”格蕾丝回答，目光仍然直视着她，“好吧，我相信。”

嗯，好吧，瓦尔想。我们的格蕾丝还是有点儿个性的。这对你有好处，亲爱的。她拿起茶壶为大家添了第二杯茶，然后为她们达成一致而干杯。

现在，两年过去了，贝蒂成了棕蛇酒吧宝贵的一员，对瓦尔来说，她和吉尔一样，都是家人。格蕾丝没有看错瓦尔。

三月底将近，局势持续紧张。恐惧在昆士兰州蔓延，尤以汤斯维尔为甚。日本人通过马来亚岛、荷属印度群岛和新几内亚岛向澳大利亚北部推进，汤斯维尔现在已经成为澳大利亚和美国军队的前线枢纽。军队持续涌入，成为驻军重镇。7000多名市民已逃往南方。但也有许多人留了下来，面对未知的命运。格蕾丝·弗朗西斯也留在镇上。

格蕾丝从未考虑过南下，丈夫还在海岸警卫哨服役。她会等乔治回来，而且她坚信他一定会回来的。乔治会回到妻子和家人身边。

她曾考虑把汤姆送到布里斯班的学校待一段时间，他可以和姐姐一家待在一起。汤姆在汤斯维尔就读的基督教兄弟学校并没有被关闭，但由于学校就在海岸边，且美军已在学校修筑工事。格蕾丝对儿子身处如此危险的境地感到不安。

汤姆对妈妈这个想法及其理由反应很大。“您说的危险是什么意思!”他喊道，好像她说了什么很可笑的话，“一旦日本人投掷炸弹，整个汤斯维尔都将不堪一击。”

再一次，格蕾丝因为儿子难以辩驳的观点感到自己的建议有点儿愚蠢。

“再说，我在这儿是有任务的，妈妈，”他坚持说，“我是美国佬的信使，我告诉过你，忘了吗?”

“是的，亲爱的，我记得。”

汤姆为自己感到非常自豪，尽管一开始他没太当真。他用自己的方式，结识了一群美军士兵，为他们送信儿，他们总是慷慨地以礼物作为回报，通常是一些本地市民无法得到的物品或食物。他会骑着自行车在拥挤的军车中穿行，到处传递信息或取东西。他的效率很高，被称为官方“信使”。这个词可能是逗弄这个年轻人的，但汤姆无疑觉得非常受用。汤斯维尔的许多自行车都已被军方征用，但汤姆被允许保留自行车。

“妈妈，我告诉你，我不再只是当差，”他一本正经地继续说，“我现在是真正的信使。”他自豪地说，“我在为国家服务，这就是我在做的事儿。”

哦，天哪，格蕾丝想，我早该听乔治的话。

布里斯班的话题再没被提及。汤姆对职责的忠诚触动了格蕾丝。除了她目前参与的红十字会筹款活动，肯定还有一些她可以做的事情。女儿说的女人现在能从事各种工作的话也触动了她。

她们能行，不是吗，格蕾丝告诉自己，女人们正在从事各种活动。如果不是因为战争，她们绝不会想到要去做这些工作。她们在地里和军工厂工作，开卡车，做各种男人做的工作，甚至参军。现在有空军妇女辅助队，当然还有护士……

好吧，她不能从事那样的职业，不是吗？她思忖着，她还有十几岁的儿子要照顾，虽然他认为不需要被照顾。她还要看好房子，她必须打理好房子。这所房子对格蕾丝来说至关重要。乔治必须有一个可以回的家——有房子、妻子和家庭。这是她的主要职责。

格蕾丝想到家里的房子，她想到一个可能。当然，这里有她可以做的事情。她可以把一半房子用作军官宿舍。乔治肯定会同意的。军方迫切需要住宿的地方，而这里有足够的空间。她有一间空闲的卧室，乔治的书房空着，她可以把音乐室清理出来，这些天贝蒂经常在酒店工作，很少使用音乐室。过去，他们和朋友在家里小聚，待在两个起居室中较小的那个“音乐室”，贝蒂总是在钢琴前领唱。她是个天生的音乐家。

“您想处理掉钢琴!”贝蒂非但没有像格蕾丝预想的那样对这个建议感到震惊，反而欣喜若狂。“太棒了!我让巴兹把钢琴收走，带到棕蛇酒吧。我们周末在酒吧听音乐!”她的手臂戏剧性地画了一条弧线，仿佛在设想百老汇著名的霓虹灯招牌，“我们就管它叫周六歌唱会吧。”

“哦。”格蕾丝吃了一惊，“很好，亲爱的。”她没有提到要把钢琴“处理掉”，她只是建议把它存放在某个地方，但这个想法受到如此热烈的欢迎，她现在感觉这是一个必须接受的损失。

汤姆同样热情。“清理房子作为军官的临时住处，啊?你真好，妈妈，你在力所能及的尽一份力!”

第二天，巴兹带着贝蒂坐着美军通用卡车过来。一同的还有两名热心的美军士兵。

战时加快了事情的进展，格蕾丝想，我想这是很自然的。她站在人行道上，觉得有些后悔。贝蒂站在她身边，看着士兵们把小立式钢琴装进车斗。这架钢琴有漂亮的雕刻面板和铸制琴腿，这代表了她最快乐的童年时光。这是她祖母的，祖母去世后，母亲就把钢琴传给了她。她和乔治把琴从布里斯班运过来。这架钢琴充满了“家庭”回忆。

“别担心，妈妈，”贝蒂低声安慰，“只是借出去。战争结束后，我们会把它拿回来的。”

格蕾丝想着，那会是多久呢。

这架钢琴在棕蛇酒吧一炮走红，它被完美地放在酒吧一角。那天晚上，贝蒂坐下来演奏，如人们预想的那样，这注定会像蛇栏一样引人注目。

巴兹喜滋滋地站在一边，满脸自豪，跟着歌曲拍手，好像在为自己鼓掌，他也确实如此。如果没有他，他们永远不会把这个东西放在这儿，不是吗？

巴瑞·巴兹·泰勒，有些人称他为“衣冠楚楚的奸商”，还有一些人则会发现他极具魅力。对一些人来说，他是一个“衣着光鲜的人”——尽管并不光鲜，但若需要的话，他总会与众不同——让其他人感觉他“时髦”。不管怎样，巴兹确实知道如何展现魅力。他精于算计，能快速发现重要时机。他知道不仅如何让事情对自己有利，而且也对那些对他有用的人有利。这就是为什么像瓦尔·卡拉汉这样精明的人觉得自己依赖的是她实际上并不喜欢的男人，这种情形有时让她心烦。

巴兹头发乌黑，脸刮得干干净净，留着一撮时髦的罗纳德·考尔曼小胡子。他相貌英俊，很有女人缘。他看起来过得很舒坦，但实际上出身贫苦。巴兹出生在墨尔本，是家里九个孩子中最小的。父亲在海边做工，乘机小偷小摸，母亲是个虔诚的罗马天主教教徒，即便是在生育期间也坚持每天早晚做弥撒。小巴兹·泰勒的童年并不快乐。哥哥姐姐要么欺负他，要么压根不理睬他，他弄不清哪种情况更让他恼火。

巴兹于是叛逆。步其父亲后尘，成了一名小偷。12岁时，儿童法庭出示了他犯下的一长串罪行，将之遣送教管所。15岁时，他逃离墨尔本，慢慢向北前往悉尼，一路犯罪，胆子越来越大，结果再次被少年法庭以私闯民宅罪抓了起来。被关进男孩之家后，他又设法逃脱。18岁时，他因偷窃和收受赃物被判在长湾监狱服刑三年。

巴兹获释后，一路向北，最后在汤斯维尔安顿下来，这里没人认识他。过去的九年，他一直住在沃克街同一个寄宿公寓。他总是提前支付房租，并定期为寡居的女房东契瑟姆太太提供帮助，老太太认为他是自己见过最好的年轻人。

到汤斯维尔后，他不再干小偷小摸的事儿了，但仍干着违法的事儿，半固定地经营一个赌场，偶尔玩玩扑克游戏。奇怪的是，尽管赌博充满不确定性，他总能奇迹般地胜出一筹。非常走运。

然后他遇到了瓦尔。这令他更加走运。

战争笼罩了汤斯维尔。美国佬来了，黑市繁荣起来。巴兹的机会来了。

酒吧里的士兵们享受着音乐。还没到星期六，就已经非常热闹。大家一听到钢琴声就从街上蜂拥而至。

贝蒂用力地弹奏《众圣徒进行曲》，熟悉歌曲的人一起跟着合唱，不熟悉歌曲的人就鼓掌。然后，一个美国佬喊道《棕色小茶壶》，她直接就跳到下一个曲目。她知道所有的流行歌曲，不用乐谱就能演奏。谁需要乐谱呢？贝蒂的乐感很好，有钢琴天赋。一首歌她只需听两遍就能弹奏。

“嘿，娃娃脸，能赏脸跳支舞吗？”巴兹溜达到吧台前。吉尔正要洗收回来的空酒杯。他向她抛了个媚眼，“给他们展示一下我们的舞姿，怎么样？”

他指的是几天前，酒吧关门后，他带着20岁的吉尔去了马路对面的奥林匹亚，他们一直跳到午夜，这让吉尔兴奋不已。她绝对崇拜巴兹。“不行，傻瓜，我在工作。”吉尔满脸通红，不自觉地瞥了瓦尔一眼，瓦尔正在吧台后面招呼着顾客。

瓦尔捕捉到女孩的神情，喜忧参半。瓦尔咒骂着巴兹，希望他不要再和吉尔调情。吉尔很脆弱，很容易被人诱惑。她试图向他暗示吉尔对他的感情，但巴兹无动于衷。巴兹根本就不喜欢吉尔，他只是想跳舞。

“哦，老板不介意我们跳一圈，是吗，老板？”他开玩笑地说道，脸上露出得意的笑容，“你会让我们去放松放松的，是吗，瓦尔？我们得庆祝一下钢琴的到来。”

他的语气明白无误地暗示着“你欠我的”，但这并不会让瓦尔让步。瓦尔根本不在乎巴兹。她很清楚她和巴兹·泰勒彼此需要。她注意到小吉尔的脚一直在随着音乐打着拍子。这个姑娘正迫不及待地想要跳舞。遗憾的是，只能和巴兹一起跳。

“当然，吉尔，”她轻轻地说，“你去吧。我来照顾这儿。”

吉尔的微笑一如既往的迷人。洁白的牙齿在缎子般光滑的棕色皮肤的衬托下闪闪发光，黑眼睛闪耀着单纯的快乐。她是一个未被污染、完全没有设防的年轻姑娘。

她很快就从吧台后面走出来。巴兹娴熟地引导她在桌子间跳起狂野的波尔卡舞。男人们为他们让路，并伴以掌声。

瓦尔尽量不将自己的不满表现出来。每个人都在享受这一刻，为什么要扫大家的兴致呢？可她还是很担心。巴兹对他遇到的每个年轻女人都施展魅力，对年长的女人也如此。瓦尔希望他能把注意力集中在贝蒂身上。贝蒂是个强大的女孩，可以和他玩玩儿，事实上，贝蒂经常这样做，和巴兹一来一回地打趣，两人调情的天赋不相上下。没有什么能蒙蔽贝蒂。可吉尔呢？吉尔完全不同。

瓦尔觉得自己要对吉尔负责。她在吉尔小的时候就认识她。她和吉尔的母亲伊迪姨妈交往已经八年，她们之间关系特别。她和伊迪·伊兰巴之间有一个过去的秘密。吉尔对此一无所知，瓦尔打算保守这个秘密，所有这一切激起了她对吉尔强烈的保护欲。

《棕色小茶壶》在热情的欢呼声中结束。人们大声要求再来一首，贝蒂又弹奏了《格林米勒传爵士名曲》。

巴兹搂着吉尔，本想继续跳，但她挣脱了，回到吧台。不是她不想继续跳舞，况且还是和巴兹在一起，而是职责在召唤。她不会不守规矩。

瓦尔最近越来越担心吉尔。她很确定吉尔还是处女，很天真，心思非常容易就被他人猜透。尽管目前来看暂时没什么伤害——巴兹的行为是出于本能，他和每个见到的女人都调情——但瓦尔看得出吉尔已经被他迷住了。

如果他决定加大赌注怎么办，瓦尔想。他会引诱她上床，告诉她他爱她，这姑娘肯定会沦陷。他一旦得手就会把她抛到一边。巴兹·泰勒完全就是个流氓。

是的，你就是个混蛋，巴兹。她一边想，一边看着他偷偷地走到吧台前，依旧在展示他的魅力。她能听到他在问吉尔打烊后是否愿意出来跳舞。

瓦尔决定警告一下巴兹。她要让他发誓。他必须郑重承诺不去勾引小吉尔·伊兰巴，否则她就不会再跟他进行买卖合作，将他扫地出门，瓦尔想。

第三章

谣言四起。没有人确切地知道是从哪里传出来的，也没人知道是谁最先扩散的。直到1942年4月初，大家都知道，在接下来的几周内澳大利亚北部就会被入侵。有消息说，在联邦内阁的备忘录中，澳大利亚陆军伊文·麦凯少将曾声明，他并不打算保卫汤斯维尔。甚至有人引述他的话："如果澳大利亚武装部队被击败，必要的话，部分占领区会屈从日军统治。"对汤斯维尔市民来说，前景令人担忧。

传言又暗示麦凯少将建议的一项计划，后来被称为"布里斯班防线"的计划。该计划预计7/8的领土将被敌军占领。传言称，该计划的制订是为了保护布里斯班和墨尔本之间的东南狭长地带，该地带最具军事、经济和社会意义。这样一来，那些留在北方的人怎么办？他们会被遗弃吗？难怪许多人都有种被出卖的感觉。

到目前为止，没有任何消息向澳大利亚百姓公布，但消息无疑已经从某处泄露出来。谣言持续传播发酵，尤其是考虑到“焦土”政策的准备工作已经开始，人们完全有理由相信这些传言。

小船将从港口和河流中被转移走；火车站和道路上的指示牌早已不见；人们被要求销毁公路交通图，以防落入敌人手中。那些被认为是“外国人”的人被转移到拘留营。成群的牛也被安置起来，成千上万的牲畜被运到偏远之处，以防日军占领后成为他们新鲜的肉源。一切都显露出明显的不祥征兆。

战争无疑改变了汤斯维尔。曾经风景优美的海滩延伸至斯特兰德大街，与磁石岛隔水相望，而现在，海岸上则是乱糟糟的铁丝网和炮台。位于岩石北端的香吻地要塞再次发挥了它在第一次世界大战时的作用，遍布的军营和炮台具有重要的战略价值。斯特兰德大街沿街的大量建筑都被征为军用。海景旅馆现在是澳大利亚军官俱乐部；圣帕特里克修道院现在是澳大利亚空军妇女服务团的住所，其学生和其他几所学校的学生都被疏散到雷文斯伍德；大街的南端是韦翰街，通往弗林德斯和汤斯维尔的主要枢纽女王酒店。酒店是一幢两层楼的宏伟建筑，几乎占据整个街角，是整个昆士兰北部最好的酒店，现在则成为美国军官俱乐部的所在地。

在镇中心，弗林德斯街的林荫大道仍然保留着邮局等许多殖民时期的精美建筑。由于担心气势恢宏的钟楼会成为日军轰炸的目标，正在着手拆除中。汤斯维尔中心其他宽阔的街道上也有许多雄伟的建筑——大部分是酒店和公共建筑——已难称之为景观。无论人们看向哪里，举目皆是乱糟糟的军事活动。

横跨罗斯溪到南汤斯维尔的维多利亚大桥上，更加混乱。这里到处都是军队。曾经的公园变成了一片海洋般的帐篷所组成的军营。那里，大规模运输的弹药库如雨后春笋般突然出现，与交通交织在一起；军用卡车和机械给无休止的交通带来了沉重的压力。自从美国人来后，整个城镇似乎就在战争的重压下消失了。

这一事实对许多人来说却是宽慰。面对侵略的威胁，美国人的进驻是值得付出的代价。他们的到来让人们有安全感。即使新鲜水果和蔬菜、肉和蛋、奶制品，尤其大米等农产品和一般供应品短缺，这些大部分都被美军挥霍掉了，但这个代价也是值得的。私家车缺少汽油和轮胎也是可以忍受的。汤斯维尔人接受了现实，他们必须乘坐有顶的、敞篷的单层公共汽车，它们以比步行还慢的速度嘎吱嘎吱地行进；他们或是骑着自行车在拥堵的道路中穿行。所有这些匮乏与美军的到来相比都是值得的，美国人是来拯救他们的。

与汤斯维尔市民对美军的欢迎程度相比，澳大利亚士兵则对他们的美军同僚充满厌恶。“性欲旺盛，报酬过高，来得太多”之类的调侃在澳大利亚军队听起来并不幽默，他们忍受着与汤斯维尔市民同样的匮乏。他们不像美国人，不能一周每天都吃大量的牛排和鸡蛋！他们也不能私自使用交通工具！在镇上过夜后，他们不能跳上军用威利斯吉普车或通用卡车。他们得走回营地，或者屈辱地乞求美国佬捎带一程。

澳军士兵的工资和美军相比相形见绌，他们的制服与美军的相比也显得寒酸破旧，他们更拿不出尼龙袜、巧克力和香烟等礼物来。难怪美国佬赢得了所有姑娘的青睐。

澳大利亚士兵很气愤。太不公平了。他们也是来这里打仗的！

“他们又来了，巴兹，”奈德诉苦道，“那些狗娘养的澳大利亚兵，我真是受够了。”

40岁的奈德·帕斯洛自己也是个土生土长的澳大利亚人。他从未想到自己会对澳大利亚士兵表示不满，尤其是那些为国而战的人，但他真的已受够了，“他们昨晚偷袭了鸡舍，”他接着说，“这已经是这个月的第三次了。

我不知道他们是怎么做到的，麦克斯是只非常好的看门狗，但我没有听到它叫。我想他们中肯定有人对付狗很有一套。”他厌恶地哼了一声，“可能是个乡巴佬，和我一样他妈的是个农民。好吧，从现在起，我就守在这儿，我告诉你要是被我逮到，我会把他们的头打爆！”

巴兹同情地点点头，知道奈德这是在说大话，他只是在发泄。他想，奈德很快就会发泄完。

他们坐在厨房里，奈德能干的妻子薇拉给他们沏了一壶浓浓的立顿茶，然后留下他们单独聊天。她去给孩子们准备下午茶。帕斯洛夫妇有一儿一女，儿子今年十二岁，女儿十岁。孩子们很快就会放学回来。学校离镇上有五英里远，孩子们骑自行车上下学。

奈德并不是唯一受够了澳大利亚士兵偷袭农场的农民，他们从菜地偷菜，从果园偷果子，更过分的是从鸡舍偷鸡蛋。

“他们真讨厌，”奈德抱怨道，已经开始泄气了，“说实话，我不介意搬到南方去。”

“什么，就因为几个讨厌的澳大利亚兵？”巴兹咧嘴笑了，“有点反应过头了，你说呢？”

“不，不，不只是他们，”奈德承认，“你知道的，所有关于日军入侵的事情，对孩子们来说都有点可怕。我在想我是不是该带着家人去南方。”他耸了耸肩，“可谁来照看农场呢？没有我和薇拉，乔诺根本打理不了。”乔诺是雇来的帮工。

“哦，我觉得这么说还有点言之过早，兄弟，”巴兹说，“就过过嘴瘾吧。”

巴兹知道如果奈德举家撤走的话，他会有些麻烦。他们两人达成了极好的合作。这个农场是一个只有三英亩的小型家庭农场，产量不足以引起军方注意，对巴兹来说很理想。农场位于城郊，离罗斯河畔只有五英里，开瓦尔的车来此很便利。他定期用汽油换鸡蛋、水果和蔬菜。奈德·帕斯洛是个完美的供应源。他走了，巴兹就得再去找个小农场主，而且他的农产品不能直接卖给美国人。即使他找到了这样的人，农场离城镇也一定要远得多。

“我要是你，我会再待一段时间。”他安慰奈德。“好吧，”奈德赞同道，“我的确没有多少选择，是吧?”

当天晚些时候，就在酒吧开门前，巴兹把分量可观的新鲜农产品卖给瓦尔，自然是以“友情价”出售，其余的他留着准备第二天以高价卖给那些他认识的能买得起的人，那些有好东西可以进行交换的人。

“这次只能给你半打鸡蛋了，”他说，“澳大利亚兵又偷袭了奈德的鸡舍。”

“半打就可以。”瓦尔回答。

她数着钱，确信现在是对巴兹进行警告的好时机。现在就他们两个在她楼上的办公室。

“有件事儿我想和你谈谈，巴兹。”

“好的。洗耳恭听。说吧。”他把钱揣好，“乐意为您效劳，老板，你想要什么？说出来就是你的了。”

“没有。我什么都不需要。”

“啊。那就聊聊吧，嗯？”他等着她给他一杯喝的，或者至少请他坐下，但什么都没等到，他们就一直站着。她的眼神有点儿古怪，“什么事儿？”

“是有关吉尔的。”

“哦，是吗？”他有点困惑，“吉尔怎么了？”

“我让你离她远点儿。”

他明显感到不解。“你说离她远点儿是什么意思？我没碰过她。”

“幸好你还没有。”

这是明确的警告。“哦，得了，瓦尔，吉尔不是我喜欢的类型，你知道的。我喜欢比吉尔更妖娆的女人。”他嘲笑道，好像年轻漂亮的吉尔完全是个姿色平庸之人。

瓦尔感到一股远比恼怒更强烈的情绪涌上心头，但她没将它表现出来。“那你为什么一直和她调情？”她冷冷地说。

“情不自禁，我就是这种人，亲爱的，”他漫不经心地耸耸肩说，“你知道的。我就是这个德行。”

是的，她确实知道，她知道他说的对。她不能指望他的行为会有什么改变，她这样要求也不对。但她要一个承诺。她必须要拿到。

“我要你向我发誓，巴兹，”她严肃地说，“发誓你不会招惹吉尔。”

“当然，瓦尔，别担心。”他假装做了个投降的姿势。承诺很容易，但他来了兴致。他意识到瓦尔眼中有他看不懂的眼神。好像有非常严重的事情在困扰她。但是吉尔？为什么是吉尔？他忍不住问：“吉尔怎么了？”

“吉尔迷恋你，这是问题所在，”瓦尔吼道，“她任你摆布，你他妈的知道的。”

“哦。”事实上他并不知道。她是个很好的舞伴，仅此而已，他并没有真正注意到吉尔。“嗯，很多女孩都是这样，不是吗？”他放荡地笑着说，“这不能怪我，对吧？”

瓦尔想去扇他那张洋洋自得的脸，但她忍住冲动。“我警告你，巴兹，”她平静地说，“你要是上了那个女孩，你就毁了你和我所有的生意。你必须立马卷铺盖走人。你明白我的意思？”

“是的。当然明白，老板。”他依旧笑着。瓦尔吓不倒他。事实上他很喜欢时不时地激怒她一下。“我保证不和那个小棕妞上床，否则我就去死。”他用手指在衬衫前画了个十字。“可以走了吗?”

“可以了，滚吧。”

巴兹厚着脸皮挥了挥手，离开了。他会履行承诺的。他与瓦尔的交易太宝贵了，不能冒险。况且这也不是什么难事。他从未把吉尔当成要征服的对象，但他还是对女孩对他的迷恋感兴趣。他要是早发现这一点，他可能就会跟她上床，纯是为了找点儿乐子；被人爱慕的感觉真好。这个警告非常及时。

他不禁想知道瓦尔为什么对吉尔的性生活如此上心。当然，她称呼贝蒂和吉尔“姑娘们”时，充满了母性，天啊，她们都20岁了！她们是在酒吧工作！她们会有分寸的。要是她们不知道，也该让她们知道了。

天哪，你可别告诉我不能靠近贝蒂，他想。妈的，我一点也不在乎跟她上床!

他想知道的是，她为什么会如此关注吉尔?

瓦尔与吉尔的关系甚至比吉尔自己意识到的还要亲密，两人从她还是孩子时就认识了。瓦尔是她母亲最好的朋友，见证了她们经历的困难，吉尔爱她。瓦尔就像她的第二个母亲。对吉尔来说，关系就这么简单。但吉尔不知道瓦尔·卡拉汉和伊迪·伊兰巴的感情有多深。

两人最初相遇是在1934年，那时瓦尔来汤斯维尔已有六个月，伊迪和她十岁的孩子从棕榈岛获得自由后来此也有两年。伊迪的女儿是12年前她在监禁初期被白人男子强奸后生下的。她给孩子取名为吉尔，是因为那个善良的白人女生宿管叫吉尔。吉尔对此一无所知。但瓦尔知道。伊迪把一切都告诉了她。伊迪·伊兰巴于20世纪初出生在昆士兰州北部库兰达地区——她不清楚具体是哪年。十四岁时，她生下了第一个孩子，两年后，第二个孩子出生。伊迪爱她的孩子们，一个儿子和一个女儿，但白人政府认为她自己也还是个十几岁的孩子，没有丈夫，生活不检点，不适合做母亲。于是他们将孩子们带走了，并将她和原生家庭分开，并在1920年把她送到棕榈岛。

棕榈岛位于汤斯维尔以北45英里处的大堡礁，一片田园风光，是1916年昆士兰州原住民首席保护官所选之地。他认为这个偏远之地非常适合作为惩戒教养所。在这里，那些威胁要制造麻烦的原住民成功地被与世隔绝。

在1920年初伊迪来时，棕榈岛正迅速成为昆士兰州最大的原住民定居点。全州上下的原住民往往是出于最人畜无害和不可理喻的原因，被从部落中带走，送到棕榈岛。导致这一刑事处罚的行为有："捣乱"、怀上白人男子的孩子和"混血"。

随着时间的推移，大量的人被送往那里，棕榈岛的人口不断增加，原因是，这里到处都是肮脏和贫困，死亡率高于出生率。人们经常忍饥挨饿。粮食配给一向不足，对于那些没有排队游行或分配工作的人，总是惩罚拒绝给他们食物。这里严格遵守各种形式的隔离。儿童在抵达后就与父母分开，按照性别进行隔离。有男女宿舍，男孩和女孩宿舍，所有原住民都禁止进入那些“白人”区。此外，所有棕榈岛原住民都被禁止使用自己的语言。

毫无疑问，棕榈岛人因为他们所遭受的共同苦难而紧密团结，禁止他们使用各部落语言无疑增进了他们的团结。棕榈岛人无一例外地称自己为布卡曼人。他们会自豪地宣称：“我是布卡曼人。”

他们宣称“多个部落、一个民族”——是真正的团结声明。

伊迪很快就发现，禁止进入那些区域的禁令对白人没有约束，哪怕是女生宿舍。她来棕榈岛还不到六个月，一天晚上从洗浴区回来，她被拖到女生宿舍区一边，被顶在墙上残暴地强奸了。

她知道强奸她的人是谁。即使是在漆黑的夜色中，她也能透过宿舍楼一扇窗户上摇曳的光认出他的脸。她不知道他的名字，但经常见到他。天哪，她每天都会看到他——他是每天早上管理员分配工作时站在一旁的警卫。一个爱欺负人的家伙。似乎没人喜欢他，其他的白人也不喜欢他。

她没有喊叫。她知道要是叫了，就会惹上麻烦。他会说是她引诱他的，她知道他们总是相信白人。她咬紧牙关，默默地忍受着他插入时的刺痛和他动物般的哼哼声。猪，她想，他就是头猪。

接着，铃响了，灯光熄灭。她知道九点了。他们总是在九点响铃熄灯。这也是她为什么匆匆忙忙从洗浴区往回赶的原因。她想在熄灯前回去，宵禁后还在宿舍外面会有麻烦的。他们会削减她的食物配给。

铃声和突如其来的黑暗并没让他停下来；他的哼哼声现在更响更快了。他快到高潮了。

然后，一切结束了。

他把她推到一边，提上裤子，消失在夜色中。除了哼哼声，他一句话也没说。

伊迪沿着大楼一侧摸着墙往回走，转过拐角，来到大门口。谢天谢地，还没上锁。她打开门，溜了进去。

几秒之后，她穿过集合室，通往宿舍的门打开了，一束手电筒光照在她脸上。

“你不睡觉在做什么，伊迪?”一个声音问。这个声音很威严，却很有磁性，带着柔和的爱尔兰腔。“你知道的，熄灯后就不能待在外面了。”

吉尔·德莱尼护士悄悄关上了她身后的门，免得吵醒那些睡觉的人。她知道每晚九点查房后，门一关上，大多数女人会继续接着聊天。

“过来吧，”她走到女孩面前，手电筒的光仍然照在伊迪的脸上，“你干什么去了？”

“不得已，女士，”伊迪说，眼睛低垂，避开白人妇女的目光，“不得已去了厕所。”

“你该早点去，”护士训斥道，“你知道，不是吗？你应该在熄灯前去。”

“是的。”伊迪紧张地拖着脚步，眼睛依旧盯着地板，如果她能看到的话，她盯着有地板的方向看。耀眼的手电光令一切都处于黑暗之中。“是的，是的，我知道。”

吉尔·德莱尼看得出女孩在瑟瑟发抖。出事了，她想。“怎么了，伊迪？出什么事儿了？”

“没事儿，女士。真的，没有事儿。”伊迪抬起头，眼神里流露出恳切的哀求，“我该早点去，就是这样。未按时回来。都是我的错。我知道错了。”

“没事了，伊迪，没事了。”护士将手电筒朝下照着，“你不会受罚的。”她把电筒对准宿舍门，“现在去睡觉吧，好孩子。”

伊迪顺从地朝门口走去，心里松了口气。她很确信自己摊上麻烦了。天哪，如果他们知道刚才发生了什么，我就会有麻烦的，她对自己讲。

吉尔·德莱尼看着门轻轻地关上。门关上了，她在黑暗中站了一会儿。是他，她想。他又犯事儿了，肮脏下流的畜生。她了解那个警卫。他是个作奸犯科的惯犯，一直在寻找会勾起他爱好的新来的年轻人，他等待时机，等待完美的机会。他对同一个女孩只犯一次，不重复。她多么希望能当场抓住他，但她从未成功过。他太狡猾了。她没有证据同他对质，他自然会否认。她唯一可以做的就是了解她这些女孩：她们看到他时，她们脸上惊悚、恐惧的表情。他当然完全无视她们，这些都很难成为证据。她想，真正有错的是，他不是这里唯一有罪的。强奸案在这里并不少见。棕榈岛的白人男子似乎认为这是女性在他们庇护下的公平代价。真令人恶心。

吉尔·德莱尼觉得自己有责任。她总是尽可能让年轻的姑娘在她视野之内，尤其是新来的姑娘，但她让伊迪失望了。她对此感到非常愧疚。

几个月后，看到伊迪真的怀孕时，她更是愧疚。吉尔·德莱尼想，这个可怜、不幸的女孩，她真是倒霉！

伊迪并不认为自己不幸。她也不认为怀孕是不幸，甚至是不正常的。她一直容易受孕。哪怕是不情愿的一次也能怀孕。伊迪想要这个孩子。她想念她的孩子们。她知道再也见不到他们了。他们被带到很远的地方，她不知道在哪里可以找到他们。但没人能把这个孩子带走。

她想就算孩子的父亲是头猪，也不是孩子的错。她在走路时会骄傲地挺着孕肚，大胆与强奸犯对视。吉尔女士帮我保住了这个孩子，她知道我想要这个孩子。吉尔女士也知道是谁干的。她没有说，但她知道。

孩子出生时，是由吉尔·德莱尼护士亲自接生的，伊迪很高兴是个女孩。

“我会用您的名字给孩子命名，吉尔女士。”她说。

多年后，伊迪向瓦尔讲述自己的故事，吉尔·德莱尼护士的形象非常高大。

“吉尔女士的声音真的很美，”伊迪说，“有点像唱歌，你知道吗？她告诉我，她有爱尔兰血统。她名叫德莱尼，但我叫她吉尔女士。因为她和我，我们是真正的好朋友。她帮我保住了孩子。”

吉尔·德莱尼确实帮助了她。她没有上交报告，那样做会把小女孩从母亲身边带走。棕榈岛的孩子们很小就会从父母身边带走，住在不同的宿舍，但她设法让母亲和孩子定期见面。她甚至安排小女孩和母亲一起在洗衣店工作。

“那个女人，她救了我们的命，”伊迪说，“吉尔女士，她是个正义天使。她知道谁强奸了我。她从来没告诉我她知道，但我清楚她知道。那个家伙，那个猪，在吉尔还没问爸爸是谁时，就已离开了。”伊迪的脸上绽放出灿烂的笑容。她非常喜欢向挚友卸下自己的包袱。她以前从未卸下过包袱，她发现这种感受很让人释放。

“我们来到汤斯维尔，我和小吉尔，”她说，“然后我们遇见了你。现在，一切都好得不能再好了。”

这就是瓦尔和伊迪共同的秘密——也是小吉尔不知晓的过去。不仅是强奸，还有伊迪人生的全部。伊迪为女儿描绘了一段纯属幻想的过去。

“我的孩子不会知道父亲是个混蛋，猪一样的强奸犯，”她激动地说，“当然，我的吉尔肯定知道爸爸是个白人，”她说，“当然，任何人都看得出来。她不需要知道真相。事实是没人需要知道真相。”

“那你对她讲了什么？”瓦尔问。

“我告诉她，她爸爸叫雷金纳德·史密斯。”伊迪露出她那富有感染力的笑容，“我曾认识一个叫雷金纳德的家伙——这个名字真好听，我喜欢这个名字。至于史密斯，”她耸耸肩，“很多白人都叫史密斯。我告诉她，我的丈夫雷金纳德真的很自豪有个漂亮女儿，”她悲伤地摇摇头，“但可怜的家伙死于一起事故，在灌木丛中被一辆卡车碾过。然后我被送到了棕榈岛。当然了，不是因为做了什么坏事，”她急忙补充道，“只是为了有人照顾，你知道吗？我没告诉她我和她差不多大时就怀孕了。她知道这些没有好处。”

“对的,”瓦尔并不十分同意，但还是点了点头，“她接受这一切，是吗?”

“为什么不呢？我告诉她时她才五岁。”

“当然。”伊迪的逻辑令人不容置疑，“她从来都不曾怀疑为什么她不叫吉尔·史密斯?”

“啊，这样最好，明白了。”伊迪对这一点特别满意。“我告诉她，我给她取了我的部落名字，因为我想让她为自己的身份骄傲。这是事实，瓦尔，我发誓，这是真的。而且,”她想了一会儿补充说，“伊兰巴比史密斯这个名字听起来好多了，你不觉得吗。”

“是的,”瓦尔微笑着表示同意，“是的，确实如此。”

谈话发生在瓦尔和伊迪认识仅六个月时。她新收购的酒吧开业后，瓦尔雇用了这位原住民妇女。她走进酒吧，径直走向柜台，要求被雇用。

“如果你雇了我，就有了最好的洗衣房,”这个女人宣称，“我和我的女儿，我们是汤斯维尔最好的洗衣工。”女人的勇敢直率打动了瓦尔。雇用她之后，她发现伊迪没有吹牛。她和12岁的吉尔是洗衣专家。事实上，瓦尔发现，伊迪·伊兰巴在汤斯维尔很有名。她离开棕榈岛来到这里的两年中，一直在许多人家和机构中做日常家政和洗衣工。

这种情况并不罕见。汤斯维尔吸引了大部分棕榈岛的年轻女性，许多人受雇做家政或女佣等工作。人们发现，她们大多都很讨人喜欢，举止得体，但不太可靠。过了一段时间，她们就容易四处乱跑。也许是因为囚禁或幽闭恐惧症，没人知道真正的原因。

没过多久，瓦尔和伊迪就成了好闺蜜。在外人看来，她们形似而实非，人们经常这样评论，实际上她们志趣相投。她们都大胆直率，极为坦诚，彼此志同道合。

当然了，瓦尔一直是老板，伊迪承认自己的下属地位。瓦尔花了好大气力说服，她才不叫“瓦尔女士”。但有些问题，伊迪坚决拒绝让步，瓦尔对此也无能为力。其中最主要的就是“住宿”问题。瓦尔根本无法理解，既然伊迪受雇为全职洗衣工和服务员，为什么不住在酒店，而是选择一清早到，但在下午晚些时候就离开。至于具体的往返地点，瓦尔完全不知晓。

“我总是做日工，”伊迪第一次被问时回答说，“从不过夜。”

“为什么？”

“不喜欢住在这里，”伊迪说，“太封闭了，就像回到了棕榈岛。”

瓦尔一次又一次地坚持让伊迪住在楼上的一个房间，但总是得到同样的回答。

“不，不，我需要更多的空间。我喜欢自由。”

“那你到底住在哪里？”瓦尔问道，“你是在灌木丛露营还是怎么的？”

瓦尔越是追问，伊迪的回答就越敷衍。她只是无所谓地耸耸肩。

“天哪，你这个女人，”瓦尔依旧坚持，恼怒地说，“你有个孩子！你不能在有了孩子之后还过着土著生活。”

“为什么不能？我的吉尔，她也是土著。而且我们喜欢我们的‘自由生活方式’，我们喜欢。”伊迪勉勉强强说了出来。她最近才学到这句话，她很喜欢。“吉尔要去上学，那他妈的对她好吗？天哪，她快十三岁了！”

“她能读会写。”每次吉尔出现在争论中，伊迪就会辩解，“他们在棕榈岛教过她。”

“她需要的不止这些，你该知道！你不送她上学，我就自己教她。”

伊迪最终在这一点上让步了，允许瓦尔每周辅导女儿几次，吉尔甚至有时在酒店过夜——瓦尔已经是女孩的第二个母亲，所以没什么不好。伊迪自己则坚决拒绝住在酒店。

瓦尔一向避免触及朋友的隐私，但她认为现在是时候了。她毫不费力地找到伊迪选择“自由生活方式”的地点。她询问了镇上的几个人，大家似乎都知道伊迪·伊兰巴住在哪里。

有一天，她问：“你打算带我去看看你的船屋吗？”

伊迪非但没有反对，反而调皮地咧嘴一笑：“你花了不少时间去打听，是吗？”

当天晚些时候，瓦尔站在玫瑰湾的南端，打量着破旧的船屋，自从伊迪和女儿从棕榈岛出来了之后，这个船屋就一直是她们的家。

船屋是两个船棚中的一个，相距约20码，伊迪在两船之间挂了一根晾衣绳。瓦尔惊讶地注意到，废弃的木船与另一条船一样，结构完好。船旁有个小水箱；显然有人在这里住过。她想知道两个船棚空置了多久，以及主人是谁。

“外面可以刷一层油漆。”她挑剔地说。

“是的，”伊迪回答，“一直想做的。”她还没有做，现在看来是个好主意，“进来吧，瓦尔，我给你沏杯茶。”

船内既温馨舒适又干净。伊迪对自己的家很自豪。一盏煤油灯用链子吊着，悬挂在棚子中央的横梁，是唯一的照明源，但光线很充足。这里没有真正的床架，也没有真正的椅子，区域按照具体的目的进行划分。棚屋最左边角落的被褥叠放得整整齐齐，中间是她和吉尔坐着吃饭的垫子，也是一尘不染。伊迪经常把垫子挂在晾衣绳上，用扫帚柄敲打。这里只有两件家具。位于最右边的角落，靠近地板的煤油炉，有一个小架子，放着厨房用具。在一扇侧窗下，一张旧木长凳固定在墙上。瓦尔想当然地认为伊迪刚搬进来的时候凳子就在。长凳上有个大锡盆，上面有个水龙头，水管穿过木墙，通到外面100加仑的水箱。

锡盆有多种用途，可以用来洗澡，也可以用来洗餐具，最重要的是用作洗衣盆。刚到汤斯维尔，伊迪就把她从洗衣房收到的衣服带回来洗。事实证明，她那间简陋的小屋是个相当成功的小作坊，足以满足她自己的需求。

伊迪喜欢自己的工作，喜欢和洗衣相关的一切。看到衣服和床单一尘不染，对她来说是一种快乐。最重要的是，她酷爱成为同业中的佼佼者。

“自来水，看到了吗?”她一边把水壶放在水龙头下，一边向瓦尔夸耀道，“这里有我需要的一切。”

“这很好，伊迪。”瓦尔赞许地环顾四周，“真的很好。你做得真不赖。”

伊迪高兴得眉开眼笑。瓦尔的认可对她来说意义重大。“我以前在这个地方开过洗衣店，把亚麻之类的东西拖回家，就在这个盆里洗。非常好用。”她走到煤油炉前，跪下来点燃煤油炉，把水壶放在炉顶上，然后站起身来，“想不想在烧水时出去看看风景，嗯?”她问。

“好啊，为什么不呢?”

他们走到外面，欣赏着美丽的玫瑰湾，一望无际的白色海滩，湛蓝的海洋，郁郁葱葱的树木，本地的桉树和棕榈树，背景映衬着两个孤零零的船棚。目光所及，杳无人烟。

“我在这里很开心，瓦尔，”伊迪说，“感觉自己属于这里，你知道吗?”

“是的。”瓦尔缓缓地点了点头，“是的，我懂。”

她们站着欣赏了一会儿风景，直到伊迪打破沉默。“进去吧，水应该开了。”

伊迪蹲在炉子旁，把水倒进茶壶里，满是歉意地说：“不好意思，得让你坐在地板上了。”

瓦尔一声未响，随意地坐了下来。“早知道你要来，我会去弄把椅子，嗯?”伊迪说，她们并肩坐在一起等着茶泡开。

“是的，”瓦尔说，“你一定会的。”她环顾小屋，目光落在锡盆上。“你说你以前在这里开过洗衣店?”

“是的，没错。”

她们的友谊虽刚刚开始，但彼此都知道这段友谊注定会是终生之交。瓦尔·卡拉汉在脑中已有一个计划的雏形。

第四章

瓦尔开始实施她的计划，第一步比她预想的要容易得多。当地土地和所有权办公室的查询显示，船棚的主人早已去世，他从来没有拥有过这块土地。土地属于市政委员会。他是非法占有。没有人确切地知道船棚是哪一年建成的，据说是在战后不久，“大约是在1920年”。

提供信息的人说：“他建造的船棚一个用来住，一个用来放他的船和工具。”“我相信他是个老家伙；一位退休的当地渔民，过着隐居生活，大家都没注意到他。”

调查后，瓦尔从市政会那里购买了包括两个船棚在内的四分之一英亩土地20年的租约，条件是她要负责维护。事情就是这么简单。

事实证明，下一步就不那么简单了，因为与伊迪有关。

瓦尔突然来访，伊迪困惑地问道：“你说我拥有这个地方是什么意思？这儿早已是我的了。”说着，她环顾船棚，她们正坐在那里用搪瓷杯喝茶。棚子里现在多了两把靠背椅，“我和吉尔，我们在这里住了很多年了。”

“是的，我知道，伊迪，”瓦尔耐心地回答，“可你没有真正地拥有船棚，你们总有被赶走的危险。”她的朋友仍旧茫然地盯着她，她继续解释道，“你要知道，如果主人出现并想要回的话。”

“是的。”伊迪慢慢地点了点头，她以前从没想过这个，“是的，我想你是对的。这就是为什么这些家伙在这里测量，是吗？”

“没错。你现在不会被赶走了，你看。我买下了船棚，两个都买下了，我把它们给你。现在它们是你的了。你有产权了。”

“哦。”伊迪似乎更困惑了，甚至有点摸不着头脑，“瓦尔，你真是太好了。”

如果瓦尔期待一声“谢谢”，那她注定要失望了。伊迪的表情清楚地说着，为什么？

“他们不让我买那块地，我只能租，”瓦尔继续说，“所以你实际上并不拥有这块地。”这一点对伊迪来说非常清楚。“我当然不拥有这块地，”她说，好像在跟个傻瓜说话，“没有人拥有这片土地。是土地拥有我们。”

“是的，当然。”瓦尔回答。土著逻辑，她想，要尊重。

“你为什么要这么做，瓦尔？”伊迪终于脱口说出了心中最想说的话，“你为什么要给我买船棚？”

“因为我想。”

“你知道，我不需要施舍。”她那双精明的黑眼睛里潜伏着的疑惑被一丝冒犯所取代，“我不接受任何人的施舍。即使是你也不行，朋友。”

“我不是在给你施舍，伊迪。”由于怀疑事情可能会朝着这个方向发展，瓦尔心中早已有了应对策略。

“那你为什么这么做？”伊迪问。

瓦尔有很多话可说，有很多话想说。因为你的生活一团糟，伊迪……因为你真他妈的是个好女人……因为你值得拥有更好的……因为你是我的朋友……

但她什么都没说。

“这是个生意提议，伊迪，”她说，“你和我之间的生意提议。我们开家洗衣店，一家正规的洗衣店。”

瓦尔的提议很简单。她会把酒吧木制的可加热旧洗衣池运到这里。棕蛇酒吧需要换个新的铜水槽。她会建一个砖窑来安放，并在外面建个烟囱。

“你和吉尔得搬到另一个船棚里，”她说，“这儿有水箱，这个船棚做洗衣房。”

伊迪什么也没说，她只是听朋友喋喋不休地说着，她那像鹰一样敏锐的眼睛盯着瓦尔，生怕错过任何可能欺骗她的信号。

“棚屋也需要改造一下，”瓦尔继续说，“我们必须进行维修。我会安排把材料运送过来，你和吉尔可以把所有的东西都打磨一遍，然后刷成白色。你说呢？”

“衣服从哪里来？”伊迪开门见山地问。

“从棕蛇酒吧开始，”瓦尔说，“你可以在这里洗酒吧的衣服。我会让巴兹来送，每周来取一次。”巴兹最近加盟了酒吧，他要处处证明自己的价值，瓦尔想，他似乎到处都有关系，“然后我们会到处散布这个消息。‘汤斯维尔有史以来最好的洗衣店’，”她以一个真正推销员的口吻说道，“人们总是想要最好的，伊迪，你我都知道。”

伊迪喜欢这个主意，但她不想让人觉得她太容易被说服。“那谁在酒吧里打扫房间做我现在的活儿呢？”

“我会雇一个年轻的棕榈岛女孩做服务员，”瓦尔说，“周围有很多人在找工作。”

“是的，”伊迪赞同这个主意，“雇个棕榈岛的姑娘，很好，这个主意好。”

瓦尔把空杯子扔在地上，站了起来。“那我们就是合作伙伴了?”她伸出手来。

“是的。”伊迪站起来，她们握了握手，“合作伙伴。”

瓦尔的主要目的是让伊迪在她“自由的生活方式”中有保障。她们握手时，她不禁想，这甚至可能会被证明是项可行的投资。

整个计划迅速而又顺利地实施着，一切都要归功于巴兹。几个月前，巴兹·泰勒与瓦尔·卡拉汉联手。他认识到她的价值，也非常渴望证明自己的价值，并巩固他们间的关系。

“好的，瓦尔，”他说，全心全意地接受了洗衣店的主意，尽管对他来说这听起来很愚蠢，“我可以帮你把窑建好。正好我有个盖房子的朋友欠我一个人情。”

巴兹的人情和易货交易无一例外都是以收不回来的赌债作为交换条件。他知道如何玩弄那些光顾他赌场和扑克游戏的人。

砖窑建成了——铜制水槽完美地放在中间——通向外面的烟囱也完工了。巴兹的朋友还建了另一个烟囱，以容纳不知从哪里奇迹般出现的锅盖炉。

巴兹说：“我认识的一个家伙正在改造厨房。他给自己买了个全新的麦特斯炉，旧的不想要了。”

老式锅盖炉对伊迪来说是天赐之物。当然，用它烹饪很方便，更重要的是，它可以用来完美地加热她从酒吧带来的两个熨斗。因为没有电源，瓦尔最近为酒吧购买的熨斗用不上，伊迪也从没用过。她从不使用新式电器，甚至不喜欢用大多数人喜欢的汽油熨斗。她在棕榈岛学过用扁铁熨斗，这仍然是她的首选工具。

这一天终于来了。

“一切准备就绪，瓦尔，”她自豪地说，“我们准备好了，要在汤斯维尔提供最好的洗衣服务，嗯。”

“我们当然准备好了，伊迪，”那个星期六下午，她们站在一起，瓦尔赞同道，14岁的小吉尔在她们身边看着新粉刷过的船棚，“你们两个干得真漂亮。你们应该为自己感到自豪。”

母女俩相视一笑。她们的确如此。所有费力的打磨和刷油漆都是她们自己做的；她们昼夜不停地干，没让别人帮忙。这是她们的家，她们感到无比自豪。

洗衣店起步较缓，消息传播开后，逐渐有新的顾客加入成为常客。每个星期，伊迪都会从船棚步行三英里到棕蛇酒吧，把收入的一半交给瓦尔。巴兹每周都会送来和取走酒吧送洗的衣服，出于特殊原因，伊迪不太信任把钱交给巴兹。他很聪明，也很英俊，但她发现他是个阴险的家伙。总之，她喜欢走路。她可以连着走一整天，也时不时地就走上一天。偶尔休息一天，她和吉尔会到周围的灌木丛去走走，并且走得很远。两人从黎明时出发，走上几英里，直到夜幕降临才回来。伊迪·伊兰巴认为，她的女儿应该始终了解原住民遗产以及她与这片土地的联系。

伊迪实际上不用担心巴兹。他对洗衣店微薄的收入没有兴趣。

这笔钱也没有给瓦尔带来价值可观的收入，瓦尔想阻止伊迪这样做，但伊迪显然认为这是她每周应尽的义务。

“你为什么不留着等生意好起来再给我呢，伊迪。”她建议道。

“不行，不能那样做，”伊迪用力摇头说，“我们是合作伙伴，你和我，瓦尔。合作伙伴，就是要平分。”

瓦尔对此无能为力，意识到这是一个关乎自尊的问题。通常，除了钱，伊迪还会送上鲜鱼。伊迪不洗衣服或不去散步时，就去钓鱼，她喜欢钓鱼。她将钓到的大部分鱼卖给别人，但她拒收瓦尔的钱。

“这是我给你的礼物，”她会说，瓦尔给她钱，她就会生气。瓦尔无可奈何，很快意识到这些都是不必要的。伊迪可能很穷，但她快乐幸福。

时间最终解决了瓦尔所有可能的焦虑。不到几年，伊迪的洗衣店就生意兴隆，需要雇用一名年轻的棕榈岛女子。

“我和吉尔需要有人搭把手，瓦尔，”伊迪说，“很好，我们把工作给一个棕榈岛姑娘。”

好吧，真没想到，瓦尔想，这个投资竟然成功了。

第二年，1940年，吉尔快18岁了，渴望找一份合适的工作——就像伊迪说的，“进入真实世界”。问题迎刃而解。

“她可以来我这儿工作，”瓦尔说，“我会教她真实世界的东西，伊迪，我向你保证。你知道她在我这里会很安全，你知道的。”

于是，伊迪又雇了个棕榈岛女孩，吉尔去了棕蛇酒吧工作。

在接下来一年左右，事情发生了进一步变化。洗衣店维持着微薄的收入，在一定程度上比较成功。伊迪的船棚现在已不仅仅是家洗衣店，伊迪自己也不仅仅是个洗衣女工。对于那些来来往往的棕榈岛女孩来说，先工作一段时间，然后四处走走，多半还会再回来，船棚是个聚会场所。在那里，她们受到欢迎，有家的感觉。不管她们是否在那里工作，姑娘们都被船棚，尤其是被女主人——伊迪姨妈所吸引。

她现在四十出头，大约四十岁，她自己也不太确定。伊迪赢得了伊迪姨妈这个头衔，这是对她的尊重。对于所有认识她的人来说，她就是伊迪姨妈。然而，对于棕榈岛的姑娘来说，伊迪姨妈尤其特别，因为她是她们中的一员。伊迪姨妈是布卡曼人。

但最大的变化还在后头。不仅是伊迪的变化，还有整个汤斯维尔的变化。部队就要到了。

部队进入昆士兰北部，美军的到来，令伊迪的生意，就像汤斯维尔所有的生意一样，在一夜之间发生了天翻地覆的变化。她的洗衣店恰好离香吻地要塞和杰津兵营很近。

先是来了几个盟军军官。

“听说你的活儿干得不错。”澳大利亚中尉说。

“是的，汤斯维尔最好的。”伊迪回答说，她和姑娘们接下了递过来的一捆制服，有长裤和衬衫——打理好这一切对她们来说小菜一碟。

接着来了一群美国佬，总共八个人，乘坐两辆吉普车。美军已经接管了汤斯维尔的蒸汽洗衣店，这是唯一能大量处理亚麻衣服的地方。这些有探险精神的军官决定在附近寻找他们自己的洗衣店。

伊迪接了他们最初送来的活儿，显然，要是这群美国佬成了老主顾，就得解决一个问题。她去见了瓦尔。

“我们需要更多的水，”她说，“我们的水箱太小了。”

瓦尔立即将此事交给巴兹，一周后，一个500加仑的波纹铁水箱送到了船棚。

“感谢上天保佑，”伊迪看着巴兹和两个伙伴把水箱卸下来，高兴得透不过气来。把“感谢上天”和“上天保佑”混到一起说了，这是她感到敬畏时最爱说的一句话。

瓦尔听说巴兹搞定了水箱，同样吃惊。“从卡车上掉下来的，是吗?”她问道，表面挖苦，暗地里却钦佩不已。

“嗯，实际上它掉在了一辆卡车上，”巴兹回答说，“然后它就掉在了伊迪家。”

他们抽干了100加仑旧水箱里剩下的水。幸运的是，接下来的几周，几场大雨接踵而至，但伊迪知道他们不能依赖雨水。瓦尔也说，马上就会限水。

因此，伊迪对美国军官说，“如果水箱空了，”她用手指戳了戳水箱，“你们美国兵得把它装满，要不就别想再洗衣服了，明白吗?”

“明白，姨妈，我们会看好的，”他们向她保证。连美国佬都叫她姨妈。

现在伊迪的生意蒸蒸日上。美国人付钱很大方，至少比澳大利亚人多四倍。有时他们甚至会拿出一沓纸币，说：“姨妈，想要多少自己拿。”但她从不滥用他们的慷慨。她仍然为少数来找她的澳大利亚军官洗衣服。但她更喜欢美军的制服，尤其是他们的裤子。

“拉链比纽扣好得多，”她告诉瓦尔。拉链不会像纽扣一样在洗衣服时脱落。她补充说，“熨烫起来也很方便。澳洲人的裤子真他妈的不好熨烫，都有该死的纽扣。为什么他们不能像美国人那样给澳大利亚兵的裤子上装拉链呢？”

人们对入侵的恐惧与日俱增，战争另一个令人不快的地方也随之产生，这是由恐惧引发的。北昆士兰人对那些他们认为同情敌人的人越来越警惕，政府在引入外国人拘留营的事儿只会让人更加焦虑。平时温和的公民开始攻击邻居。德国人被视为纳粹分子，意大利人则被视为法西斯分子，即使有些人已经在这个国家定居多年——已经入澳洲籍并且其子女也在澳大利亚土地上出生，也受到波及。

情况开始变得荒谬。最后，说话直言不讳的汤斯维尔副市长汤姆·艾肯斯，一个穿着艳丽、魅力四射，喜欢自行车骑行的家伙，在皇家剧院召开了公众会议，驳斥了一些在当地意大利社区流传的有关“不忠诚”的荒谬故事。他讲话的风格独特，既尖刻又幽默。

“汤斯维尔最知名的两个商人来找我，投诉有人在罗斯溪坐着划艇给日本潜艇发送摩尔斯密码信息！”他揶揄地说。他小心翼翼地避免提到任何具体名字，他知道不能公开羞辱有社会地位的人。

艾肯斯让这一指控听起来很可笑，他非常反对目前在整个北昆士兰猖獗的仇外心理。正如他从一开始就公开声明的那样，他认为拘留外国人和已归化的英国臣民是“与战争有关最肮脏的丑闻”。

汤姆·艾肯斯的强大影响力或许有助于阻止巴尔迪尼夫妇被拘留，没人能说得清，但依然没能阻止他们被镇上一些市民孤立。

托尼·巴尔迪尼和妻子艾尔莎于1919年从意大利北部移民到澳大利亚，年轻的新婚夫妇想在第一次世界大战后重建他们的生活。在汤斯维尔定居后，他们购买了土地，在小蔬菜农场里辛勤劳作，日子过得红火。随着时间的推移，他们扩大了农场规模，最终在弗林德斯街拥有并经营了一家果蔬店，出售自己的农产品。

他们成了澳大利亚公民，三儿一女都在澳大利亚出生。萨尔瓦多（萨尔）现在二十岁，马西奥（马特）十八岁，卢卡（腊吉）十六岁，小索菲娅十四岁。

过去的几年里，大一点的男孩一直在父亲靠近路易莎山西边、面积为五英亩的蔬菜农场里工作和生活。年轻的腊吉刚刚完成学业，最近才参与农场工作，而索菲娅和父母则住在店里，不上学时，便在前台干活儿。巴尔迪尼一家关系融洽、辛勤努力，在镇上很有名气，也深受大家喜爱。

一家之主托尼现年四十多岁，个性张扬，体格强壮，富有活力，喜欢美食和美酒，是个真正的美食家。儿子们接手了艰苦的体力活儿之后，他健壮的身体开始发福，但仍然很强壮。他个子不高，给人的印象是个大块头，这无疑归因于他张扬的个性。

多年来，托尼的口音一直未改，他吃苦耐劳的妻子艾尔莎也是如此。她身体结实，是个能干的女人。她在照顾一大家子的同时，还独自打理着生意。两人浓重的口音并不奇怪，他们自从来到这个国家后就没说过一句英语。正如托尼自豪地声称那样，他们的孩子是“小澳大利亚人”，他们的口音听起来也确实如此，尤其是男孩们，他们有着纯正的北昆士兰口音。但每个孩子都能说一口流利的意大利语，一家人在家里用母语交谈。托尼既为自己祖国的文化遗产感到骄傲，也为自己定居的国家感到自豪。他希望孩子们也是如此。

另一件令托尼感到无比自豪的事儿是他作为酿酒师的天赋。他实实在在是自学成才，而且确有天赋。托尼酿的葡萄酒不仅适口，而且非常美味，品种多样。多年来，他都会把没卖出去的水果酿成酒，他的座右铭是“lo spreco non vuole non”，意思是勤俭节约，吃穿不缺。真正让他这样做的，不是因为实用，而是出于对酿制葡萄酒的喜爱。

托尼的酒不出售，只供家人享用。星期天，男孩子进城和家人团聚，商店后面生活区的大餐桌上总会多出几位客人。托尼的朋友们经常在周日下午过来，急切地想品尝主人最新酿好、可以开启的果酒。如果朋友们在午餐时过来，他们总会被邀请上桌。出于这个原因，艾尔莎总是熬制一大锅博洛尼亚肉酱，这样就很容易根据来客的数量，多煮几份面。

巴尔迪尼一家慷慨大方。他们家对所有人开放，食物和酒均可分享，而且他们家从来都不缺少那些渴望得到热情款待的人。巴尔迪尼家很受欢迎。

那为什么突然间他们受到诋毁？为什么有人说托尼·巴尔迪尼应被送进外国人拘留营呢？也许还有他的两个大儿子？

只是因为他们的意大利人血统吗？是因为他们吃意大利面条和自己酿酒吗？是因为他们家总是有刚烹制好的大蒜的刺鼻气味吗？是因为托尼·巴尔迪尼的张扬，他的口音，以及孩子们虽出生在澳大利亚，却会说意大利语吗？

是的，就是这些。就是这些事情，桩桩件件，仅此而已。汤斯维尔一些一向温和的市民突然开始害怕，不仅只是害怕那些有色人种，还有那些与其不同具有威胁的人。

也有些市民对这种不公正的现象感到愤怒。

“你听到最新消息了吗?”汤斯维尔《每日新闻简报》的皮特·维克斯怒气冲冲地走进主编办公室，“他们说要把托尼·巴尔迪尼送进拘留营！还有他的儿子们！天呐，托尼一直都生活在这里，他的儿子和我一样都是澳大利亚人……”

“是的，我听说了，”他的老板吉姆·伯内特打断了皮特的话，说道，“我已经听到了传言，我知道有几个人想给托尼找麻烦，但是……”

“昨晚有几个他妈的混蛋在他商店橱窗上贴标语，写着：把法西斯分子关起来!”皮特非常愤怒地喊道，“托尼！该死的法西斯分子！他们在开什么玩笑!”

“好了，伙计，好了。冷静点。”和年轻的皮特·维克斯谈话，吉姆惯于灭火。25岁的皮特性情反复无常。充满理想、雄心勃勃，对工作和新闻业的初心充满热情，是个该死的好记者。吉姆这个经验丰富的新闻人，看到了他叛逆的一面。这孩子必须学会随遇而安，他想。

他说：“别让自己太激动了。”

吉姆舒舒服服地坐在办公桌后面，看着皮特在办公室里大步地走来走去，他笨拙的步态让人想起一匹受了伤、不安分的小马。他是个身材瘦削的年轻人，总是不安分，他的畸形足根本不算残疾，但走起路来还是一瘸一拐的，他对此似乎完全没有意识到。

“我敢肯定，不会有什么事儿的，”吉姆接着说，“汤姆·艾肯斯也反对这事，他不会让人把托尼带走的，也不会把他的儿子们带走。”在皮特又要爆发时，他补充道。

皮特·维克斯的心情根本平复不下来。“与此同时，”他把双手放在老板的桌子上，身体前倾，想把每一点都说清楚，“这个人的人品正在被抹杀，名誉被玷污，家人被诽谤。这是多么该死的耻辱啊。”

吉姆意识到他说什么也不会有用，就什么也没说。最好让皮特把话都说完。“被玷污”，他沉思道，对一个年轻人来说，这是个多么有趣的老派用词。可他是位作家，一位才华横溢的作家。

皮特把老板的沉默看成鼓励，他用手捋了捋自己乱糟糟的头发，砰的一声坐在两把硬背椅中的一把会客椅上。“我想写一篇有关歧视的专题报道，吉姆，”他认真地说，“事实上，我想把它写成一篇该死的揭露文章！托尼的遭遇只是很多不为人知的巨大冰山的一角。”

“哦，是的。”吉姆谨慎地说道，他看得出他想干什么。

皮特接着说道：“这种事情发生在整个北昆士兰，还有北领地。正派的人被当作敌人，从家人身边被带走，毫无理由地被丢进拘留营。政府没有权力这么做！”

吉姆想说“其实他们有权力”，但忍住了。“这确实不公平，皮特，”他说，“但事出有因。国家快要被入侵，我们又地处偏远的北边，就在烽火线上。当地居民感到恐惧很正常。他们希望看到政府采取一切可能的预防措施。你也要明白，政府必须警惕任何潜在的与敌人的勾结。他们不能抱有侥幸心理。他们需要保持警惕。”

“他们不必他妈的这么残忍！”吉姆想反驳皮特，但这只会再次点燃年轻人的怒火，“政府和军队的无知，我说，他们对所管理的普通民众的无知让人难以置信！”皮特喊道，“你知道吗？达尔文被轰炸后，所有纯正血统的原住民都被集中起来，转移到军营做苦力，接受监视。”

吉姆一言未发。是的，他听说了。

“政府和军方显然认为，要是我们遭受入侵，原住民会同情日本人，而不是澳大利亚白人。这他妈的多蠢啊！”

吉姆保持着沉默。这更激怒了皮特。

“你知道吗，就在汤斯维尔，志愿保卫队的穆雷上校下令，一旦被入侵，原住民会最先被枪杀！”

吉姆依旧一言不发。是的，他也听说了。他不得不说自己对此也很震惊，但他并没把这话当回事儿。他认为，这只是一些大嘴巴的军事偏执狂在发泄情绪。

皮特说：“这不仅愚蠢，还是该死的犯罪！国家领导人散布种族主义和种族仇恨，所有人都会效仿。我们最终会像目前正在与之抗争的独裁政权一样！这是活生生的例子，他们追随他们该死的领袖并杀死所有不同种族的人。”哦，亲爱的，吉姆想，他越来越激动了，这很危险。我得阻止他。

“我想对整个卑鄙事件做个专题报道，”皮特宣称，他已忘乎所以了，他相信吉姆的沉默是某种形式的默许，“我要揭露托尼·巴尔迪尼和所有无辜澳大利亚人所受到的不公正对待，他们因其种族而被贴上敌人的标签！我要揭露潜在的该死的种族灭绝政策正威胁着原住民的安全。”他用拳头重重地敲了敲桌子，“我要写篇该死的揭露文章，吉姆。”

“不行，你不能这么干。”

皮特停了下来，一言不发地盯着老板。

“你不能这么做，伙计，你很清楚。”

“为什么不能？”皮特问。

“审查，这就是不能的原因，”吉姆客气地回答，“我要是印发这样的文章，他们就会把报社关掉。我们得遵守规定，皮特，你和我都很清楚。我们任何时候都要‘在后方保持高昂的士气’，刊发新闻部想要我们刊登的内容。”

“那意味着我们只是他妈的宣传机器。”皮特嚷道。

"从这方面说，是的。"吉姆赞同道，"战时审查是有目的的。政府希望避免在后方出现任何动荡或恐慌。"

"这就是达尔文轰炸的真实死亡人数被误报的原因。"皮特打断了他的话。

吉姆没有理会他。"他们希望防止海外对澳大利亚产生错误的印象。"

"也可能是真实印象。"皮特嘲讽地说。

吉姆没有理会这句话。"所有这些都可以理解，"他继续说，"最好守住底线，皮特，"他语气平静，好像在抚摸一只激动的小狗，"随遇而安，没必要兴风作浪，伙计。"

天哪，皮特想，吉姆今天超常发挥了，一句话竟然用了两个成语。

吉姆和皮特通常关系融洽。吉姆对这个新来晚辈的才华很是认可，皮特也对这位长辈在报业丰富的阅历很敬重。但吉姆·伯内特爱用陈词滥调，偶尔也会让皮特感到不快。

他想，我还要听多少次"随遇而安""守住底线""不要兴风作浪"？报社蹩脚的老编辑都是这样。对他们来说，使用陈腐的客套话理所当然。

皮特·维克斯是个雄心勃勃的年轻人。吉姆·伯内特是个好人，但皮特不想让自己成为他那样的"蹩脚记者”。皮特认为自己是名调查记者，真正有责任去调查。这份责任，最重要的就是要告诉读者真相，揭露不公。

皮特的偏激很大程度上是因为足部的先天缺陷，现在比以往更糟了。早些年，他尽可能地掩饰自己的状况，右脚穿一只稍大的鞋，即使在炎热的夏天也从不穿短裤。他尽量让自己走路时不跛脚。成年后，他并不把自己看作残疾人。他甚至觉得自己不是跛子。不，不。他是一名记者，一个有责任感的人。但情况最近发生了变化。最近，他被迫承认，是的，他是个残疾人，他不能成为梦寐以求的战地记者。军队永远不会派个跛脚记者进入冲突区。他已经试过了，也乞求过。答案都是斩钉截铁地拒绝。皮特决定做名在后方工作的战地记者，揭露人们需要知道的战时真相。这些天来，皮特的激情又被重新点燃。

“很抱歉，伙计，”吉姆说。他看得出皮特很失望，但这家伙的要求完全是不现实的，他肯定也意识到了，“恐怕这些天的事儿报纸上不能曝光。”

“是的。”皮特点了点头。他知道自己的想法是徒劳的。他从一开始就知道，他只是被冲昏了头。

“不过，我可以告诉你我会怎么做，”吉姆建议道，“写一篇有关托尼·巴尔迪尼的文章。你知道的，写富有人情味的东西，他的背景，他在澳大利亚生活的时间，他在这里出生的家人，你可以提到他所面临的拘留威胁。也可以引用汤姆·艾肯斯的话。汤姆已经公开表明他对拘留外国人的看法，尤其是对那些拥有澳大利亚公民身份人的看法。我可以刊登这样的文章。”

皮特感激地笑了，他知道吉姆已经尽力了。“谢谢，伙计，”他说，“那会对他有帮助的，真的会。事实上，我想报告会起作用的。无论如何，现在会有用，”他急切地补充道，“谁知道接下来会发生什么呢？至少它可以阻止那些混蛋骚扰那个可怜的家伙。”

两人都意识到争论已经停止。每当皮特太冲动时，情况总是这样。吉姆很擅于安抚他的情绪。

皮特走出办公室，他想，反正现在也只能这样了，我们不能冒给政府找理由关闭《每日新闻简报》的风险。他告诉自己，时机会来的。终有一天，我会写自己想写的文章。要是吉姆还不给发表，那就别管该死的澳大利亚审查官了，我会把它寄到国外，在那里它会真的成为揭露性文章。我会把他们决心隐藏的所有肮脏东西都展示出来。

皮特·维克斯的内心深处，仍在为自己所感到的不公正而愤愤不平。他想，你不必身处战斗前线，就能看到战争丑陋的一面。

第五章

4月初，恐惧持续升级，汤斯维尔市民都在为要对澳大利亚入侵前要发动的空袭做准备。

达尔文遭受轰炸后，就开始实施“灯火管制”，但并没认真执行。鉴于汤斯维尔目前的局势，“灯火管制”要马上实施。路灯将不准使用，市民将奉令拉起遮光窗帘，或在窗户上贴上黑纸，或像有些人那样，直接把窗户玻璃涂成黑色。一旦有光透出，民防队长就会上门。

丑陋的混凝土防空洞现在遍布全镇；地下掩体取代了风景优美的后花园；许多街道两旁都是装着沙袋的战壕；大多数房屋旁边都有狭长的壕沟。汤斯维尔曾经美丽的面貌被难看的设施所破坏。

仍有一些人会想尽办法欢度时光，如同人们面对逆境时常做的那样。美国人的存在为这样或那样的享受提供了充足的机会。事实上，许多年轻女性，无论是在为部队服务，还是在普通生活中，都发现自己的社交比军队来之前要多得多。电影院仍旧广受欢迎，音乐会定期在各种场所举行，舞会依然在酒店和俱乐部举行。军方，尤其是美国军方，不惜一切代价想让他们远离家园的士兵感到幸福。

更糟糕的是，该镇的“红灯区”位于罗斯溪对岸偏南处。福特街的堤道酒店后面，有一排木制的“工友小屋”，共九间，为美国和澳大利亚军队提供性服务。美军和澳军之间不对付，很多挑衅都是由澳军引发的，有时甚至会惹出大乱子。更麻烦的问题是妓院也为黑人士兵提供服务。妓女大多是白人，她们似乎并不介意给黑人士兵提供服务。但对许多美国白人士兵来说，尤其是那些南方白人士兵来说，这让他们尤为愤怒。

挑衅不仅局限于红灯区。大量士兵不分昼夜地涌进街道，他们的背景各异，即使在镇上相对无害的地方，敌意的表现也越来越明显。

“你们这些黑鬼滚回你们的地方去！”一位年轻的美国士兵吼道。

他的朋友立即凑进来。“是啊，你们两个没有权力和白人女孩跳舞！”

贝蒂·弗朗西斯和吉尔·伊兰巴就站在澳大利亚工会大厅外面，德纳姆街的人行道上，她们愣住了。她们交换了极其惊讶的目光，感到有点难以置信；她们本以为自己和两名年轻的南方绅士在一起。贝蒂就是喜欢这些男孩说话的方式。嗨，为什么，就在一个小时前，她还低声对吉尔说乔希和博就是直接从《乱世佳人》中走出来的。

“彻头彻尾的南方绅士，啊，我申明。”她模仿斯嘉丽·奥哈拉的口音，低声说，逗得吉尔咯咯地笑了起来。

时间是夜里11点，她们到美国红十字会餐饮和娱乐中心去跳舞，舞会在澳大利亚工人工会大厅举行。两个女孩接受了年轻士兵的提议，步行几个街区，允许他们把她们送回棕蛇酒吧，她们都觉得这样很安全。诚然，这些人是普通士兵，但他们绝不是粗人。男孩们是绝对的绅士。然而现在，在姑娘们看来，这些男孩根本算不上什么绅士。

他们只是几个该死的暴徒，贝蒂想。她一点也不害怕，街上有太多的人在闲逛，但她和吉尔一样，也被士兵们的挑衅行为吓了一跳。

“你们根本不应该到桥的这一边，”乔希指责说，“黑鬼应该待在小溪的南边。”

尽管朋友很想离开，但两个黑人士兵中的大个子依然坚守立场，坚定地回答说：“我们能到这儿来。”

"你以为你是谁，"博冷笑道，"我们看到你在里面和白人女孩跳舞。你没有权利。"

他和乔希没敢在大厅里挑起事端，那可能会给他们带来麻烦，但在大街上就完全不同了。

"我们也可以跳舞，"珀西瓦尔·萨默斯回答说，"这里没有法律规定我们不能来。我们也是受邀参加红十字会的舞会，你是知道的。"

珀斯勇敢而坚定，声音充满蔑视。22岁的珀斯来自美国北方；他不想被这些看上去比他还年轻的南方兵欺负。"你现在不是在亚拉巴马州，小家伙。"他说道。

博似乎要被气晕了。"你不能用那种语气跟我说话，黑鬼。我是你的长官，听到了吗，兵娃子?"

"为什么?"珀斯天真无邪地问，"你不是军官。你和我一样只是个大兵。"

这让博完全失去了理智。"你要听我的，你这个该死的黑鬼……"

这时，乔希制止了他。"嘿，别这样，博，行了，女士们都在呢。"

一群澳大利亚士兵，也是普通士兵，刚从舞厅出来，忍不住顺便插嘴。实际上他们没有听到对话，但他们能感觉到美国白人和黑人之间存在着某种异样。

"这就是你们和美国人约会的结果，"一个士兵对姑娘们蔑视地说，尽管是说给美国人听的，“他们所有人都是该死的种族主义者。”

“是的，姑娘们，你们是咎由自取，”另一个人赞同道，“你们应该对美国木瓜（Paw paws）敬而远之，要和澳大利亚人在一起。”Paw paws是澳大利亚人在提到美国人时使用的一个特别有侮辱性的字眼儿，完全是毫无根据——外绿，内黄。其他人都笑了，一群人沿着德纳姆街向南走了。

珀斯的伙伴塞尔伍德害怕这种冲突，“快点儿，珀斯，”他催促道，“我们走吧。”塞尔伍德是南方人，他料到他们随时都会受到攻击。

珀西瓦尔·萨默斯一言不发，他沉默地站在原地表明自己的立场。

“对不起，女士们，”乔希说，他把注意力拉回到姑娘身上，他很想为朋友骇人听闻的粗话赔罪，“博通常不会那样骂人的，我保证他绝无冒犯的意思。只是看到那些黑人和你们几个白人女孩儿在那里跳舞，你知道？这不对，这不正常。博和我没有控制住自己，我们非常抱歉！”

贝蒂正要说些尖刻的话，令人惊讶的是，吉尔先开口了。

“为什么？”她问，“一个小时前，你们两个一直在和一个澳大利亚土著女孩跳舞。”她的目光在两位士兵身上换来换去，她和两个年轻人都跳过舞。“你们很双标，是吗?”

“哦。”乔希被问住了。他看了看博，博同样无言以对。他们都认为这个长相漂亮，有着橄榄色皮肤的女孩带有异国情调，也许她来自南半球的某处。他们甚至小声猜测会是在哪里。“南海的某个岛屿?”他们猜想，“也许是塔希提岛?”“是的，”他们最终达成一致，“我猜她是塔希提人。”乔希和博从未出过远门。

他们写在脸上的困惑让珀西瓦尔·萨默斯，他向后仰头，发出爽朗的笑声。

贝蒂也和这个男人一起笑了起来。她向他走过去。“我叫贝蒂，她叫吉尔，”她说，“我们就住在几个街区之外，你们愿意送我们回家吗?”

“非常荣幸，女士，”珀斯回答道，贝蒂挽住了他伸出的胳膊。

塞尔伍德的眼睛紧张地从朋友身上转向白人士兵，但他没有时间反对。吉尔的胳膊突然塞进他的胳膊里，四个人走了，留下乔希和博站在街上茫然不知所措。

第二天，贝蒂向瓦尔讲了这个事情。“你真该看看他们的表情，”她笑道，“他们甚至不知道自己在和一个土著女孩跳舞。要说天真！你也该看看吉尔。她真的非常勇敢。天哪，你会感到骄傲的！”

是的，瓦尔想，我对此毫不怀疑，但仍要给她们提个醒。“贝蒂，去参加舞会时，你一定要确保你们两个待在一起，”她告诫说，“你要照顾好吉尔。”

“我当然会的，”贝蒂讥笑道，“我每次都是。人多力量大，我们知道分寸。你不必为我们担心，瓦尔，吉尔和我都很安全。”你是的，瓦尔想，是的，我对你绝对放心，对吉尔就不大放心了。“好孩子。”她说。没有必要说出她的疑虑。

瓦尔其实很感谢贝蒂对吉尔的影响。两年前，这个原住民女孩第一次来棕蛇酒吧工作时，害羞孤僻。在过去的两年里，她拥有了从未有过的自信和社交技能。瓦尔确信这要归功于两个女孩间的深厚友谊。贝蒂是自由和现代教育的榜样；她知道如何在现代生活中应对自如，是坚强、有见识的年轻女性的完美典范。

但吉尔呢？吉尔不一样。吉尔完全是天真无邪的代表。她出生在完全没有欺诈的另一种文化中，是生活在不同世界中的女孩。

她会任由任何想占她便宜的人摆布，瓦尔想。就像巴兹这样的人。显然，巴兹像他承诺的那样，没有再得寸进尺。同样显而易见的是，吉尔仍对他痴迷。如果不是巴兹，瓦尔愤世嫉俗地想，那也可能是其他许多人中的一个？像巴兹这样的男人数不胜数。尤其是此时此刻，军队遍布全城，战争就在家门口。动荡之时，女人最为脆弱。

瓦尔·卡拉汉不是唯一为时局的动荡而忧虑重重的人。

阿米莉亚·桑德森和好友格蕾丝·弗朗西斯坐在澳大利亚工会的后屋，正在打包包裹。这是两人每周六下午都会一起干的事儿。阿米莉亚·桑德森说："我感到非常无力。"

"房子这么大，这么空，外面街道上昼夜都有那么多士兵，"她说，"不知怎么的，我就是没有安全感。"她有点难为情地笑了。"听起来我太矫情了，不是吗？天哪，处于入侵的边缘，谁会有安全感呢！"

阿米莉亚把挡在眼前的一绺金发撩上去。她刚打好包，正全神贯注地给包裹系上绳子。她以前系绳子手脚非常麻利，但近些日子手有点发抖。

"马丁离开已经一年多了，"她继续说，试图让自己的声音听起来很理智，但声音却不由自主颤抖起来，"你会以为我已习惯住在空房子里了，是吗？"她试图振作，却崩溃了，"但我不是，格蕾丝，我一点也不习惯住在这空荡荡的房子里。很奇怪，我已经不像以前那样习惯了。”

她振作起来，摆出一副勇敢的面孔。“我想这是我们身边日益加剧的动荡造成的，我这些天似乎变得很紧张。”

“你当然会感到害怕，”格蕾丝同情地说，“这完全可以理解，而且你一点也不矫情。”

格蕾丝非常同情这个比她年轻的女人。她和阿米莉亚两个人的丈夫都失踪了，这一事实无疑在她们之间形成了某种默契。幸亏有中校埃里克·费尔德转达的信息，格蕾丝至少知道乔治还活着。她虽不知道他具体在哪里，但乔治·弗朗西斯仍在担任海岸警卫队员。由于日本人频繁出现在太平洋地区，乔治的职责现在比以往任何时候都更重要，也更危险。格蕾丝不断为他的安全祈祷，并祈求埃里克·费尔德保证她的丈夫活着。28岁的阿米莉亚·桑德森没有得到任何消息证明丈夫还活着。她被告知，新加坡沦陷后，马丁·桑德森中尉并不在日本人俘虏和监禁的盟军士兵之列。阿米莉亚的丈夫被报告“在行动中失踪”。

“是不知道，”她一个月前听到这个消息时泣不成声。“哦，格蕾丝，是不知道。我想倒不如是……。”她说不下去了。

这些天来，阿米莉亚与他人在一起时，会“不露声色”。很明显，这个可怜的年轻女人在折磨自己。难怪她一个人在那所大房子里神经兮兮的，格蕾丝想。

“我跟你说你必须做点什么。”她提高了音量说。她意识到阿米莉亚并不需要真诚的关心。事实上，过多的同情很可能会打破她小心翼翼装出来的坚强外壳。实际的解决办法要更有价值。

她从桌上的大茶壶里给两人各倒了一杯新茶。茶现在恰好温度适宜，格蕾丝认为表现正常很重要。

“你必须把房子让出一部分作为军官的临时营舍，”她一边倒茶一边说，“我已经这么做了，效果不错。我们现在正和一位非常友善的美国军官相处，他绝对是位绅士。”

军队一直在征用汤斯维尔各处的房产，这无论对她自己还是对阿米莉亚，甚至对军队来说都是好主意。格蕾丝一边说，一边在想为什么没有早点想到这个主意。“海登别墅”是一栋设计美观的昆士兰建筑，是阿米莉亚父母的房产，位于米切尔街，是一处相当大的房产，与相隔一个街区的斯特兰德街平行，位置非常便利。

“我怎么早没想到这个主意，”她继续说道，把茶递给阿米莉亚，“真是个好主意。有个军官在家里，你会感到安全得多。用汤姆的话说，你在尽自己的一份力。他很为我这么做感到自豪。”她笑着补充道。

“尽什么力？”一个男孩的声音从门外传来，说曹操曹操就到，汤姆蹦蹦跳跳地跑进房间，他把手中捧着的红十字会募捐箱放在两个女人身后的大板桌上。

他说：“今天下午人真多，这些家伙都很慷慨，尤其是美国佬，他们一向如此。”

汤姆一直骑着自行车，到市中心各处的许多酒吧去收集红十字会募捐。他顺路还联系了其他一些业务，这已成为他的习惯。汤姆做事总是很有效率。他给棕蛇酒吧的瓦尔送了几只青蛙和老鼠，还去了女王酒店的美军军官俱乐部，帮他的新朋友弗兰克送包裹。

“啊，您要尽什么力，桑德森太太？”他问道，从茶壶旁的盘子里抓起一块澳新军团饼干。

“我还没真正决定呢。”阿米莉亚看了看格蕾丝和汤姆，有点儿紧张。

“只是个想法，汤姆，没什么。”格蕾丝轻快地说，她知道阿米莉亚感觉有点窘迫，“我向桑德森太太建议把她家作为军官的临时营舍，仅此而已。”

“好主意，”汤姆嘴里塞满饼干，热情地赞同道，“您该试试，桑德森太太。”他正准备继续说下去，但捕捉到妈妈警告的目光，就转移了话题，“嘿，这些饼干真好吃，是自己做的吧。”

格蕾丝笑了。这句无意的夸赞完美地岔开了话题。

“是的，确实是。阿米莉亚……桑德森太太自己烤的。”

“嗯，棒极了，”汤姆说，“真的很棒！”他受新结交的美国朋友影响，这些天来，“棒”和“漂亮”成了汤姆的口头禅。

阿米莉亚既为汤姆的赞美，也为他表现出的热情感到高兴。她非常喜欢小汤姆。“我这次没有发挥好，”她说，不是自嘲，而是在批评自己。她一向为自己的烘焙技术感到骄傲。“我有一罐金糖浆，可没有多少糖，这批点心的甜度恐怕不够。”

“也许这让饼干更棒，”汤姆说，他长满雀斑的脸笑得很迷人，“我会给您拿些糖的，桑德森太太，您别担心。简单得很。”的确如此，他会从巴兹那里拿一袋糖。他既替巴兹，也替美国人跑腿。对汤姆的帮忙，巴兹总是报以公平交换。小汤姆·弗朗西斯以自己清白的方式，正成为和巴兹一样的暴发户。

“要我帮忙吗？”他问，这似乎是个反问，他已经把另一把椅子拖到桌边了。

“是的，谢谢亲爱的，你真好。”母亲说。

汤姆和她们一起待了一个多小时，一边打包装箱、包包裹、系绳子，一边和她们愉快地聊天。

格蕾丝很高兴有他在，她知道儿子的开朗让阿米莉亚放松下来。她责备自己对这个可怜的女人催得过急。

她本不想这样。以现在来看似乎是个好主意，但她不会再提起临时兵营这个话题了。

“我想今天就到这里吧，”她说，看了看墙上的钟。他们已经按惯例完成了四个小时的工作。“汤姆，亲爱的，你愿意陪桑德森太太回家吗……”

“不，不，”阿米莉亚脸色通红，急忙打断她。她神经质的抱怨让格蕾丝觉得她需要被人牵着在镇上走，太丢人了。“不用了，格蕾丝，”她态度坚决地表示，“真的没必要。”

“我知道没必要，”格蕾丝依然坚持道，“但你有一袋食品，汤姆可以用他的自行车驮着，这是让他陪你的真正原因。汤姆也不介意，是吗，亲爱的?”

“是的。”他又咧嘴笑了，“很高兴为您效劳，桑德森太太。”

“那就这么定了，”格蕾丝站起身来，“我们走吧。”

她轻快地走出房门，其他人都顺从地跟在后面，格蕾丝不禁回想自己性格上明显的变化，更确切地说，是别人对她的看法的改变。不久前她还被视为需要支持的弱者，但在这里，她随时需要做出决策。

她想，战争让人成为强者。她隐约感觉到表面之下有一股潜伏的力量。好吧，在乔治回家之前，她都会是坚强的。

阿米莉亚和汤姆并肩而行，几乎不到一刻钟，他们就停在米切尔街那座迷人的昆士兰风格的房子外面了。

汤姆从自行车后面拎起她的杂货袋，阿米莉亚说："太感谢你了，汤姆，你真好。"

她想要从他手里接过袋子，但他一直拿着。"OK，桑德森太太，"他说——"OK"已经是汤姆非常喜欢的另一美式口头禅——"我帮您拿到楼上去。"他把自行车靠在栏杆上，一步两级地跃上台阶。

这栋昆士兰式建筑设计得令人赏心悦目。房子的支柱离地面约6英尺，漆成白色，窗户有绿色镶边。屋顶的前廊由细长柱子支撑，两个白色的木制楼梯与建筑本身平行，从两边通向前廊，使房子看起来井然有序，略带"威严"。这座房子是由阿米莉亚的父亲罗伯特·海登医生和妻子安西娅在20世纪20年代初建造的，大多数昆士兰房子都有一套中央楼梯和宽阔的前廊，他们认为房子要与当时普通的昆士兰式房子有些不同。

阿米莉亚随着男孩上了台阶，他已在前廊等候。"进来吧，汤姆，"她边说边带路，"我去倒杯茶，再来点澳新军团饼干，怎么样？"

"太棒了，"他回答，"我不喝茶，谢谢，只要饼干就行了。"

他们从前门走过过道，汤姆一路上都像他母亲常说的，有点“爱管闲事”。通道两边各有一排门，其中两扇开着的都是客厅，两边各一间。他想，如果其他关门的是卧室，那么这个房子可一分为二。用作军官的住所的确很棒！

他们来到宽敞明亮的厨房，他把系着绳的杂货袋放到房间正中的木桌上。

“这房子真漂亮，桑德森太太。”

“谢谢，汤姆，”她边说边把水壶灌满，“我从记事起，就住在这里。这是我爸妈在我六岁时建的。”

“看起来像被分成了两半，”他评论道，并不为自己如此明目张胆地“好打听”感到羞愧。

“是的，你说得很对，是这样的，”阿米莉亚承认道，丝毫没有感到不快，他只是个好奇的孩子。“马丁和我结婚后，我们就搬到这里和我父母住在一起。他们非常希望我们和他们一起住。他们重新设计了房间，这样我们四个人就可以和睦地住在一起了。也确实很好。”

“这也能成为很好的军官宿舍，”汤姆急切地说，“我想我妈妈的主意真是太好了，桑德森太太！您该试试。”

“我会考虑的，汤姆。”阿米莉亚笑了。她这次没感到被逼迫，也没感到压力。这个男孩就像他母亲一样，只是想帮忙。她真的不能再神经兮兮的了。

她把饼干罐拿出来，打开盖子，放在他面前。她没有拿盘子。“自己拿吧。”她说，他立即把手伸进去，她又笑了起来。

“哇，谢谢!”

汤姆坐在桌前，看着她去沏茶。他想，她要是不那么伤心的话，会很漂亮。她笑起来，看上去一点儿也不老。对汤姆来说，28岁几乎是30岁了，已是人到中年了。他当然明白阿米莉亚·桑德森为什么难过。他妈妈告诉过他。

可怜的桑德森太太，他想，“在行动中失踪”确实意味着假定死亡，但他们迟迟不告诉你。他们只是让你等。对她来说一定很糟糕。

他热情地说:“我们家住着个非常帅的美国人。”他下定决心不仅要让她快乐起来，还要说服她，让她考虑一下他妈妈的主意。“他年纪不大，大约二十多岁，是个上尉。我可以叫他弗兰克,”他自豪地补充道，“不过，前几天我把自行车借给弗兰克,”他接着说，她把茶壶端到桌上，坐到他旁边。“他想去兜风，说这让他觉得自己又像个孩子了。”

“哦，是吗?”阿米莉亚把编织的茶壶保温罩放在壶上。一边等着茶泡开，一边全神贯注地听汤姆讲。

“是啊。你知道他们说一旦你学会了骑自行车，你就永远不会忘掉，是吗?”

阿米莉亚点了点头。“是这么说的。”

“但他忘了，肯定的，他栽了个大跟头。他骑车出城，在一个小时后回来，全身都湿透了。”

“真的？我的天哪，出什么事儿了?”

“他正骑车下山，就是镇外的那座大山，估计是刹车卡住了，但我告诉你，桑德森太太，我的自行车没有毛病，我把它保养得特别好。”汤姆会意地笑了一下，“我得说弗兰克很尴尬，他不得不对这次出行遮遮掩掩。”

“我听上去也是这样。”她赞同道。

“原来他把自行车骑到了小溪里，这样他就可以软着陆了。天哪，他告诉我时，他甚至听上去很自豪，可你说说，那有多蠢哪!”汤姆大笑起来，“我都不忍心告诉他那条小溪里有鳄鱼。”

阿米莉亚也笑了，任务完成了，这个男孩理所当然地为自己感到骄傲。

她喝完茶，又倒了一杯，他又吃了两块饼干，他们又聊了20分钟，更确切地说，是汤姆说了20分钟，不时逗得阿米莉亚发笑，这让他非常高兴。他准备告辞了。

她把剩下的澳新军团饼干放在一个纸袋里，坚持让他带走。

“好吧，”他同意了，“我给您拿一袋糖来，公平交易。”

“的确是。”

她把他送到前门。

“这会是个很好的军官住所，”他又说了一次，决心最后一次促成这个想法，“老实说，会的。”

“我会考虑的，汤姆，”她说，“我真的会考虑，我保证。”

他走后，阿米莉亚回到厨房的桌子旁，给自己又倒了第三杯茶，她知道自己不会喝。房子再次变得又大又孤独。她很享受这个男孩的陪伴，现在她又像往常一样任由自己思绪万千。这些想法令她备受折磨。马丁有可能还活着吗？要是他不在了，他是怎么死的？他一个人吗？他痛吗？痛了很久吗？这些问题总在她脑海深处萦绕，每当她独自一人，这些想法就像可怕的咒语浮现。

也许小汤姆是对的，她想。也许我该把房子的一半作为军官住所。也许我需要分分神，做点事儿，至少让这个地方有点人气儿。

外面街道上的喧闹声，拥挤车辆的颠簸声，男人靴子的步伐声和他们的吼声传入屋内，无情地冲击着她，在她的脑海中萦绕。可那个男孩在时，她根本就没注意这些。

这当然可以理解，她想，试图和自己说理，我只是在收到消息后才有这种感觉。在那之前，我一个人待在这里从没感到害怕。那时，这所房子看起来也没这么大。我得承认，马丁离开的那几个月，我没特别想他，说出来真是可怕。

要是我们有个孩子就好了，她想，也许是个男孩，长大后会像汤姆一样，鲁莽、风趣。但已经不可能有机会了。

阿米莉亚开始莫名地哭了起来。

我确实爱他，她告诉自己。我很爱他，他也爱我。我知道他爱我。我们婚姻的不幸福是我的错。都是我的错。

她的眼泪不停地流着，悄然无声，痛彻心扉。

阿米莉亚一直为她和丈夫缺乏两性间的亲密而自责。他们确实有过多次亲密接触，但住在她父母的房子里是有代价的。马丁是个很注重隐私的人，在岳父母家亲热显然令他不自在。她本不该同意这样的安排。这是她事后才得出的结论。她是在那个晚上才得出了后面的结论。她从没和任何人谈论过那个糟糕的夜晚。那个夜晚，她很清楚地意识到一切都是她的错。可怜的马丁。她就这样失去了他。

关于丈夫死亡的可怕的诅咒……街上传来的刺耳声音……不断困扰她的愧疚……有时阿米莉亚觉得自己一

定是要疯了。

几天后，威胁汤斯维尔街道的暴力事件终于爆发了，也许正如所料，发生在红灯区。

事情开始如往常一样。大约十一点左右，男人们离开福特街的妓院，准备在午夜宵禁前返回各自兵营，惯常表现出的敌意爆发了。许多美国白人士兵向一群黑人士兵挑衅，几个澳大利亚人打着支持黑人士兵的幌子加入进来，实际上他们很享受有对付美国佬的机会。

混战接踵而至。一开始士兵们只是大着嗓门互相辱骂，互相挑衅，怂恿同伴。更为激进的好斗分子开始挥舞拳头，不久就演变成一场真正的群体斗殴。

另一群从堤道酒店出来的美国白人士兵，也被喧闹声所吸引。酒吧打烊了，但他们一直在密室举行自己的私人聚会，所喝的违禁酒刺激他们也加入了这场斗殴。

此时，已经有二十多个人互相拳打脚踢，头与头相撞，一些人在地上扭成一团，在黑暗和尘土飞扬的街道上摔打，除了释放久存的敌意和偏见，他们谁也不知道这场打斗到底因何而起。

两个澳大利亚士兵中的一个首先意识到眼前的真正危险——这不再只是一场斗殴。

“那个混蛋有刀，”他对同伴喊道，“走吧，米克，我们离开这里。”

澳大利亚人消失在夜色中，留下美国人在那里继续殴斗。形势变得严峻起来。

没过多久，宪兵队终于来了，总共有十二个美国宪兵，骚动很快平息。

“后退！后退！”宪兵中士命令，他的队伍死死地将0.30口径的半自动步枪对准这群人。

士兵们浑身是血，遍体鳞伤地从地上爬起来，一名士兵仍旧躺在地上。部队听从命令，向后退，站在一定的距离，那个士兵仍旧躺在地上没动。

中士走上前，跪下来检查。没有脉搏。他查看伤口。那个士兵，是个黑人，死了。心脏被刺伤。中士站起身，迅速命令列兵通知总部。几分钟后，一辆吉普车载着美国驻汤斯维尔的宪兵司令汉克·亨利少校到来。

“怎么回事儿，中士?”汉克·亨利问，从吉普车上爬了下来，略微点头示意司机在附近等候。“怎么回事?”他个子高大，为人强硬，态度傲慢，擅长治军，许多人都怕他。

“我们怕是有麻烦了，少校，”汉克·亨利走近时，中士说。他低头看着那个黑人士兵。“这个人死了。”

汉克·亨利跪在尸体边，只粗略地检查了一下，然后站起来，厉声命令：“人没死，马上叫救护车，把他送到部队医院去。”

“可是，长官……”中士不知所措，疑虑甚至令他变得有点结巴，“但是，长官……他没有脉搏。他死了！他被刺中了心脏。”

“听我的命令，中士，”汉克·亨利吼着让所有人都听得到，“马上叫该死的救护车过来。”然后他把声音压低，耳语道，“你想去向麦克阿瑟将军解释这个人的死因吗？”他尖刻地问道，“一名美国士兵在友好的外国土地上被另一名美国士兵杀害？这种传闻在这里不会平息，中士。在美国国内，它将会引起一场该死的骚动。这件事要严格保密。”

他转过身，向司机挥了挥手，大步向吉普车走去。

中士的几个部下也觉得不可思议，他们虽没有听到少校的低声交谈，但已经掌握了要点。他们普遍的感觉是，“要是白人士兵，这件事会保密吗？”

士兵们很震惊。但他们不知道，与接下来发生的事情相比，这根本不算什么。

第二部分

军　人

第六章

1942年4月10日，美国陆军工程兵团第96营（有色人种）乘坐1.2万吨圣塔克拉拉号抵达汤斯维尔。

总共有1000多名士兵在纽约的布鲁克林开启了他们的航程，与他们共乘这艘补给船的还有第576自卸车公司和大约200名医生。在护卫舰的护送下，他们经由巴拿马运河前往澳大利亚，于4月6日抵达布里斯班。

医生们在布里斯班下船，船在港口又停留数日，货物被卸下并重新堆放。在此期间，第96营的白人军官可以轮班休假进城，但黑人士兵没有获得休整权力。他们奉命一直待在船上，只在进行严格的团练越野远足时才被带上岸，还得小心翼翼地绕开城市。这些越野远足是为了训练体能，还是为了分散他们对于遭受不公正待遇的注意力，谁也猜不准，但这种做法在心理上并没奏效。

“你认为他们想告诉我们什么吗，鲁普?”

19岁的列兵威廉·帕克和好友鲁珀特·巴雷特靠在圣克拉拉号的栏杆上。这是他们到港的第一天，大约一个小时前，他们被告知不允许上岸休整。与排在甲板上的许多其他士兵一样，两个人羡慕地注视着繁忙的码头；熙熙攘攘招手示意的人群，以及把人们运往仅几英里外城市的卡车和吉普车。情感五味杂陈。这种情景不仅具有诱惑力、挑逗性，而且颇有侮辱性和伤害性。

“我敢说他们是在大声而清晰地告诉我们什么，威利，”鲁普同意道，“你仔细想想，就不会觉得奇怪了。”

“是吗？从什么方面?”

“嗯，他们多年前就杀掉了自己的大部分土著人，他们也不想让我们在这里，对吧，”鲁普说，没有愤世嫉俗，只是在陈述他所听到的事实。

“哦。我不知道。”

威利很钦佩鲁普。鲁普年纪稍长，来自纽约市，他知道很多非常有趣的事情，但他从不炫耀，也不会因为你不知道这些把你看成傻瓜。鲁普，他是个非常棒的人。

年轻的凯西·戴维斯也凑了过来，他专门来甲板找朋友们。凯西也是列兵，十九岁，但比起来自费城南部的威利更老于世故。威利很有运动天赋，在他相对短暂的一生中，只有打棒球的相关经历。

“就像在南卡罗来纳州的家乡，”凯西说，他那张完美的脸上完美的嘴巴扭曲出尖刻的微笑。“我确实意识到自己的位置。”

“鲁普说他们多年前就杀光了自己的有色人种，这就是为什么他们不想让我们在这里的原因，”威利插话道。

“哦，是吗?”这对凯西来说是个新闻。

“是的，应该是这样，杀光了大部分土著人，”鲁普漫不经心地耸了耸宽大的肩膀回答道。

“好吧，就我而言，他们可以去死了，”凯西咆哮着，锐利的绿眼睛闪烁着叛逆的光芒。“我们大老远跑来帮助那些甚至不想让我们踏上他们土地的人！去他妈的，我说！去他妈的，让他们都见鬼去吧。”

“嘿，冷静点，兄弟。”鲁普亲切地笑了笑，意识到他又要使用交际技巧了。凯西因为长得太帅，而显得人畜无害。人们以为他漂亮得有点像个女孩。但他们错了。年轻的凯西是个真正的一点就着的好事者。

“我们在国内也不怎么受待见，凯西，”鲁普继续说，好脾气地咧开嘴笑起来，“你应该比所有人都清楚……南方小子。”

凯西软了下来，报以回笑。鲁普总是能让人冷静。他是个身材魁梧、性情温和的大个子；所有年轻士兵都尊重鲁普。

26岁的鲁珀特·巴雷特下士在年龄和军衔上都比他新结交的朋友大，但对他本人来说没有分别，他只是把他们当作朋友。鲁普喜欢这两个男孩。他喜欢在第96营C连服役的大多数士兵，这些人是他在近200人中认识的；是部队前往澳大利亚漫长的一个月航行中结下的友谊。许多年轻人最近刚入伍，而鲁普已经在美国陆军服役六年，他觉得自己要对这些新来的孩子负责。

“是的，你说得对，”凯西承认道，“我们南方小子应该习惯低人一等，不是吗?”他向鲁普调皮地眨了眨眼，以表明他在开玩笑；凯西·戴维斯一点也不自卑。“我想我们所有的小子们都应该习惯，”他说着，用手比了比整艘船只，意指整个军营。“该死，军方甚至不告诉我们要做什么。他们甚至不给我们武器。”

凯西突然停止了开玩笑。“我是说，我们应该是他妈的士兵，但我们甚至连他妈的一支枪都没有，”他接着说，“我觉得这不太对劲儿。”

“别着急，凯西，”鲁普又一次来救场。“等时机恰当，我们就会知道我们要做什么了。你只需要随大流就行了。”

他越过栏杆眺望着下面的风景。“嘿，我们最喜欢的人在那里，”他说，为了分散注意力，鲁普指着走下跳板的人。“至少我们可以从我们的朋友查克那里获得几小时的休息。这是值得感激的事儿。”

“那个鸟人，”凯西说，“希望他去妓院，多染上几种淋病！”

威利笑了。他经常觉得凯西有趣，而事实上凯西是绝对认真的。

第96营的每个连都由两名白人军官指挥，C连上下没人对查尔斯·勒罗伊·马克斯韦尔上尉有好感，他的白人军官同伴们都叫他“查克”。事实上，他们都鄙视他。马克斯韦尔是个恶霸，在海上几周漫长的航行中，他让许多人的生活变得难以忍受，他选择的霸凌对象就是年轻的凯西·戴维斯。

像所有的恶霸一样，马克斯韦尔也是个懦夫，他没对鲁普进行霸凌的原因很明显。黑人军队中有许多大块头，与其说鲁普身材高大，不如说是他的职业精神。鲁珀特·巴雷特下士的军事知识和经验使他几乎无懈可击。然而，那些年轻的新兵就很容易被欺负。马克斯韦尔似乎从实施惩罚中得到很多乐趣。

“这就是军队，”他无情地虐待手下时，他会这样说，“你们这些黑鬼得知道军队是讲纪律的地方！尤其是你，帅哥，”当他找凯西的茬儿时，就会这么说。

事实上，马克斯韦尔的背景并不足以使他成为指挥黑人士兵连的理想人选。26岁的查尔斯·勒罗伊·马克斯韦尔三世是谢里登·勒罗伊·马克斯韦尔二世的儿子。他父亲是亚拉巴马州一位富豪，也是艾利斯顿棉花种植园第五代所有者。查克仍称父亲为“爸爸”。他爸爸是亚拉巴马州政府成员，也是三K党蒙哥马利分部尊贵的独眼巨人（对不熟悉这个词的人来说是“主席”）。

查克·马克斯韦尔的一生都享有特权，他自以为是的种族优越感使他很难胜任目前的指挥职位。但似乎那些分配指挥权的人对这些并不太挑剔。

鲁普非常清楚马克斯韦尔是如何让C连年轻士兵的士气低落的，尤其是对凯西。鲁普想，也许马克斯韦尔只是在释放他的无聊，见鬼，在长达一个月的海上航行中，他们都很无聊。但要是在汤斯维尔安顿下来后，马克斯韦尔继续进行他不必要的严重欺凌，鲁普打算找连队另一名指挥官去寻求帮助。塞缪尔·罗宾逊上尉比马克斯韦尔更年长、更有智慧，也更宽容。最重要的是，他没有被种族仇恨所吞噬。

他们三个人看着马克斯韦尔和另外两个白人军官，年轻的中尉和C连的排长，一道爬进一辆等候的吉普车。“啊，好吧，”鲁普说。“他走了，去享受美好时光。”然后，他捕捉到凯西英俊的脸上流露出的鄙夷之色，补充道，“别担心，凯西，几天后就会轮到我们。他们不能让我们永远待在这艘船上。我们不久就会在汤斯维尔上岸。”

“哦，是吗，”凯西冷笑道，“那会发生什么呢？你觉得汤斯维尔会有什么不同吗？我打赌他们会以最快的速度让我们离开那个地方。”

但事实证明汤斯维尔确实不同。年轻的凯西·戴维斯是第一个承认这一事实的人。

“我不相信，”他说。他们第一次获准休假，他和鲁普、威利径直进了城。“标志在哪里？”他环视着街道问；注视着一辆辆经过的公共汽车，注视着建筑物、商店和酒吧敞开的入口。“仅限黑人”的标志在哪里？所有的“白人专用”标志在哪里？这个地方没有标志。

凯西惊奇地发现汤斯维尔不存在种族隔离。他惊讶地发现：他能和白人乘坐同样的出租车；能和白人乘坐相同的公共交通工具；电影院和娱乐场所对黑人和白人都开放。甚至还有为黑人和白人服务的酒店和妓院，至少他是这么听说的。诚然，他听说，随着美国人的到来，镇上的黑人和白人似乎有所倾向，但这是个人选择，而不是官方法律规定。

“这里的人都很好，”他说，“我没有感受到仇恨。”他困惑地看着鲁普。“那么他们为什么要杀死自己的土著呢?”

“我不知道,”鲁普说,“我是在什么地方读到的。”

第96营在汤斯维尔以南约四英里处的法灵顿农场安营扎寨。刚开始只是临时营地,是单人小帐篷,安顿下来后,接到了干活的命令。这些人并不介意。这是个令人惬意的地方,可以进城参加舞会、音乐会,去酒吧,对那些想逛妓院的人来说,这减轻了他们对干活的无聊和不满情绪。

他们的工作确实无聊,几乎没有什么个人成就感,也很辛苦,令人疲惫不堪。加长加巴特机场的跑道以适应美国飞机与日俱增的活动,特别是即将抵达的大量大型B17轰炸机。这是一项艰巨的任务。

“我想我们知道自己要做什么了,”凯西抱怨道,他和威利肩并肩,和其他人排成一条线,让人想起一群用链子拴在一起,用镐和铲子在地上挖掘,服劳役的囚犯。“整个战争期间,我们将把屎从一个地方铲到另一个地方。”

威利身材瘦长,体格健壮,性情随和,他愉快地点点头,没有说话。威利习惯了繁重的体育训练,相当喜欢这种不用动脑的艰苦体力劳动。凯西也是一贯如此,他只是说说而已。

凯西意识到威利并不同意他的观点,当天晚些时候,他们在食堂帐篷排队吃午饭时，他向鲁普提出了控诉。

“这是彻头彻尾的奴隶劳动，”他说，“这让我们成为什么样的士兵？我参军是为了打仗，不是为了铲屎。”

他也没打算从鲁普那里得到支持。“看上去我们是工程兵，凯西，”鲁普说，“恐怕你得学会忍受。”

马克斯韦尔也没消停，尤其是对凯西，他英俊的外表和自信依然让“查克”耿耿于怀。

“嘿，你！漂亮的黑鬼！好好在那里干活。”

凯西慢慢直起身，他一直在尽心尽力地挖着。这是马克斯韦尔今天第三次在这个特定的二十来人工作小组中单独找他碴儿。

他没有转过身来，去面对不知从哪里冒出来、站在他身后几步远的上尉，而是从口袋里掏出一块手帕，擦去他脸上和脖子上流下的汗水。然后把手帕放回口袋，继续挖着。

“我说你呢！”马克斯韦尔吼道。“你！漂亮的黑鬼！”

凯西继续无视他，继续挖着。看到整个过程的黑人中士站在那里等待上尉的命令，凯西周围的人，包括威利在内，继续假装干活，但二十多双眼睛正瞟向凯西的方向。

马克斯韦尔被激怒了，大步向前走了几步，他来到凯西身边，用力猛推他的后背，凯西摔倒在地。“你听到我说话了吗，小子，”他叫道，“我在跟你说话呢！”

凯西慢慢地站起来。“对不起，长官，”他说，“我不知道你指的是我。”他当然知道，这个杂种总是叫他“漂亮的黑鬼”。他直视马克斯韦尔的眼睛，大胆而坚定。“我没意识到你在跟我说话，长官。”

马克斯韦尔从枪套里抽出柯尔特半自动手枪，对着凯西的头。在他家乡，没有哪个黑鬼敢直视白人的眼睛，当然这个漂亮的黑鬼现在也不能这样。

“我可以因为这个毙了你，小子，”他威胁说。凯西感到了恐惧，但他没有表现出来。他甚至没有退缩。“我为什么要被打死，长官？”他天真地问。周围的人现在都不假装干活了。马克斯韦尔意识到自己成了焦点，于是他放下武器，说：“因为你的无礼，小子，军队不会容忍以下犯上，听清楚了吗？”

“清楚了，长官。”

“继续干活吧，中士。”马克斯韦尔轻快地向一动不动的中士点了点头，转身离开了。

“你们这些黑鬼都听到上尉的话了吧，”沃克·斯特鲁特·斯托尔斯中士吼道，为了让马克斯韦尔能听得见，“你们这些懒惰的黑鬼回去干活吧。”

40岁的职业老兵斯特鲁特·斯托尔斯，既精明又狡猾，通过满足上级白人军官的需求，晋升为一级中士。他知道如何利用制度为自己谋利，他一直都是这样做的。

一天的劳动结束后，威利迫不及待地想把这出戏讲给鲁普听，但他没有说太多。

鲁普说：“我知道，我听说了。”鲁普确实听说了，消息很快就传开了，他从许多人那里听到了每个细节。不管什么原因，马克斯韦尔都是在针对凯西，他显然没有收手的打算。所以得有人管管他了。

鲁普决定直接向罗宾逊上尉报告这起事件。别指望能得到斯特鲁特·斯托尔斯中士的帮助，鲁普过去就知道他是个讨厌的人，只会出卖自己人，而且他经常这样做。他会自己去找罗宾逊。

第二天午餐时，他去了C连军官帐篷，想到很可能两个指挥官都会在，场面会很尴尬。如果出现这种情况，他必须要求与罗宾逊私下见面。幸运的是，马克斯韦尔不在，担任C连排长的四名年轻中尉也不在，他们都在军官食堂帐篷里吃午饭。

鲁普松了口气，发现帐篷里除了罗宾逊，就只有列兵珀西·欧文，他坐在角落的小桌子旁敲着打字机。年轻的珀西·欧文因为识字被分配做文员工作。这份轻松的工作让他在C连结交的朋友们羡慕不已，他们许多人都是文盲。

“有什么事儿吗，下士？”罗宾逊在鲁普进来并敬完礼后问道。

在鲁普的讲述过程中，塞缪尔·罗宾逊没有表现出什么反应，他是个很少展露情绪的人，但他听得全神贯注。

“那你想要的结果是什么，下士?”他最后问道，锐利的脸庞上，漆黑的眼睛在敏锐地寻找答案。“这是你的正式报告吗？你想要有进一步的进展吗？你希望看到采取行动吗?”

罗宾逊，32岁，是名经验丰富的军官，他一点也没有嘲弄鲁普的意思，而是给他提了个醒。两人彼此尊重，都知道如果鲁普回答“是”，注定是徒劳无果。黑人士兵对白人军官提出的控诉不仅注定失败，而且注定要对控诉者或对部队产生适得其反的戏剧性效果。

“不，长官，”鲁普说，“我只是想让马克斯韦尔消停一点儿，仅此而已。他有时太过分了。”

“我知道了。”要是罗宾逊允许自己表现出真实情感来，他的点头可能会充满同情，他完全知道马克斯韦尔那可耻的霸凌——但他保持着冷冰冰的外表。塞缪尔·罗宾逊鄙视查克·马克斯韦尔及其同类，但军营中的士气和纪律必须始终保持团结一致。

“我知道马克斯韦尔是个铁石心肠的杂种，下士，”他接着说，“但军队需要铁石心肠的杂种来干这些艰苦的活儿，相信你也知道。”塞缪尔说的时候微微一笑，说，

“你得承认，至少这个人始终如一，对所有的士兵都很强势。”

“但他对凯西太过分了，”鲁普用力打断他，这本不是他的风格，但他不能说得不明不白就离开。“马克斯韦尔就是针对凯西·戴维斯，我不知道具体原因，但这不正常。列兵戴维斯通常成为替罪羊，长官。昨天的事只是众多事件中的一起。”

“我知道。”罗宾逊轻快地点点头，示意谈话结束。“谢谢你告诉我，下士，我会调查的。”

“谢谢您，长官。”

鲁普正要敬礼告辞，查克·马克斯韦尔上尉冲了进来，看到他们两个在一起，突然停了下来。

“天哪，天哪，天哪，这是怎么回事儿，”他嘲笑道，“一个黑鬼在军官帐篷里。更过分的是，还在讨好军官。你得当心别染上什么讨厌的东西，罗宾逊，这些小子们身上有各种各样的病。”

“够了，上尉，”塞缪尔厉声说道，“巴雷特下士正准备离开。”

他又向鲁普点点头，鲁普快速敬了个礼，一眼没看马克斯韦尔就走了。他转身时，看了一眼年轻的珀西·欧文。珀西已经停止了打字，大概是怕噪声引起别人对他的注意。但珀西没有看白人军官们，他的目光坚定却顺从地专注在身前桌子的报告上，假装在读报告。鲁普离开了帐篷，脑中还想着珀西的样子。

塞缪尔·罗宾逊未能掩饰住自己的情绪，更确切地说，他甚至不想掩饰，这种情况极为罕见。他看向同僚的眼神满是厌恶。“你真是个笨蛋，不是吗，查克，”他厌恶地说。

“你发什么神经，罗宾逊？”马克斯韦尔同样轻蔑地回答，他厌恶对黑鬼友好的人。“我们是迫不得已和他们一起干活，我们不必喜欢他们。你在黑鬼身边待得太久，离得太近，气味肯定会受影响，这是事实。嗨，要是我们回到国内，你现在就会有一堆麻烦。”

“可我们还没回到国内，马克斯韦尔，你要认识到这点。”塞缪尔的语气很不客气。是时候敲打敲打这个被宠坏的小混蛋，让他有点儿理智了。我们还没回到国内，你也不在你爸爸的种植园里。这里的规矩不同。”

“胡说。规矩永远不会改变。说到黑鬼，我们定了该死的规矩。”马克斯韦尔被激怒了。塞缪尔·罗宾逊虽然年长一些，但他各方面都比自己逊色。他竟敢摆出一副高人一等的姿态。“除此之外，我还要告诉你，我相信你对此非常清楚，”他恶毒地笑着，磨刀霍霍，意在伤人，“规矩同样适用于犹太人！”他吐出了这个词，像是在吐脏东西一样，对他来说就是如此。“你的真名叫什么，塞缪尔？快点，告诉我。天哪，当然不是罗宾逊，是吗？”

塞缪尔·拉比诺维奇已习惯对犹太人的迫害，就像他来自东欧的父母40年前来到纽约市一样，这也是他们改变姓氏的原因。但改名似乎没什么用，他们仍然是犹太人，塞缪尔因此饱受其苦。从中学到大学一直遭受霸凌，土木工程的职业生涯被成功断送，在军队中也几乎得不到晋升，塞缪尔·罗宾逊一生都遭受歧视。现在他对查克·马克斯韦尔的恶意诋毁已完全免疫，但他不能让这个混蛋得逞。

“你有没有停下来想过，查克，”他慢慢地说，好像这个念头刚刚出现似的，“为什么你和我在这他妈的世界尽头管理一个不参加战斗的黑人军营？我说，面对现实吧，这是个糟糕的事实。当然，我们都知道我为什么在这里。我是个纽约犹太人，不允许和上校的乡村俱乐部的朋友们混在一起。但你呢，查克？看在上帝的份上，为什么你也在这不毛之地？好吧，让我想想。”

塞缪尔踱来踱去，一只手若有所思、装腔作势地摸着下巴，好像想找出一个反常的答案。他继续说，“你在这儿可能是因为军队认为你没有能力胜任战斗，这在我听起来很有道理，但也有另一种可能，你被任命到一个不参加战斗的兵营是你爸爸的特别安排，他希望你在战争结束前是安全的。”

“你别把我爸爸扯进来。”罗宾逊的刺激达到了预期的效果。马克斯韦尔现在不仅被激怒，简直是怒火中烧。

“你爸爸当然希望你有一天回家接管家里的种植园，”塞缪尔继续说，“但你爸爸可能也知道你真的不适合作战任务。他可能觉得他的宝贝儿子需要保护，小查克得受到关照。”

“我说过你别把我爸爸扯进来！”马克斯韦尔扬起拳头威胁道，“再说一句，我就打断你那肮脏的犹太鼻子。”

“来啊，”塞缪尔催促道，“打啊！袭击军官兄弟。你还没反应过来，就会被送上军事法庭。”

他们面对面站了几秒钟，马克斯韦尔放下了拳头。

“明智之举，”塞缪尔说，“现在我告诉你要做什么，查克。”虽然塞缪尔级别不高，但年龄和经验都更丰富，他和马克斯韦尔说话就像对下级军官说话一样。“你不能再像以前那样欺负列兵戴维斯了。”

“为什么？”马克斯韦尔气势汹汹地问道，“根本不是针对他个人，我对他和对其他人一样。”

“哦，是吗？你不觉得用枪指着那个男孩的头有点太过分了吗？”

“我是在教训他，仅此而已。这和之前没什么两样！见鬼，我不是第一个用枪指着黑鬼头的人！这些小子必须知道谁是上司，把他们吓得屁滚尿流是种享受。”

“还有其他管教的方法，”塞缪尔冷冷地回答，“我告诉你，马克斯韦尔，放过戴维斯，如果我再听到你欺负他，我发誓我会亲自告发你的。”

他们又一次彼此怒视。

马克斯韦尔低声说道，“黑鬼姘头，”接着大步走出帐篷。

珀西·欧文继续打着字。

鲁普拜访军官的帐篷后，日子一天一天平稳地过去了。士兵们不知道为什么，也不知道发生了什么，尽管马斯克韦尔仍旧是头猪，但他似乎不再专门欺负某个人了。他对所有人都恶语相向，看起来似乎如此。

工作仍然繁重无聊，对于那些希望参加战斗任务的士兵来说，工作极其令人沮丧。好在汤斯维尔能够提供许多休闲娱乐。对C连的许多人来说，主要的乐趣是音乐。

对音乐共同的热爱使得鲁珀特·巴雷特和凯西·戴维斯从初次见面那刻起，就形成了默契。两人为圣克拉拉号上的C连部队提供了重要的娱乐，鲁普吹口琴，凯西唱声乐，两个人一起弹奏吉他。

音乐融进他们的血液。鲁普出身音乐世家，父亲阿尔伯特是纽约颇有名气的爵士乐钢琴演奏家。鲁普受过正规训练，得到一位音乐大师的不断鼓励，但他并没有子承父业。他知道自己永远也达不到阿尔伯特的成就，就参了军。

凯西的背景则完全不同。凯西家庭没有音乐背景。他天生喜欢唱歌，10岁就开始参加才艺表演，然后自学弹奏吉他。要是家里买得起钢琴，他也想自学，但邻里附近没人有钢琴，这个想法也就行不通。16岁时，他因抢劫被判入狱，进入少年拘留中心。他自愿在福音唱诗班唱歌，并充分享受这段经历的每一刻。待他获释后，他加入了一个半专业的福音团体，用以补贴他在当地学校做看门人的微薄收入。

凯西一生中从没想过他的音乐天赋能成为谋生手段。他只想唱歌，与音乐为伴。鲁普，尽管受过专业音乐训练，但他愿意屈尊为这个年轻人伴奏。这个年轻人从小到大从未受过专业训练，但他极具天赋，是真正的天才。

没过多久，鲁普和凯西就发现了棕蛇酒吧。他们一到这里就听说有蛇栏的酒吧，也听说酒吧欢迎黑人和白人，但真正吸引他们的是音乐。他们还听说酒吧里有一架钢琴和一个真正会弹钢琴的女孩。

“你会《天赐恩宠》吗?”

“我当然会，”贝蒂说，她坐在钢琴前，抬头看着这个比她高得多的大个子黑人士兵。

“你想听原汁原味的演唱版吗?”

“当然想了。”面对他鲁莽的傲慢，她笑了。他的身材和声音的深度注定他是唱男中音而不是男高音，在贝蒂看来，《天赐恩宠》更适合唱男高音。酒吧里很忙碌，一对夫妇在角落里跳舞，他们最近预留了个小型舞池，现在不是单独表演时间，也不适合演唱歌颂万物的赞美诗。管他呢，她想，大家一定会参与进来的。他们都喜欢好的演唱。

她弹起前奏，并没按男中音的惯例调整八度，而是坚持她一贯的弹奏方式。她不需要看这首赞美诗的乐谱，无论是白人还是黑人，所有美国人都会唱这首歌。

“天赐恩宠，多么甜美的声音……”

但唱歌的不是那个大个子黑人。他退向一边，露出一位容貌俊美的人。贝蒂想这是她见过的最好看的人，他的嗓音与他的外貌完美融为一体。

棕蛇酒吧陷入沉寂，所有人都屏住呼吸。没人跟唱，也听不到任何窃窃私语，人们甚至停止了喝酒。年轻小伙子的声音轻松地徜徉在酒吧，这一刻似乎时光冻结，几分钟前，酒吧还闹哄哄的。

贝蒂应势而上，弹得比之前更起劲，偶尔和那个年轻的黑人对视一眼，两人都感受到了他们创造的美好氛围。

演唱结束，先是片刻的沉默，接着是震耳欲聋的掌声。

“看，我说了吧？”那个大个子俯下身来，朝她咧嘴笑了笑。

“是的，”贝蒂赞同道，“这就是正宗的唱法。”

“你的钢琴也弹得很熟练，”鲁普说，“弹奏有力，小姑娘。”

“谢谢。”

“我叫鲁珀特，”他伸出手，“叫我鲁普就好。”

“我叫贝蒂，你好，鲁普。”他们握了握手。

“不介意让我弹会儿琴吧？”他问。

贝蒂站起身来。“请。”

大个子坐在钢琴凳上，说：“给你听听新奥尔良的音乐，贝蒂，这是从最伟大的杰利·罗尔·莫顿那里学来的。”他直接跳到了《杰利·罗尔布鲁斯》。

贝蒂发现自己就站在那个漂亮的年轻人旁边。她看着那个大个子的手指在琴键上飞来飞去，说：“你朋友鲁普，他很棒，不是吗？”

“是的。”凯西点点头，“你也很棒，我可以请你喝一杯吗？”

凯西意识到站在附近的一群美国白人士兵正朝他们的方向皱眉。同样是那些白人士兵，他们非常喜欢他演唱的《天赐恩宠》，但表演结束后，他现在该知道自己的位置。不能和白人女孩说话。搞什么鬼，他叛逆地告诉自己。这是汤斯维尔，不是南卡罗来纳州，不是佐治亚州，那些规则在这里不适用。

他催促道，“走吧，我们去吧台。”

贝蒂犹豫了，在鲁普弹钢琴时走开似乎很不礼貌。

“不用管他，”凯西说，“他甚至不会注意到我们走了。他从不关心是否有人在听，他只是想弹钢琴而已。”

他们走到吧台，坐了下来，瓦尔给他们端上几杯啤酒，拒绝收钱。

“为了这首歌，亲爱的，记在酒吧账上，”她说完，就去服务别的人了。

“你叫什么名字？”贝蒂问。

“凯西。凯西·戴维斯，”他回答道，“你叫什么？”

“贝蒂·弗朗西斯。”她喝了一口啤酒，说：“我从来没听过有人唱得这样好。”心里想着他看起来很年轻。

“我喜欢唱歌。”凯西一口气喝了一大半啤酒。

“你多大了？”她问。

“19岁。”

贝蒂像影星维罗妮卡·莱克式一样，轻拂了一下头，将一绺不顺溜的金发撩回去，说：“这么有天赋，还这么年轻，你在哪儿学的?”

“我没学过。你多大了?”

“20岁。”

凯西咧嘴笑着，露出光洁的牙齿，绿色的眼睛闪动。他看清了这个女孩的套路。她喜欢表现得强硬，但她实际是个乡下女孩。他说：“20，还是35，嗯？我喜欢成熟的女人。”

贝蒂仰头大笑。她意识到自己居高临下的意图没有奏效，于是发自内心地笑了起来。这个漂亮的年轻人并不天真，他和她一样世故。

“那你是从哪儿来的，凯西?”她问。

“南卡罗来纳州的埃尔科，”他说，“嗯，我是在那里出生的。10岁时，我们搬到了佐治亚州的奥古斯塔。”

“你从没受过任何训练?”

“什么，你是说唱歌?”

她点了点头。

“没有。我10岁时开始参加才艺表演。第一次是1934年的奥古斯塔综艺天才秀，”他喝光了剩下的啤酒，“我唱了一首布鲁斯民谣，最终赢得了比赛。裁判说我是个神童。我还不明白那是什么意思，”他咧嘴笑着补充道，“从那以后我就一直在唱。你想再来一杯啤酒吗?”

“不了，谢谢。我一会儿得回去干活了。”

“鲁普很高兴。你想让他弹多久他就会弹多久。”

“不，我是说回吧台干活。”她身体前倾，表情神秘。“我告诉你个秘密，”她低声说，“我根本不是个真正的钢琴演奏家。”

“你本可以骗我的。”

“我是酒吧女招待，”她骄傲地大声说道，然后俏皮地向他眨了眨眼，“要我自己说的话，我是个非常好的酒吧女招待。”她急切地跳了起来。“不过，跟你说，鲁普演奏时，我们为什么不跳个快步舞呢？就一支，你说呢？”

她注意到他用疑虑的目光看着仍在朝他们方向怒目而视的那群美国兵。

“哦，别管他们，”她轻蔑地说，“瓦尔在柜台下有把猎枪，他们要是敢惹麻烦，她会赶他们走的。”

她牵着他的手，他们穿过拥挤的吧台走向小舞池。这个身材苗条的年轻女人令凯西惊奇，她金发碧眼，美丽动人，昂首挺胸，丝毫不顾忌他在房间里感受到的敌意。他钦佩地想，她虽然只是个乡下姑娘，但她真的很棒。

凯西之前从未见过像她这样的人。

第七章

在酒吧开业后，棕蛇酒吧一直是鲁普和凯西最爱去的地方，也是威利最爱去的地方。他的两个好哥们去哪儿，他就去哪儿。对许多旁观者来说，显而易见，吸引年轻的凯西·戴维斯到这个地方来的，不仅仅是音乐。

“你觉得你是不是应该谨慎点儿，凯西？”鲁普忍不住温柔地警告了他一句。“你觉得你能和这个女孩走得更近吗？”

“不，不，”凯西轻快地挥了挥手回答。“我们只是朋友，仅此而已。喜欢音乐的朋友，就这么简单。”

鲁普不是唯一发出警告的人，但瓦尔一开始的反应更是简单粗暴。

“你不是在引诱这个男孩，是吧？”她问道。“要是你打算和他玩玩，你会给他真正带来麻烦的，你知道的，不是吗?”

贝蒂生气了。“我根本没有引诱他，”她心高气傲冷冰冰地回答说，“我和凯西是好朋友，只是碰巧都热爱音乐。”

“很好。”瓦尔语气立刻软了下来，语调也变得温和，说，“还是要小心点，亲爱的，你不要给自己惹上麻烦。”

两人的友谊继续发展着。似乎确实是音乐让友谊之花以这种方式绽放。凯西唱歌时，贝蒂就弹钢琴为他伴奏，好似在缠绵。这当然就是为什么鲁普和瓦尔觉得有必要警告两个年轻人的原因，两人当然也都意识到警告注定会被置若罔闻的。

星期六下午晚些时候，酒客们排队涌入酒吧，贝蒂开始弹奏钢琴，一位不速之客突然来访。

“嗯，好吧，他们说得对，你在这个地方确实能听到些美妙的音乐。”

塞缪尔·罗宾逊静静地站在门边，看着贝蒂和凯西向欣赏节目的观众表演《迷人的节奏》。满满一屋子的士兵出奇的安静。歌曲演唱完，人群爆发出热烈的掌声。他走上前去，出现在他们面前。

"比在船上表演得还要好。"他对站在钢琴旁边的鲁普说。

"是的，长官，上尉，"鲁普对贝蒂点头肯定，"都要感谢这位年轻的女士。"

"的确。弹得很好，怎么称呼？"

"我是贝蒂。贝蒂·弗朗西斯。"贝蒂从钢琴凳上跳下来，伸出手来。她从凯西那里听说了他是士兵们的指挥官。这是个不错的家伙，喜欢音乐，另一个则是不折不扣的鸟人。

"你好，贝蒂。"

他们握了握手，他作了自我介绍。"塞缪尔·罗宾逊上尉，"他说，心里想着，这个姑娘年纪轻轻就这么自信，真让人惊讶。他转向凯西，笑着说，"另一个格什温的完美演奏版本，列兵。"塞缪尔非常喜欢在圣塔克拉拉号上搞这种即兴的娱乐活动，果然不出所料，这让他受到部下的喜爱。

"谢谢你，长官。"凯西报以微笑。"贝蒂和我，我们经常演奏格什温的曲子。她知道所有的曲子，根本不需要乐谱。"

"现在轮到鲁普了，"贝蒂打断了他，"我得替换一下在吧台的吉尔。"你没点喝的，上尉，"她还没来得及喘口气，就继续说，"来，我为你服务，要喝点什么，啤酒吗?”

“是的，谢谢。”他顺从地听她的安排。

鲁普在钢琴前坐了下来，直接跳入活泼的曲目《在樵夫的舞会上》。

一回到吧台，贝蒂就叫吉尔休息一下。“我知道你很想跳个舞，”她说，“看看那边的威利，他在紧皮带。”

不一会儿，贝蒂把啤酒递给塞缪尔·罗宾逊，她很高兴地看到吉尔和年轻的威利·帕克已在狭小的舞池里跳上了。上一周，威利刚刚教吉尔跳吉特巴。吉尔喜欢跳舞，学得很快。

“他们很棒，不是吗?”她说，注意到上尉看着舞者，手指在吧台上弹来弹去。她朝舞池的方向点点头。

“嗯？哦，是的，”塞缪尔赞同道，但他根本没有看跳舞的一对儿搭档，他只是跟着节拍在动。天哪，他喜欢爵士乐。

“嗯，您听说我们在这个地方演奏优美的音乐?”

“不好意思，你说什么?”他没听到她说话，回过神儿来，然后又一次跟上节拍。

“你刚说的，”她提醒道，“你听说我们在这个地方演奏优美的音乐。”

“是的，我确实听说了。”女孩对闲聊很感兴趣，最好礼貌地听着。“我得说，我很高兴地发现音乐是由我们

C连士兵演奏的。”他对她友好地笑着。“让我感到无比自豪。”

“是啊，鲁普和凯西都很有天赋。”贝蒂看得出上尉并不是很想说话，但她不在乎。她觉得自己好像有点了解他，——嗯，就是了解一点儿，凯西告诉她很多事情。凯西说过，这个家伙是个爵士狂，“不像另一个混蛋那样讨厌黑人，”这是他的原话。“这家伙真的很喜欢音乐。这也让他成为我们中的一员，你知道吗？”

贝蒂不敢透露凯西与她这么亲密地谈论他的指挥官，这可能会给他带来麻烦，但她想和这个人交谈。她可以过后把她知道的一切告诉凯西。他们两个什么都聊。

她问：“嗯，要是你没有从自己的士兵那里得到消息，是谁告诉你我们这里的事儿的？”

“香吻地要塞的几个军官，”他认真地回答道，“我住在那边，米切尔街的一所私人住宅。”

“哦，真的，哪一个？谁的房子？”

女孩不打算停下来。她有点儿聒噪，塞缪尔尽量不让自己看起来有点儿不耐烦。“宅子叫海登之家，房主是位非常好的女士……”

“阿米莉亚·桑德森，”贝蒂扬扬自得地尖叫着说。

“是的，没错。桑德森太太是……”

“她是我母亲的好朋友，”贝蒂更为得意地说道。

“真的？”塞缪尔竭力装出一副对此丝毫不感兴趣的样子。

“是的，在汤斯维尔，大家都彼此熟悉。”

“当然了。”他笑了，态度温和，把一张纸币推过吧台。“不用找零了，贝蒂，谢谢你出色的格什温演奏。”

“天哪，”她拿起一英镑纸钞，一笔不错的小费，“谢谢。”

现在，鲁普已经开始弹奏艾灵顿公爵的曲目《除了布鲁斯我一无所有》。

“享受美妙的音乐吧，”她喊道，塞缪尔端着啤酒，走到钢琴旁站着。贝蒂知道自己惹恼了上尉，可她一点儿也不担心。唯一遗憾的是，没能收集到更多的内部消息与凯西分享。没关系，她可以编个有趣的故事，讲述她怎么烦扰这个可怜人的，“他最想做的是跟上音乐节拍，”她会这样说。她喜欢逗凯西笑。

她捕捉到凯西的目光，他们亲密地相视一笑，这是他们自己的语言。他会等她，她几个小时后就下班，酒吧从不会开很长时间，他们会去散散步。过去的几天，他们的关系迅速升温，所有一见钟情都是这样，不是吗？贝蒂心知肚明地想着。

贝蒂从未质疑过什么是真爱，也没有质疑过凯西对她的爱的程度。他们都神魂颠倒，彼此都清楚。这无疑是真爱。他们甚至在最后一次远离人群的小溪边散步时接吻了，自然是她主动的。

“没人在看，”她低声说。她看得出他很谨慎、警惕，当然因为她是白人。凯西虽然很大胆，但他非常在意人们看他们的眼神。无疑是为了她。他真的不必这样。她才不在乎别人怎么想。

嗯，他们接吻了。完美的吻。温柔，充满爱，是她想象中完美的接吻该有的样子。她欣喜若狂。她想，是的，这绝对是真爱。就在那天晚上，她躺在床上，重温那一刻时，心里有了计划。

贝蒂打算今天晚些时候，他们傍晚散步时，把计划告诉凯西。她会在他们接吻之后再说。

接下来的半小时，贝蒂继续开啤酒，倒啤酒，对顾客展露漂亮的微笑，甚至打情骂俏，她真的是游刃有余。

她脑子里幻想着浪漫的画面，目光不经意地落到上尉身上，让她不禁想起可怜命苦的阿米莉亚·桑德森。她还年轻。嗯，阿米莉亚应该快三十了，她想。但她仍然很有魅力，嗯，稍稍，也许面色有点苍白。她太伤心了。她一直在翘首以待，一直在等待永远回不来的丈夫。如果可怜的阿米莉亚能接受孀居这个事实，并在罗宾逊上尉身上找到新爱，那该多好。他长得不丑，贝蒂想，对成熟男人来说，略微有些皱纹也无伤大雅。

阿米莉亚·桑德森实际上很喜欢塞缪尔·罗宾逊上尉，当然不是贝蒂想象的那样。阿米莉亚认为上尉是个真正的绅士，有他在，她就觉得家里安全多了。她对好朋友格蕾丝说着，她们坐在澳大利亚工会的里屋，正肩并肩地为十字会的包裹打包。

“你说得很对，格蕾丝，”她说，“我确实觉得安全多了，就像你说的那样，也还真怪，尽管罗宾逊上尉大部分时间都不在。我想，正是因为看到一名军官从房子里进进出出，我就不那么害怕街上吵吵闹闹的人会破门而入了……嗯，当然了，就是紧张。”她难为情地停了下来。“我知道这很傻，上一周，有罗宾逊上尉在，街上的噪声似乎没有以前那么可怕了。”

“你在尽你的一份力。”格蕾丝鼓励地说，她很高兴她的建议对她有帮助。

“是的，我确实在尽自己的一份力，”阿米莉亚出乎意料地急切回答道，“不仅仅是为军官提供住处。我还已经答应教罗宾逊上尉的一些士兵识字。”

“真的？太棒了。”这让格蕾丝很敬佩。

“是的。你知道，他们中有相当多的人是文盲。”阿米莉亚笑着说。她发自内心地笑了。美丽的微笑，真正快乐的微笑，久违的微笑，格蕾丝的反应与其说是吃惊，不如说是惊讶。

“我要教他们读书写字，”阿米莉亚继续说。“只是教些基础的。我会教他们写简单的家书，一封可以读给家人的信。我认为这是一件值得去做的好事儿。”

阿米莉亚第二天就要见到她的第一个学生。她期待着能再教书。罗宾逊上尉的想法令她吃惊，但现在她欣然接受这个有意义的想法。她似乎已经很久都没有做有意义的事情了。

“我结婚前是名小学教师，”她在客厅倒茶时告诉罗宾逊上尉，这个房间原来是她父母住。这是房子右边的客厅，左边一直是她和马丁住。她父母搬到悉尼后，把房子留给了她，奇怪的是，她和马丁从来就没有用过右边的房子，房子总是空着，像是在责备他们一直就这么让房子空着。

我结婚后就不教书了。“我们非常想有一个家，”她继续说，“遗憾的是，事情并不总让人称心如意。”

她给美国人递了杯茶。这是他们初次见面。喝茶前，她带他参观了房子，自然也端出一盘她做的澳新军团饼干就着吃。

“我得说我很怀念教书，”她说。她发现罗宾逊上尉说话很随和，身上有种“让人平静”的气质，会让人不知怎的就放松下来。“您要来块饼干吗?”她把盘子递了过去。

“好的，要一块，谢谢您，”他说着，拿了一块。“您说的是初级学校，”他似乎很感兴趣。“我想就是我们所说的‘小学’吧？”

“我想是的，对的。”

“那您习惯于教基本的读写吗？”

“哦，是的，确实是。”

“我有个主意，”他说。然后，他继续讲了他的建议，可以给她选定的几个手下上一对一课程。“我会亲自谨慎地挑选士兵的，”他向她保证。“他们会在我在这儿的时候上课，我希望你不会有威胁感。”

“嗯……”阿米莉亚踌躇着。

“他们都是好孩子，很多都很年轻，不到20岁，大部分都是文盲或半文盲。他们让受教育多的朋友帮他们代写家书。我想要是他们能学会自己写信就好了，你说呢？”

这个主意听起来很有吸引力。“是的，”她说，“我同意，这真是太好了。”

“不过，我得告诉您，桑德森太太，为了怕您不知道，”他接着说，“我手下的士兵都是黑人。”

“哦。”她还真不知道。

塞缪尔记起手中还拿着块饼干，咬了一口。“天哪，真好吃，”他边说边嚼着。

决定似乎已经达成，阿米莉亚担心可能没有回头路了。“我每周会有一个下午为部队的红十字会捆绑包裹，”她说着，漫不经心地聊着，只是有点紧张，“我一直想做更多助人的事儿。我或许真的不确定，但这也许是我能做的贡献……”她说着说着就不说了。

“哦，这肯定是个极好的贡献，”塞缪尔宽慰她。“我可以向您保证，您会为这些士兵提供极大的帮助。桑德森夫人，您可以考虑一下，接下来我们还会讨论。我可以再来块饼干吗？”

“请。”

阿米莉亚心知她已接受挑战，她觉得这样做非常勇敢。

星期天，就是她在工会大厅里屋和格蕾丝聊天的第二天，罗宾逊上尉把安东尼介绍给了她，并告诉她安东尼是个半文盲。

“这是列兵安东尼·希尔。”塞缪尔说。

他们又坐在房子右侧的客厅，就是为塞缪尔准备的那间。他们已经同意不侵扰她那边的私人住所。

“列兵希尔，这是桑德森太太，她同意给你上课。你想说什么？”

“非常感谢您，夫人。”

20岁的安东尼·希尔是个笨拙的年轻人。他个子较高，身材匀称，体格清瘦，四肢发达。他看上去非常害羞，不敢直视她的眼睛，拖着脚，低头凝视着地面。

“你好，列兵希尔，”她说。

“是的，夫人。您好。”他仍然没有直接的眼神交流，只是向上快速瞟了一眼，然后又看向地板。

阿米莉亚想她从没见过这么黑的人，也从没有这么近的距离接触。当然，她本人从未见过真正的黑人。

“列兵希尔来自路易斯安那州，”塞缪尔说，“他能看懂一点儿书，还能写自己的名字，仅此而已。是这样吧，列兵?”

“是的，长官。”

“我知道了。”随后的停顿让阿米莉亚意识到罗宾逊上尉不打算再多说什么。“我们开始，好吗?”她带着自己未感觉到的乐观态度说。

“太好了，”塞缪尔同意道，“把他交给您了。”他从敞开的门出去，走向厨房，给自己沏了杯茶，上课期间，他就坐在那里看报纸。

他们把牌桌放在屋子中央，牌桌两边各放一把硬背椅，阿米莉亚坐在一把椅子上。桌上有一堆铅笔、纸张和一个大笔记本，还有一本破旧的书，是鲁德亚德·吉卜林的《原来如此的故事》。这是阿米莉亚小时候最喜欢的书。

“坐下吧，列兵希尔，”她指着另一把椅子说。

“是，夫人，谢谢您。”他像个听话的孩子一样坐着，眼睛仍然低垂着。

“罗宾逊上尉说你能读一点儿书?”

“是的，夫人。一些而已，并不多。”

“好吧，那么。”她打开书，翻到第一个故事，把书推到坐在桌子对面的他面前。“从这儿读给我听，”她指着第一页，“从上面的标题开始。”

“是的，夫人。”他断断续续地用手指点着每个字，开始朗读。“鲸鱼……是怎么……得到……他的……嗯……”他结结巴巴地读着。

“喉咙，”她说。

“是的，夫人。喉咙。谢谢您，夫人。”

“继续，”她提醒道，“故事是怎么开始的?”

慢慢地，他的眼睛和手指集中在他读的每个字上，继续读道，“在…大…海…里…从…前…”他抬起头来，面露困惑。“那不是一个单词，”他说，“那只是字母O，大写的字母O。”

“是的，正确。继续。”

他又低下头看着书，继续吃力地读着。“哦…我的…最好的…嗯…”然后他完全停了下来。

"亲爱的,"她说,"是的,这个词确实很难。'啊,我最亲爱的人'是吉卜林先生对读者的称呼。"

"哦,好的。对不起,夫人。"他又一次内疚地把目光移开,好像是不应该和她进行目光交流。

阿米莉亚觉得这个年轻人的局促令人不安。他在她面前简直不能放松。

"不用道歉,列兵希尔,你做得很好。"她想,她真的需要做点什么让他放松。"我可以叫你安东尼吗?"她问,希望他能看着她。

他这样做了。她安慰地微笑时,他点了点头。显然,他一点也不介意,但他似乎还是紧张得说不出话来。

"朋友们也是这么叫你吗?安东尼?"他摇了摇头。

"那他们叫你什么?"

"安特,"他说,忘了加上"夫人"。"朋友们叫我安特。"

"安特·希尔。"她轻轻笑了一下。"很不错的绰号。那么,我可以叫你安特吗?"

"可以,夫。"

好吧,她认为'夫'应该是"夫人"的简称。

"继续,安特,"她说,"再给我读一些。这是个非常好听的故事。"

"…有…一只…鲸鱼…而且…他…吃…鱼。"

他们一起读了一页左右，阿米莉亚在难的地方，尤其是斯图特鱼给鲸鱼指引方向，告诉鲸鱼在哪里和如何找到遇难水手的地方，接了下去。

在他们读到鲸鱼吞下水手那部分时，安特已经完全沉浸在故事中。他迫不及待地想知道接下来会发生什么。他看到不懂的段落，就把书推给她，她念完这一段，就把书又推给他，他们就这样一直读着。

“于是他对斯图特鱼说，”安特读着，现在几乎没有犹豫不决了，“这个人是……”然后他翻了一页，上面有一张图。他停下来，盯着图看，完全呆住了。这是条巨鲸，下颚又宽又大，水手坐在筏子上，筏子在黑黑的水里打转，水涌进巨大的嘴巴里，又涌进巨大的喉咙，水手快要被吞下去了。安特从未见过如此精彩的图画。

“是的，这就是奖励，”阿米莉亚微笑着说，觉得自己的付出得到了回报。他的反应和她当初认字时读这本书的反应完全一样。“你不能提前偷看图画，阿米莉亚，”她想这样做时，母亲斥责道，“你读到这里，图画是一种奖励。”

她站起来，绕过桌子站在他旁边。“我会给你读吉卜林先生对这幅画的描述，”她说，“他所有的图画都有精彩的描述，图画对故事进行了非常详细的解释。”

她接着继续读，安特用手指点着提到的每一个特征，从水手的小刀到他背带上的纽扣。当她说鲸鱼的名字叫“笑人”时，他笑了。

然后，他们继续读完故事，阿米莉亚也给他读了第二幅插图的描述。“每个故事有两幅图画，”她告诉他。这幅图是一条鲸鱼在寻找藏在赤道门槛下面的小斯图特鱼，安特同样惊奇地看着图画。然后他们看到了结尾。

“……故事就结束了，”安特读完后，胜利地抬头看着她。

“干得好，安特，”她说，“真是太棒了。”

“我们能再读一个吗？”他问。

他的好学让她很高兴，她保持着学校教师的模式。“不，下次再读，”她坚定地说。“我们现在要练习写字。”她站了起来，把椅子挪到桌子另一侧，坐在他身边。“我们从故事中抄写一些词，好吗？”

“好的，”他说着，接过她递给他的铅笔。

安特刚来时的局促不安已经完全不见了。他现在十分放松。桑德森夫人是他的朋友，吉卜林先生也是。

就在同一个星期天，也就是四月最后的那个星期天，贝蒂将其计划付诸实施。她和凯西把周日空出来，这意味着他们可以早点出发。他们也确实这么做了，早上他们登上了开往磁石岛的第一班渡轮。

木制渡轮经过一个小时波涛汹涌的颠簸，停靠在匹克尼克湾和耐莉湾，最后到达目的地阿卡迪亚。

她以前对他讲过，她童年的假期是在阿卡迪亚的小棚屋度过的。她讲到小岛的景色、魔力、游泳和钓鱼，她还跟他讲了，她和弟弟结交的土著家庭。

“汤姆和我小时候，我们会和大比尔的孩子们一起玩。他们住在离我们住处不远的灌木丛。我们会看大比尔叉鱼。天哪，他好厉害。“他会像雕像一样一动不动地站在水里，像这样举起长矛，”她摆出姿势示范道，“他会一动不动地站着，一直坚持，然后嗖的一声，闪电般的速度，矛就不见了。他再次拿起长矛，末端就叉着鱼。”她大笑起来。“我记得有一次他试图教汤姆学叉鱼，但汤姆根本没学会，大比尔绝对是汤姆心目中的英雄。我想，这也能理解，他当时只有10岁。”

贝蒂突然面露悔色。“想想看，汤姆10岁后，我们就再也没回过阿卡迪亚，”她说，“爸爸离开前的那个夏天，我们没去小屋，而是和朋友们在道格拉斯港过的暑假。可现在，自从爸爸离开后，我想妈妈不会在他不在时去那里。”

凯西发现贝蒂讲述的这个童年既迷人又引人深思。他从没和白人女性如此亲密地讲过话，他在想贝蒂早期与土著人的接触是否可以说是她对肤色不介意的原因。

贝蒂似乎真的不在乎某人是不是黑人。

事实上，贝蒂和汤姆对种族差异的接受是因为他们父亲早年在太平洋岛民中生活的经历。

乔治·弗朗西斯经常引用自己父母的话，“肤色只是颜色的深浅。人就是人，有好人、坏人或一般人。要了解一个人，不要基于肤色做任何假设。”

现在，渡船快靠近那个美丽迷人的岛屿了，海水碧绿，沙滩无暇，他们倚靠在栏杆上，欣赏着风景。

“不知道大比尔是否还在那里，”贝蒂若有所思地说，但他们俩都知道他们不会徒步到灌木丛中去找。

渡船上有相当多的军人，磁石岛是休息与娱乐日旅行的热门选择。这里除了有美丽的游泳沙滩，主要的海湾还有很多社交聚会场所，比如野餐区、酒吧和茶室。

贝蒂和凯西下船后，并没去这些地方。他们既不想游泳，也不想社交。

“你确定吗？”他问她。

就在一周前的那个晚上，她在散步时说出了她的计划，她非常大胆，实际上是她在促成此事，他想知道她是否已考虑清楚了。提议当然令他兴奋，现在也仍然如此。他虽然很想要她，但他不希望她最后会后悔。

“是的，我很确定，”她说，“我们彼此相爱，凯西，我们都知道我们彼此相爱，这是爱情的自然发展。”她听起来很老于世故，这正是她的想法，她知道自己是对的。“不过我们会采取预防措施，”她补充道，“你会处理好这方面的事情，不是吗？”

贝蒂不仅大胆，主动，而且也很务实。显然，怀疑她是否会后悔是多余的。贝蒂很清楚自己在做什么。

那天晚上，回营地前，凯西去了一家商店，这些店总是点着蓝灯，容易辨认。现在性病在整个汤斯维尔流行，军人很容易买到避孕套。

贝蒂把包斜挎在肩上，就出发了。“大约只有半英里远。”她兴奋地说。

凯西把自己的军用装备包扛在肩上，跟在后面。他们一起徒步穿过遍布岬角的小路，10分钟后到达一个风景如画的海湾，海滩尚未被开发。

他看到到处都是小房子，但她领着他沿沙地跋涉，穿过小房子，最后转过海滩，沿着狭窄的小路来到一座小屋前，小屋掩映在树木和海岸植被间，很隐蔽，几乎看不到。

“我们到了，”她大声说道，“我家的豪宅。”

这是个简陋的木屋，铁皮屋顶，旁边的支架上有个水箱，几级台阶通向前面小小的游廊。在周围的岩石、灌木丛和热带绿色植物的映衬下，木屋看起来非常漂亮。

“哎呀，真的很漂亮，”他赞赏地说。

“是的，不是吗?”她赞同。“来吧，我带你参观一下，共有三个房间。”她小跑着上了台阶，打开了前门，门从未上锁。

进去后，他们简单地看了房子，正如她所说，有三个房间——一个大客厅，两边各有一个父母和孩子们的小卧室。

她说:“我小的时候，这卧室还可以接受。但十几岁时，就讨厌和汤姆同住，这是唯一不好的地方。”

他们把包里的东西倒在小屋正中央的桌子上，她一边拿出毛巾、浴衣和三明治，一边聊着天。

“没有浴室，”她解释说，“只有一个连接水箱的花洒，我们在这里度假时，每天都会游泳，所以大部分时间我们身上都是咸咸的。“嗯，汤姆和我都是。”她走到后门，把门打开。“当然，上面那里还有一条泥泞的路，”她指着坡上20码远树丛中的户外厕所说。

她回到桌旁和他坐在一起，他还没打开自己的装备包。里面有他的浴衣和毛巾，还有一瓶他从黑市买的香槟，作为特别的惊喜。他只是站在那里，看着她的一举一动。

“想去游泳吗?”她问。

他觉得她看上去太健谈了，想知道她是不是很紧张，甚至后悔她做的决定。“不是很想，”他说，“你呢?”

“不想。”

他们一动不动地站着，看着彼此，都在想谁会主动。

他可能会认为贝蒂是个大胆的人，毕竟是她发起了初吻，他们爱情的圆满也是她的主意。但她还是僵住了。她搞不清为什么。她不紧张。她知道对性的期望是什么。她也不后悔自己的决定。那她为什么还犹豫不决呢？也许有糟糕的可能性会令她失望，与凯西做爱可能完全就像她向那个澳军士兵奉献出童贞一样易于忘却。如果她的浪漫梦想破灭，她该怎么办？

于是凯西采取主动。他吻了她。不是以燃烧的激情，也不是以性探索的方式，而是像以前一样，温柔地，充满爱地吻她。然后他把她抱在怀里，低声说：“我们跳舞吧。”

他们跳起舞来，步调协调。跳的是狐步舞，他们绕着小木屋的桌子跳得非常非常慢。

“你能听到音乐吗？”他喃喃地说着，嘴唇擦着她的耳朵，呼吸轻轻拂过她的脖子。

“能，”她低声说，“哦，是的，能听到。”她能清晰地听到音乐，钢琴，弦乐部分，一个完整的管弦乐队。贝蒂感觉进入了天堂。

他们绕着桌子转了三圈，然后他把她带进一间卧室，她不知道是哪间，他们随着音乐不停地摇摆，一边接吻，一边慢慢地互相脱衣服。然后，他们做爱，开始时很缓慢，浪漫逐渐变成激情，贝蒂用与他同样的热情把自己交给他。音乐还在那里，铜管乐部现在加入进来，越来越响，越来越大胆，达到了最强音。

贝蒂的第一次没让她失望。

他们裸着身子并排躺着，深呼吸，抬头看着天花板裸露的木梁，她意识到他们在她父母的卧室。也好，她模模糊糊地想："这个床比我们房间里的大。"

她突然听到自己说："那些听不到音乐的人会认为那些跳舞的人疯了。"

凯西转过身来面对着她，眼里露出一丝不解。

她说："这是我爸爸多年前从什么书上剪下来的一句话，贴在他书房墙上。他告诉汤姆和我，这实际上意味着人们拒绝接受他们不了解的人。但我认为这要简单得多。我想你要么听得到音乐，要么听不到。"

"我们当然能听到，"他一边说，一边用一只胳膊支起身来，轻轻地吻她。"我们听到同样的音乐，贝蒂，你和我。我们已经融入彼此的血液。"

她依偎着他，说："告诉我一些我不知道的你自己的事儿，凯西，"他们聊了那么多，那么多事情，那么亲密。她知道他母亲在他很小的时候就离开了，他辗转于各个姑姑家。少年时，他犯了法。但她想知道得更多，想知道他的一切。“告诉我一些特别的，”她恳求道，“一些别人都不知道的。”

“好吧，首先我不叫凯西。”

“什么?”她笔直地坐了起来。“你一直在骗我?”

“不，不，我发誓。我叫凯文·切斯特·戴维斯，”他一本正经地说，“我小时候，我妈妈叫我KC，后来就成了凯西，然后就这样了。她走后，我一直叫凯西，从那以后我就一直叫凯西。每个人都叫我凯西。除了你没人知道这个，我发誓。”

“很好。”她开心地笑了。“我认为这很特别。”

“嘿，我有礼物给你。”凯西从床上跳下来，走到桌子旁，从装备包里拿出那瓶香槟。“你说我们来庆祝一下怎么样?”他高举酒瓶说。

“当然了。”她也跳了下来，从水槽那边的碗橱里拿了两个玻璃杯。香槟，多么应景的浪漫。她自己应该想到，她可以很轻易地从巴兹那里拿一瓶，但是，这可能不是个好主意，巴兹会怀疑的。

“我不知道酒有多凉，”他一边开软木塞，一边说。

“没关系，”她回答。

他们盘腿坐在床上，毫不害羞地光着身子，他把香槟倒进她递给他的廉价玻璃杯。

“抱歉我没有合适的酒杯，”她说。

“无所谓,”他回答。

他们互相碰杯,每人喝了一大杯。胃里空着时,酒精会直接上头。她拿出三明治,但他们没时间吃。他们又开始做爱。然后一边讨论着如何继续他们的恋情,一边把香槟喝完。他们没有完整的一天时间到磁石岛旅行。但棕蛇酒吧楼上有间小卧室,她告诉他,她常在那里过夜。

她说,“你可以通过赌博室的后楼梯去那个房间。”

问题解决了,他们就又一次做爱。

他们在下午晚些时候回汤斯维尔的渡轮上吃了三明治。

第八章

五月的第一天，美国和澳大利亚的军队在太平洋集结，准备阻止敌人前进，汤斯维尔战势的呼声越来越响。日本人继续向南扩张，目标是占领莫尔兹比港，他们将遭到盟军的激烈抵抗。珊瑚海之战将是第一次舰载和陆基飞机进行的海上冲突。这也是澳大利亚海岸有史以来最重要的海战。

伊迪姨妈不知道飞机从哪里来，也不知道它们要飞到哪里去，有人说是新几内亚，有人说是太平洋岛屿，但她知道，肯定有很多飞机，它们飞得如此之低，都快要撞上船棚了。

“就在我头顶上，”她说，“大哪，我想如果我把扫帚举在空中，就能碰到飞机。”

她有点夸大其词，她对什么印象深刻时，就会这样，但她的船棚肯定是处在附近加布特机场往返的一条主航线上，由于风的缘故，飞机确实在她的领地上空飞得很低。

"还有各种各样的飞机，"她说，"大的，小的，哎呀，有些像怪物。"

她说得对。美军轰炸机是巨型飞机。正如许多当地人评论的那样，"很难想象它们是如何飞到空中的。"

但它们确实飞到了天上。它们飞来飞去，很快伊迪姨妈就失去了兴趣。她不再抬头，大声喊："老天哪！"她只是继续干活儿，如果像往常一样正和一个姑娘聊天，她就会停下来，等到发动机的轰鸣声消失能听到她说话时，她再接着刚才的话题继续聊。伊迪从不喜欢大喊大叫。

对伊迪来说，比头顶上的飞机更令人担忧的是缺水的危机。事实上，水正成为整个汤斯维尔关心的问题。1941年11月到1942年4月的雨季照例降下热带大暴雨，但水的供应仍处于相当低的水平。5月，旱季即将开始。有传言称政府将实施限水。

"都是你们这些美国佬，"伊迪姨妈在给美国军官送衣服时责备道。"你们把水都用完了。好吧，要是我不能帮你们洗衣服了，你们别来怨我，因为水流干了，都是你们的错儿。”

“别担心，姨妈，”上尉向她保证说，“我们会把水箱加满。我们不能失去镇上最好的洗衣服务，不是吗?”他补充道，向她眨了眨眼，他和伙伴们一样，都喜欢伊迪姨妈。

上尉信守诺言，她的水箱定期加满。伊迪很感激，但这并没阻止她的报怨。

她说:“人太多，水不够。就这么简单。他们美国人是好男孩，但人太多了，这么多的人都待在一个地方。”

伊迪的抱怨是有道理的。汤斯维尔的人口已增加一倍，而且正迅速增加到两倍。人口数量的扩张如此庞大，该镇的供水系统承受了巨大压力。而紧张之外，还有无知。

从一开始，美军就要求为其士兵提供清洁淡水，由汤斯维尔市政会负责提供以及管理供水。但美军士兵不知道水有多珍贵，也不知道要节约用水。许多军营的洗浴区，士兵们洗衣服，就是把衣服倒在地板上，打开所有的花洒，进行冲洗。不出所料，市政会决定阻止这种做法，并对军营定期进行检查，对违规者处以罚款。现在美国司令部也意识到这个问题，他们支持市政会并帮助执行对部队的处罚，但供水短缺问题仍旧持续，而且注定会变得更加严重。

皮特·维克斯向好友布鲁斯·德斯蒙德透露说："市政会已经向《新闻简报》提出实施每日用水计费的想法。"他们约在斯特兰德大街富丽堂皇的女王酒店见面，这是美军军官俱乐部所在地，也是酒吧营业时许多人喜欢的酒吧。

"警察和记者进了酒吧……"他们走进酒吧时，布鲁斯说。这是他们之间常说的插科打诨，通常会得到机智的回应，但这些天来朋友只报以会心一笑。他们两个都是土生土长的汤斯维尔人，20多岁，他们在家乡有受人尊敬的身份。布鲁斯和皮特一起长大，是交情最深的伙伴。

他们在酒吧喝着啤酒，布鲁斯·德斯蒙德高级中士在八个小时轮班后下班了，穿着便服；皮特·维克斯今天已离开汤斯维尔《每日新闻简报》办公室。但皮特没有下班。美军军官俱乐部是他最喜欢去的地方，即使酒吧不开门，他也会在休息室闲逛，喝杯茶，偷听些他可能收集到的内部消息。他已收集了不少，但让他一直懊恼的是，主编很少同意刊登这些消息。

"你可以继续写，皮特，"吉姆·伯内特会用他那令人愤怒的平静方式说，"但你是在浪费时间，它是不会见到天日的。"

皮特会发出疲倦的叹息。“是啊，是啊，战时审查，我知道，我知道。”

“恐怕是这样，伙计，”吉姆回答说，虽然他只是在陈述事实，但他还是点头表示同情。“得遵守规则。”这时皮特截住他的话。

“所以我想这很快就会是我的工作，”他坐在吧台边对朋友抱怨道，“该死的每日用水报告。”

“哦，别闹了，”布鲁斯反驳道，“他们不会浪费一流的记者写每天的计费报告。”

皮特的反应不过是哼了一声，然后喝了一大口啤酒。

布鲁斯说：“我读了你关于缺水的文章，关于为什么会发生缺水，未来的天气预报，以及缺水将造成怎样的危机。我认为是篇非常好的文章。”

“是的，这些天只让我写报告，”皮特吼道。“一场他妈的伟大的战争在太平洋打响，我却被告知只能写罗斯河堰的水平线，迅速增加的军事人口以及该死的城市供水系统。”

天哪，他心情不好，布鲁斯想。“好吧，你得承认这是有价值的，兄弟，”他一本正经地回答。“要是情况像你在文章中说的那样严重，就需要告诉人们。”皮特更愤怒了，他向酒吧招待示意。“再给我们来杯啤酒。”

对伊迪姨妈来说，水的问题并不严重，这要归功于她在美军中的宝贵关系。伊迪洗衣店一如既往地营业，姑娘们做着日常事务，洗衣、熨衣、晾衣服，与此同时飞机就在头顶上俯冲，呼啸而过。

战争日益临近，贫困和恐惧，以及对入侵的不祥预感随之而来，在不寻常中，日常生活到底该怎么过？

尽管营业时间受限，棕蛇酒吧仍然继续正常运作，蛇栏就像战前一样吸引着赌客。年轻的汤姆·弗朗西斯成了美国人的信使，骑自行车送信的奸细，他还可以捕捉青蛙和老鼠给瓦尔的蛇送去，他打10岁以来就一直在做。

至于阿米莉亚·桑德森，嗯，奇怪的是，她的生活似乎比过去很久以来都更“正常”了。她又做了老师。她摆脱了多年来令她感到窒息的负罪感和压倒性的无目的感，她似乎终于可以呼吸了。

继列兵安东尼·希尔成功的第一课之后，塞缪尔·罗宾逊立即又给阿米莉亚介绍了C连的两个新学生，分别是19岁年轻的列兵利奥波德·史密斯和20岁的罗伯特·西蒙兹。同安东尼一样，每个星期天他们都要上一对一的课程，塞缪尔会在家里，在厨房边喝茶边看文件。

对阿米莉亚来说，星期天肯定会是非常忙碌的一天，但她享受每一分钟。她也喜欢为每个学生做课前准备。利奥完全是个文盲，所以她需要给他准备5岁孩子程度的课程，从苹果、香蕉和胡萝卜的基础图片开始。罗比和安特一样，是半文盲，所以她打算也使用鲁德亚德·吉卜林的伟大作品。事实证明，她的决定是明智的，罗比的第一课就像安特的一样充实。鲸鱼、斯图特鱼和水手的故事获得巨大成功。

现在，仅仅过了两个星期天，阿米莉亚就不再注意她的学生是不是黑人了。她是教师，这些是她的学生，学生在回应她的教学，他们在学习，这就是她渴望的初心。她已决定不要偏心，但她还是情不自禁。安特仍然是特别的那个。第二次课，他们读了吉卜林先生接下来的两个故事:《骆驼为什么有驼峰》和《犀牛为什么皮肤发皱》，她无法抗拒他再读一个的请求。每个故事及其附带的图画都让安特产生和之前同样的反应，他相当着迷。他毫不羞涩地与她分享自己的喜悦。她为他朗读难的那部分时，她会捕捉到他的认真，当他知道他读得很好时，他会胜利地对她微笑，直接与她对视。他们一起研究难题，分析单词，一起写字母，安特模仿她的笔画时，他们会并排坐在一起，身体偶尔会在不知不觉中接触，碰一下肩膀，胳膊、甚至大腿，这丝毫没有困扰他们。

安特的变化之大令阿米莉亚困惑不解。他有时就是两个不同的人。罗宾逊上尉在时，他还是她初次见他的样子，孤僻、缺乏安全感，眼睛盯着地面，与那个私下里与她关系亲密、活跃、可爱的像孩子般的人完全不同。她只能猜测他的顺从是因为罗宾逊上尉是他的指挥官，但她也还是觉得奇怪。塞缪尔·罗宾逊对他的士兵总是很亲切，至少他和她在一起时是这样的。利奥和罗比似乎都不觉得他吓人。有什么问题吗？发生什么事了吗，有什么恶劣的事儿？安特生活在对指挥官的恐惧中吗？看起来很善良的塞缪尔·罗宾逊会欺负年轻的安特吗？阿米莉亚很想知道，但又不敢问。

在汤斯维尔生活了28年的阿米莉亚·桑德森从小接受父母的过度保护，接着是一段不正常的婚姻，她对安东尼·希尔的背景和他所生活的世界一无所知。她永远不可能知道她是安特唯一信任的白人，不仅是因为他现在发现了学习的乐趣，还因为她是个女人。如果是一位好心的男老师教他，像阿米莉亚一样对他好，给他介绍鲁德亚德·吉卜林的魔力，他的反应就会不一样。这是安特个人的原因，与任何白人无关。与白人交好，这与他成长的环境不符，也与他父母成长的环境不符，更与他祖父母的成长环境不符。安特的祖先是很久之前被征服的黑人，他家乡的许多朋友也是如此。

阿米莉亚的猜测是正确的。安特确实遇到了问题，他被欺凌了。他的问题和受到的欺凌都来自查尔斯·查克·马克斯韦尔上尉。

自从查克·马克斯韦尔和塞缪尔·罗宾逊发生口角后，他就不再专找凯西·戴维斯的麻烦了。在查克心里，这并不是因为同僚威胁要告发而让他产生恐惧，不，一点也不。罗宾逊是个肮脏的犹太佬，一开始就不该获得军官军衔。但查克知道自己的痛处，最重要的是他知道什么能让自己发狂。凯西·戴维斯很容易使他愤怒到极点，这很危险。这个漂亮的黑鬼比任何黑人都要精神得多。事实上，这个漂亮的黑鬼特别傲慢无礼，如果查克被逼急了，他很可能会杀了这个混球。

“天哪，”他想，“如果我们回到种植园的家，我将义不容辞地给这个男孩上一次令他永生难忘的课。但现在是在部队，黑人似乎可以对种族不同的上级表示不尊重。这是彻头彻尾的耻辱！我爸爸绝不会容忍！”

查克知道，如果他被逼急，如果他真的杀了凯西·戴维斯，他会有麻烦。他需要一个更听话、更好欺负的男孩，一个知道自己位置的男孩。那个男孩就是列兵安东尼·希尔。

塞缪尔·罗宾逊的话一直让查克耿耿于怀，更确切地说，是塞缪尔·罗宾逊的推论。“你爸爸可能也知道你真的不适合执行战斗任务，他可能觉得他的小宝贝儿需要保护，小查克必须受到关照。”

那个肮脏的犹太佬怎么会知道是爸爸安排他去的第96营？那个肮脏的犹太佬怎么可能知道这该死的原因？

“你在那里会很安全的，查克，”谢里登·勒罗伊·马克斯韦尔向儿子承诺，“我已经确认过，你不会看到战争冲突。第96营是非作战营。”

爸爸总是操心所有的事情。从查克记事起，爸爸就在给他铺路。他上了亚拉巴马大学后，在学业和体育两个方面双双失利，爸爸就想尽办法安排他进入弗吉尼亚州一所昂贵的军事学校读书，并从那里毕业。

当时，他们两人都没预料到他真的会被送去打仗，但爸爸也成功地关照了此事。

“你会安然无恙地回家，查克，你现在不用为自己担心。”

查克内心非常感激。他假装自己已经做好了投入战斗的充分准备，宣称他很乐意为国而战，但单是这个想法就让他害怕。

同样，爸爸也假装相信他。“我知道你会的，儿子，你当然会的，但我不会让我的孩子受到伤害。”

谢里登·勒罗伊·马克斯韦尔早年曾想让他唯一的儿

子变得坚强，让他成为有影响力的人，这种领导素质是要成为艾利斯顿棉花种植园和家族企业第六代所有者和管理者注定要具备的。但事实很快证明，男孩没有老父亲所拥有的素质，所以老父亲唯一的选择就是关照他。谢里登想，他的两个女儿要是有一个是儿子就好了，太可惜了，两个女儿都比儿子坚强。

“你爸爸可能觉得他的宝贝儿子需要得到保护，小查克必须受到关照。”

塞缪尔·罗宾逊的话比他想象得还要严重。本来是对懦夫和恶霸居高临下的嘲讽，却直击了真相。

查克·马克斯韦尔穷尽一生都想成为他全能父亲的翻版，但他只是个影子，边缘模糊，他不断试图证明自己。证明自己最简单的方式就是欺负那些永远不会顶嘴的人。

因此，在发现凯西·戴维斯会使他的忍耐到达极限后，选择的目标就成了安东尼·希尔。一个知道规矩的黑鬼，一个知道社会底层才是他命中注定的位置的人。

查克继续让这个年轻人的生活变得如地狱一般，但他小心翼翼地不让别人知道。他从不在年轻的中尉指挥官面前，也就是那四个北方男孩面前欺负安东尼，因为他不想让消息传到该死的犹太佬耳朵里。他也对那个干涉霸凌的下士保持警惕，因为那个下士显然把他用枪抵着漂亮男孩戴维斯脑袋的插曲上报给罗宾逊了。

滑稽的是，查克完全信任的人也是个黑人，一级中士斯特鲁特·斯托尔斯。这并不令人奇怪，至少对查克来说不奇怪，因为这是又一个知道自己位置的黑人。他总是给白人长官想要的东西。中士和他的想法一致。他们沆瀣一气。

5月8日，珊瑚海之战结束。战争只持续五天。日本人赢得了战术上的胜利，击沉的船只比敌手多，但战略上的胜利属于盟军。莫尔兹比港没有被占领，这是自战争开始以来，美国和澳大利亚军队第一次阻止了日本的主要推进。

冲突解决后，军方公布了一些细节，尤其是发布了一份令人自豪的报告，记录了阻止日本人推进的胜利。皮特·维克斯的主编允许他写一篇关于这场战斗的特写，前提当然是，遵守新闻部的指导方针。

皮特遵照执行，由于要守规矩，他发现这比写缺水危机还无聊，但这个话题至少能引起当地人更大的兴趣。战争仍在太平洋肆虐，汤斯维尔爆发了街道骚乱。可悲的是，皮特·维克斯知道他不会被允许公开和诚实地报道这个特殊的主题。

混乱发生在几天前。持续威胁了数周不断发酵的骚乱，也就是酒吧和妓院外以及僻静巷子里的斗殴，终于在火车站达到顶点。没有人确切知道暴乱是怎么或者为什么会爆发。一列火车从南方驶来，这并不是什么新鲜事儿，一切突然失控，黑人和白人士兵挤满车站。也许事情只是源于一时的侮辱或背后的推搡，谁知道呢，突然间，毫无征兆地，敌意就像病毒一样猖獗蔓延。

混乱中，许多白人士兵从枪套里拔出枪，枪声大作；为了报复，黑人士兵拔刀出鞘，守攻并举；士兵们倒在地上，有的被打死，有的捂着被刺的伤口；战斗开始。

街上路过的平民，一对带着年幼孩子的夫妇，尖叫着从该区域跑了出来；那些理智尚存的士兵匆忙撤退，他们意识到这种情况无论是从身体上还是从纪律上都很危险。还有很多人被困在这尘土飞扬的铁路站台上，进行残酷的搏斗，用枪，用刀，相互推搡。

没过多久，一队美国宪兵冲进现场，长官是汉克·亨利少校，汤斯维尔的宪兵司令，他一声令下，全面掌控。

几分钟内，汉克·亨利就控制住了局势，所有叛军的武器都扔掉了，他的人仍然用半自动步枪对着主要肇事者。在汉克·亨利看来，比结束战斗更重要的是需要清除周围附近区域的所有平民。惩罚公然不服从的士兵绝不能有目击者。

这一带的好事者被快速驱散，他命令把那些掏出武器的士兵送到兵营监牢进行审问，并给予适当纪律处分；命令用救护车把那些躺在地上、受伤、流血或昏迷的人送到部队医院。

“不管他们的状况如何，”他对中士补充说了一句，中士敬礼并回复到“是的，长官”，就去执行命令了。汉克·亨利很担心，这很可能比他不久前在红灯区处理的斗殴事件更棘手。

他想，如果这些人中有人死了，肯定会有，我们就得保持沉默。我想我们只能希望没有白人死亡，因为保守白人死亡的秘密更难。

皮特·维克斯没有亲眼看见这一事件，也没有多少平民目睹。但他确实听到了从火车站方向传来的枪声，许多市民也听到了。他甚至穿过拥挤的街道，避开堵塞的交通，尝试去那儿。摇摇晃晃的步子没能阻碍他，但他还是无法进入，附近都被军方封锁了。

他没有浪费时间四处打听，而是寻找那些当时可能在场的人。他找到几个人，他们至少目睹了开始时的激斗，然后为了自身安全逃离了。

托尼·巴尔迪尼的发现最有价值。托尼路过车站，在一个街区远的距离驻足观看，他很关心结果，也很庆幸他的妻女都安然无恙地待在家中。

"太可怕了，皮特，"那天晚上，他们坐在他小店的里屋喝酒，他带着可笑的意澳口音说，"骚乱是白人士兵先开的枪，黑人士兵用刀进行防卫。士兵们倒在地上，被枪射中，被刀刺伤，他们浑身是血。我告诉你，很可怕，我想有的人是死了。"他悲伤地摇了摇头说。

"宪兵们做了什么？"皮特问。

"我不知道。"托尼耸了耸肩。"我没看到，没有人看到，他们让所有人都离开。我想留下来，你知道，我想看看会发生什么，但很快我被命令离开。天哪，我告诉你，皮特，"他戏剧化地强调，并戏剧性地翻白眼补充道，"他们不仅命令我，还把我赶走，好像我无权在那里似的。"

"是的，当然。"皮特点点头。"他们当然会那么做。"

当然，第二天他就向吉姆·伯内特提出这个主题。

"看在上帝的份上，《新闻简报》必须报道些东西，"他说，"在市中心，美国军人之间发生了他妈的激斗。开枪了，一些士兵可能死了，平民可能有伤亡，我们还要缄默吗？"

"嗯，也不是什么都不说，"吉姆安慰道，"当然，我们必须报道，发生了一点争吵。太多人都知道这一事件，我们不能完全忽视，但是……"他话没说完，令人生气地悬在那里，好像答案显而易见，对皮特来说也确是显而易见。

“但目前可能还没有死亡或重伤报告。”

“自然了。就算有，军方也不会公布细节，他们想把整个事情都瞒下来，这当然可以理解。”

“是啊，”皮特叹了口气，“当然可以理解。所以我才要写一篇文章，说发生了一点麻烦事儿，但军方已经掌控一切。”

“就这样。但是，你可以再写些允许报道的消息。事实上，是他们要求我们公布的。”

“哦，是吗？”

“某些黑人部队将不再允许进入汤斯维尔。”

皮特眉毛上扬，没再发表任何评论。

“没错，”吉姆回答道，好像是在回答问题。“几个星期前，镇上的黑人士兵出了些麻烦，你还记得吗？我想，大概有一百个人吧。”

“对。手无寸铁的士兵，他们一些人发生了争吵。我听说他们被上了刺刀和持枪荷弹的白人士兵包围。但也没允许我报道这件事，是吧？”

吉姆对他的评论和讽刺置若罔闻，继续装糊涂。“看来就是相同的暴徒引发了最近的骚乱，军方因此决定采取行动，禁止整个营进入城镇。”

胡说，皮特想，军方的决定就是要找一个该死的替罪羊罢了！把一切都归咎于黑人士兵，让问题简单化。真他妈的卑鄙。

“所以我们要报道，”吉姆接着说，“为了维持街道的安宁，第96营的有色人种士兵将被禁止进入汤斯维尔。”

吉姆意识到年轻的王牌记者心中积聚的愤怒，他警告他：“《新闻简报》自然不会对此事发表个人意见。”

美军的行动计划从当天开始实施。第96营的所有有色人种士兵现在都被禁止入城。当然白人军官不受任何影响，他们仍有进城的权利。该营的五个连也将进行调整，A连和C连将被调动，连队士兵将立即转移到汤斯维尔西南方向约14英里的上罗斯地区，他们将在凯尔索清理场地，并在那里建造三个7000英尺长的草地机场。

“我不相信，”贝蒂低声说，“他们不能这样做。”

“他们可以，而且已经这样做了，”凯西低声回答道。尽管楼上的小卧室里就他们两人，不需要轻声细语。“我们被禁止进城，我们所有人。”

在凯尔索安营扎寨后，趁着部队吃饭的空当，凯西下午开了小差。他偷偷溜走，搭了个热心农民的便车进城，威利答应会尽力替他遮掩。这样做当然有风险，但凯西决意去见女友。

贝蒂说："我知道这个禁令，我在报上读到了，但我还是不相信。你没有参与车站的那场激斗，是吧?"

"没有。我知道我们连的其他人也没有参与。我不能替其他人回答，但我猜他们是把第96营当作烟雾弹，这样白人士兵就逃脱了干系。"

他吻了她，她也吻了他，然后他们开始互相脱衣服，起初动作很慢，后来越来越急促。

"我们该怎么办，凯西，我们该怎么办?"她低声说，他们躺在窄小的单人床里，弹簧吱吱作响。

"我会想办法的，"他喃喃地说，"别担心，我会有办法的。"

磁石岛之行后，这是他们第三次在楼上的小卧室做爱。凯西和贝蒂两个年轻人绝望却又不顾一切地相爱着。

云雨过后，他们彼此相拥，浑身是汗，身体仍纠缠在一起，她低声说，"如果你被抓到会怎么样?"

他说："不知道，我不在乎。"他在撒谎。他也知道，至少他有个好主意。大家都知道，兵营牢房很糟糕。他不在乎，春宵一刻抵得上任何他们所给他的处罚。

他安全回到营地，半路搭了一辆美国军事补给卡车，车上的两名士兵是白人，但没有盘问他。他们也都是列兵，来自北方各州，对肤色并不特别在意。他们也不在乎搭载他是否符合命令。

余下的路，凯西只能步行，然后在夜幕降临前偷偷溜进营地。他知道他侥幸地逃过关了，他也知道再有机会他还是会铤而走险的。

贝蒂不是唯一对第96营黑人士兵实施禁令鸣不平的人，令人惊讶的是，她也不是唯一一位对此不满的白人女性。

“这么说，士兵们甚至不被允许进城上课?”阿米莉亚惊呆了。

“恐怕不行,”塞缪尔说。

“这是最不公平的,”她说道。直截了当地说出自己的想法，这很不像她的性格。阿米莉亚最近变了，这些天她变得更坚强了。“这确实是最不公平的。”她会非常想念她的学生，尤其是安特，安特已经和她变得非常亲近了。

“哦”，可怜的安特，她想，可怜，可怜的安特，他一直期待发现《豹子为什么长豹纹》。阿米莉亚对军方剥夺年轻士兵学习的机会感到气愤，同时一种奇怪的感觉涌了上来，她有一种想哭的冲动。

“我同意你的看法，阿米莉亚,”塞缪尔说——过去的一周左右，他们开始互称对方名字。“我完全同意你的看法。军方的决定在很大程度上有失公正，我很担心。”

塞缪尔·罗宾逊确实已经对这样激进的决定感到担忧。他手下士兵的日常工作是长时间的重体力劳动。他们就像被判入狱一样，他听到一些人说，“就像被链子拴在一起服劳役的囚犯”，他们说得对。在这种条件下工作的人需要一些可期待的东西，某种形式的快乐，比如，酒吧和酒精，音乐和舞厅。拒绝让他们进城，让他们像狗一样待在灌木丛中工作，将会招致灾难。

“你能帮我个忙吗，塞缪尔？”阿米莉亚问。

他说，“当然可以，只要在我能力范围内。”

“等我一会儿，”她从椅子上站起身来，说道。他们坐在厨房里喝茶。塞缪尔很快就要离开了。

她出去不到一分钟就回来了，手里拿着一本书。“请把这个交给列兵安东尼·希尔好吗？”

她坐下，把书放在他面前的桌子上。他看到这是那本鲁德亚德·吉卜林《原来如此的故事》，书的外观很旧，防尘书皮都已破破烂烂。

她说：“告诉他，这是我送他的礼物，书送给他了。”

他说：“当然，阿米莉亚，我很乐意。”他站起来，拿起书。

她也站起来，他把书夹在腋下，她的眼睛仍然盯着书。

塞缪尔发现她身上有种非常奇怪的东西，有点悲伤和遗憾，她好像在和她生命的一部分告别，也许这就是她。她曾坦诚地告诉过他，她很享受重新教书，他对此深知。他想，她看起来像要哭了，他突然想用胳膊搂住她，安慰她一下。

“下个周末见，阿米莉亚。”他说。现在连队总部设在凯尔索，他只在周末回城里住。

她的目光离开书，和他对视了一下，露出灿烂的微笑。“好的，下个周末见。”她说，“我会做一些司康饼作茶点。”

塞缪尔最担心的事情很快就发生了。士兵们的不满充斥了整个罗斯河岸边建成的大本营。甚至在第一天，他们就像火药桶一般爆发了，他们控诉他们所受到的待遇。他们问：“为什么是我们？我们做了什么？镇上的麻烦不是我们犯的错，为什么我们要被禁止进城?”

然后，接下来就是比以往都更加艰巨的工作。7000英尺长、150英尺宽的机场清理，而且几乎是用最原始的工具手工完成，没有任何机器可供使用，这还只是三个机场中的第一个。士气降到最低点，士兵们群情激愤。导火索已被点燃。

"这只是时间问题，少校。"

塞缪尔前来寻求汉克·亨利少校的帮助，希望对第96营的禁令有一个替代的解决方案。

"骚乱正在凯尔索酝酿，你不能怪这些士兵。他们过度工作到了极点，然后又被剥夺了任何可能缓解紧张的休闲。我们必须为他们提供某种形式的娱乐……"

"你还指望美军建个妓院！"汉克的表情气愤中带有讥笑，还有点儿讽刺。对他来说，这个想法荒谬透顶。"上尉，我允许你对服役军人的男性基本欲望睁一只眼闭一只眼，但我认为军方几乎不会接受你的想法。"

"哦，拜托，汉克。"塞缪尔不再那么一本正经，汉克的兵营办公室里只有他们两个，他们彼此非常了解。让我们跳过讽刺，进入正题吧，他想。"我指的不是妓院，我指的是城郊俱乐部，一个士兵们可以喝啤酒、听音乐放松的地方——当然，如果有一些女孩可以跳舞。看在上帝的份上，只要有个他们可以放松的地方就行。"

"你想让美军为非作战黑人士兵建个俱乐部？"

"完全正确。"

"你想让我把这个愚蠢的计划提给总部吗？"

"我想说，问问也无妨，"塞缪尔回答道，"我们要是不做点什么，就会招致一大堆麻烦。"

“哦。我们会招来麻烦，是吗？”汉克冷笑道，“我想你是代表美国军方说话吗？”

“是的，我认为我是。”塞缪尔毫无畏惧地面对汉克的注视。“我认为如果我们不解决这些士兵的需求，我们会付出代价的。”

汉克不禁对他有些钦佩。他的挑衅通常会让人感到不安，但显然对塞缪尔·罗宾逊不管用。

“听着，塞缪尔，”他带着足够的理智说，“我不打算把这个想法带到总部去，如果我这么做了，他们会当面嘲笑我的，但如果你能找到一些当地企业在城外设立一个叫作俱乐部，也可以叫作妓院的地方，随便你叫什么，如果它经营有序，我想我可以向你保证，我们会睁一只眼闭一只眼的。”他笑着强调“我们”，但这并不是幽默的笑，汉克·亨利并不擅长幽默。

“嗯，我想这是一个开始。”塞缪尔说。

“不过，我必须警告你，上尉，”汉克继续说，“如果你能完成这样的任务，我们，在这种情况下，我的意思是，我们会非常非常密切地关注的。”

“当然了。”

离开汉克·亨利的办公室时，塞缪尔就在想，“我要从哪儿着手”。

事实证明，鲁普是破题之人。一回到凯尔索，塞缪尔就传唤鲁珀特·巴雷特下士来到C连军官帐篷，告诉他与宪兵司令会面讨论的结果。两人之前曾详细讨论过部队的困境，下士也表达了自己对士兵们士气的担忧。双方都认为，如果能说服军方为第96营提供一个娱乐中心，这会是个极好的主意。

鲁普来到帐篷，年轻的珀西·欧文正在角落里敲着打字机，没有看到查克·马克斯韦尔。一切都是塞缪尔计划好的，马克斯韦尔在外面值班。事实上，如果那个人在场，塞缪尔会选择在其他地方和鲁珀特·巴雷特见面。查克·马克斯韦尔对解决当前困境的任何讨论都不屑一顾，塞缪尔只觉得这种不在意令人作呕。

“他们是黑鬼，”塞缪尔第一次提起这个问题，查克说，“他们是来干活的，黑鬼就是干这个的。”

鲁普耐心地听着指挥官讲述他与汉克·亨利少校的会面，然后只说了两个单词，“瓦尔·卡拉汉。”

“什么?”塞缪尔很困惑，停顿了一下。

“瓦尔·卡拉汉，她就是你要找的人。”

“你是说那个经营棕蛇酒吧的女人吗?”

年轻的珀西·欧文从打字机上抬起头来。他知道棕蛇酒吧、蛇栏和瓦尔。有天晚上，她用猎枪指着几个捣乱的人，把他们撵到街上，他本人当时也在场。

“是的，就是她，”鲁普说，“你知道，瓦尔不仅经营那个酒吧，她也拥有产权。”

“可棕蛇酒吧在城里，”塞缪尔回答道，仍然感到困惑，“我们的人不许进城，她对我们有什么用？”

“首先，她会同情我们的处境。瓦尔是个好人，上尉，我可以向您保证，她不仅仅是在帮我们的忙。”鲁普咧嘴笑了，“瓦尔首先是个商人。她会知道这是桩好生意。我们的人有钱，以澳大利亚的标准来看是很有钱，士兵们待在灌木丛中，有钱无处花。我想瓦尔会喜欢听到这个提议的。事实上，我想如果有谁能在市外开俱乐部，那就是瓦尔·卡拉汉。”

“那么，我去趟棕蛇酒吧。”塞缪尔说。

“我想这是个好主意，长官。”

瓦尔确实被激起了同情心，她说：“这是犯罪，剥夺辛勤劳动的人应得的快乐简直就是他妈的犯罪。”

塞缪尔的提议也让她意识到这可能是笔利润可观的生意。“交给我吧，上尉，”她说，“我看看我能做些什么。”

“谢谢您，卡拉汉太太。”他握了握她伸出的手。“希望不要太苛求”，然后带着歉意地说，“我说一下，速度要快。我的人在城外快疯了。”

“明白，”她答道，“叫我瓦尔吧，卡拉汉太太已经是好多年前的事儿了。”

他一离开，她就找来巴兹，立即在她的办公室开了个会。

“你也来吧，贝蒂，”她说，让吉尔留下来照看酒吧。“我想你会想参与进来。”她们上楼梯时，她冷冰冰地说道。

三人进了办公室，她把罗宾逊上尉的提议告诉了巴兹和贝蒂。

“真是个绝妙的主意，”贝蒂兴奋喊道，面露喜色，“我们可以把钢琴搬到俱乐部，我来为他们演奏。”

“是的，我就知道你肯定会这么说。”瓦尔又一次冷冷地说道。

贝蒂只是报之以灿烂的微笑。

瓦尔很清楚贝蒂和凯西之间的事情。她知道他们在楼上小卧室里的每一次幽会，但她只对女孩说了一句：“我希望你小心点儿，亲爱的。”贝蒂很勇敢：“我当然会。”然后她们就再也没聊过此事。

“你不能阻止年轻人的爱情，”瓦尔想。干涉是没有意义的。她真的很高兴，如果他们能把这个俱乐部开起来，这将为这对恋人提供一个见面的机会。总比凯西私自开小差好，她想。如果这孩子再冒险的话，他一定会被抓住的。

她意味深长地看了巴兹一眼，说道：“我们需要安排几个姑娘作士兵们的舞伴。”

“很容易，”巴兹傲慢地咧嘴笑着回答，“伊迪洗衣店的几个女孩就能胜任这项任务。”

“是的，”瓦尔点点头，她知道伊迪的一些姑娘兼职当妓女，“她们不一定都要参与。我们希望这是个合法的俱乐部，而不是个妓院。”

“当然。”巴兹的回复带点“眉来眼去”的意思。

贝蒂的目光在两人之间看来看去，她不想显得天真，但她还是小心翼翼地掩饰着自己的惊讶。这么说她是在妓院弹钢琴。天哪，最好别让她妈妈知道。然后她对自己笑了笑，她想：“想想，妈妈还有很多不知道的事情呢。”

“我是认真的，巴兹，”瓦尔严肃地说，“我希望这个俱乐部尽可能按照合法的程序运行，一个提供好酒、好音乐，能够唱歌跳舞的社交俱乐部，你明白我的意思吗?”

巴兹轻扬眉毛，严肃地回答道：“当然”。

“现在主要问题是场所。”瓦尔紧锁眉头说着。

“我们到底要把这个俱乐部建在哪里?”

“别操心了，老板。”巴兹向后靠在椅子上，双手枕在脑后，一副自信的样子，“我有个完美的地点，离镇上只有五英里。我们只需预付一百英镑，就是我们的了”。

巴兹已经胸有成竹。

第九章

巴兹把一叠10英镑的钞票拍在餐桌上，“给你，兄弟。预付一百英镑，足够你带着薇拉还有孩子们在南方安顿下来。你说呢?”

奈德·帕斯洛盯着放在满是硬结的旧木桌上的钱，他们夫妇很难见到这么多现金。他们农产品收的付款通常是过期已久的支票，这种支票一般是欠债人一把钱存入银行，就会立即用支票支付给债主。

薇拉坐在丈夫身旁，抓起钱。“我会收好的，亲爱的。”她说。

“不，不，等一下。”奈德抗议道，但这拦不住他妻子，她把那叠钱紧紧抱在胸前。薇拉不会轻易放弃的。

“那些想租这里的是什么人?”奈德问巴兹，“你说他们想租房子，那农场怎么办？我不许我的地方受到损坏。”

“不，不，”巴兹喊道，并把右手举在空中，好像在发誓，“农场会得到很好的照看。承租人会留下你雇来的帮手乔诺，付给他平时的报酬。”

奈德尖刻地说：“乔诺自己根本不能经营农场，小乔诺是个白痴，他只会按吩咐做事。”

“租客准备支付监工的工资，有必要的话，还准备支付另一个雇工的报酬。”巴兹麻利地说，尽管这是他事先没有考虑的，但他很快想了一下，这肯定值得，维持农场运营对他有利。“你每月会收到定期的租金，奈德，”他说着，冲着薇拉露出得意的微笑，他知道薇拉已经站在他这边了，“等到这可怕的占领威胁结束，你回到家会看到一个繁荣的农场，我向你保证。没什么问题吧？”

“没事的，奈德，”薇拉气势强硬地插嘴说，“该死的，这会没事儿的。我们现在就把孩子们带到布里斯班去，听到了吗？接下来的几天，以最快的速度离开。就让日本人入侵吧，让这些杂种做他们想做的事儿吧，我们的孩子是安全的。”

半小时后，巴兹离开了帕斯洛农场。这和他预想的一样容易。但接下来就是难干的活儿了。这家人 离开，农舍及其附属建筑就需要清理，如果不拆除的话，也要进行调整。

瓦尔过来视察，她和巴兹详细讨论了此处的优缺点。位置很理想，离镇上只有5英里，离凯尔索不到10英里，改建也不是不可能。

这是个晴朗的秋日上午，两人在农场里查看房子及其布局。农场坐落在罗斯河堤岸边，景色迷人。

农舍本身规划凌乱，在传给奈德之前已经传了帕斯洛家几代，他们决定把它改成俱乐部。房间将被清空，并改造成酒吧和休息室。旁边大谷仓的地面要铺设平台木板，谷仓要改成舞厅。还有马厩……嗯，马厩的用途显而易见。

马厩由六个连着的隔间组成，是奈德父亲建的，但帕斯洛夫妇已多年没养马了，马厩只是用作储藏室。

他们在马厩四处查看，仔细检查每个隔间，“我们清理了所有垃圾，擦洗了每个隔间，铺了地面和床铺，瞧……”巴兹戏剧性地挥了挥手说。

“没有多少隐私，也不隔音。”瓦尔说，打量着每个隔间的木板，隔板只有大约六英尺高，接近马厩顶棚。

“所以呢?”巴兹暗示性地咧嘴笑了笑，“隔壁的一些音效可能会增加情趣，你说呢?”

瓦尔不高兴地哼了一声：“是的，你是对的。我想士兵们在草草地干完后不会那么在意隐私。”

然而，她清楚地记得她多年前服务过的那些害羞的男孩，其中一些是处男。她想，他们根本不会喜欢这种设置。天哪，可爱的男孩们，那些小家伙儿。有几个甚至是被父亲带来的，父亲认为是时候让他们学点性经验了。她笑着回忆道。当然，父亲们也是她的客户。

啊，好吧，她环顾着马厩对自己说，乞丐不能挑肥拣瘦。“是的，这样就行了。”她说。

“农舍里有卧室，”巴兹建议道，“我们可以……”

“不，”她打断了他，“它们留着打扑克用。我们把床扔掉，每个房间摆一张牌桌。这一部分就严格限定在这里，我们不对外公开。”

“为什么不呢?”巴兹很困惑。瓦尔很清楚，妓院能赚很多钱。

她态度坚决地回答说：“我不想惹麻烦，巴兹，俱乐部是合法的。我们会让姑娘们在这里和士兵们跳舞，如果他们想花更多的钱，就会有人乐意服务。你明白我的意思吗?”

“当然，老板，”他立刻认同道，“当然，听您的。”

在巴兹的指挥下，他组织的干活队伍开始清空房子、谷仓和马厩中不必要的东西，所有东西都被胡乱地扔进了拖拉机棚。

一头姜黄色头发、年轻的雇工乔诺惊恐地看着，整个地方都被掏空了，奈德会怎么说？但这不是他该管的，他告诉自己。巴兹提高了他的工资，还预付现金，而且巴兹要他再雇个人来帮他，工资与他的相同。现在他成了老板，至少是工头。

17岁的乔诺和孀居的母亲还有弟弟住在城郊。过去3年，他一直骑自行车往返农场。他以前从未被赋予这样的责任，他决心迎接挑战。他打算雇用15岁的弟弟米克，他刚从学校毕业，正在找体力活。乔诺觉得米克是个很好的选择，米克不怕吃苦。他们的妈妈也会很高兴，又有一份工资补贴家用。

乔诺对目前的安排非常满意，只是希望他们别毁了这个地方，奈德生起气来很吓人。

塞缪尔一被告知进程，就向瓦尔提供了C连的志愿者组成的工作小队去帮忙，事实上有许多志愿者他们乐意利用自己执勤以外的休息时间来帮忙做点儿事。士兵们非常热衷于参与帮助建立黑人军人俱乐部。不然的话，他们还能在休息时做点什么呢？

塞缪尔很高兴。俱乐部的创建赋予了士兵们目标感，凯尔索紧张的局势继续加剧，俱乐部计划有望化解紧张的潜在危险局面。

查克·马克斯韦尔根本不同意建俱乐部。他发现整个事情时感到非常恼火。

"你在哄他们，罗宾逊，"他冷笑道，"谁他妈的会为黑鬼建乡村俱乐部！你真是个胆小鬼，你就是。"

塞缪尔没有回答。

他上周末去镇上，和阿米莉亚坐在厨房喝茶吃司康饼，他答应带给她一张便条，塞缪尔很高兴看到她对此的反应。

"年轻的列兵希尔给你的，"他说着，把信封递给她，"我想是谢谢你送他的书。"鲁珀特·巴雷特把便条送到军官帐篷时是这么说的。

"哦，我的天哪，"阿米莉亚低头看着信封，喊道，信封上很笨拙地写着，"桑德森夫人"。"哦，我的天哪，"她惊讶地重复道，"安特自己写的。"

"他的下士是这样告诉我的，是的。"塞缪尔说。

她打开信封，取出纸条。他仔细地看着她，可以看出她被信的简短内容所感动，似乎是读了好几遍。

"真可爱。"她终于喃喃地说，然后抬头看着他，笑了。

多么甜美的微笑，塞缪尔想。然后，她再一次低头看着那张纸条，大声地念给他听。

亲爱的桑德森太太，

谢谢您送给我的书。我在读《豹子为什么长

豹纹》。

您真诚的，

安东尼·希尔（安特）

“每个字都是他自己写的。”她说着给塞缪尔看那张字条，字迹潦草，一半是手写体，一半是印刷体。她补充道：“这个结构安排和措辞本身，尤其是‘您真诚的’，安特是怎么想出来的呢？”

“我想是他的下士鲁珀特·巴雷特给了他一些建议，”塞缪尔说，“实际上，巴雷特下士告诉我，他正帮助小安东尼读这本书，就像你做的那样。”

“哦，太好了。”阿米莉亚这次的微笑是由衷的喜悦。“真是太棒了。”

“是的，正如我所说的，士兵们经常互相帮助，”塞缪尔说，“许多受过教育的人帮不识字的人写家信，教他们如何签自己的名字。这很棒。”

“是的，塞缪尔，”她回答道，仍然带着快乐的微笑，“我敢肯定，看到这种场景我会非常振奋，因为，光听到这样的事儿我就很开心了。士兵们教那些不太幸运的人识字。这太棒了。”

她的快乐源自出人意料的回报，这让他非常吃惊。

城外黑人军人俱乐部的建设引起当地知名人士的关

注，包括高级中士布鲁斯·德斯蒙德和他的朋友皮特·维克斯。

“老帕斯洛农场。”皮特说。他们坐在女王酒店内酒吧的老地方。“奈德带着家人去了布里斯班，瓦尔·卡拉汉正把那里改造成俱乐部。”像往常一样，皮特把尽可能多的事情都打听清楚了。

“真的吗?”布鲁斯很惊讶。“我还以为是美国军方买单呢。”

“不，不，”皮特嘲讽道，“军方对黑人士兵一点儿也不关心，这就是为什么那些可怜的杂种被赶出城的原因。”

“好吧，也许这是最好的安排，”布鲁斯小心翼翼地说。“我是说，你知道，在出了那么多麻烦之后。”

“别相信你在《新闻简报》上看到的那些鬼话，兄弟。”

“为什么？那可是你写的。”

“我写了别人让我写的东西。”皮特喝完剩下的啤酒，身体前倾，像在密谋什么一样压低声音道，但说话时还是充满激情。“布鲁斯，军方把责任推给了黑人士兵，他们做了替罪羊。整件事都是帮白人士兵遮掩，让他们摆脱干系。天啊，我真想报道出来！”

皮特像往常一样，在好兄弟面前卸下了负担，尽可能把一切一吐为快，这让他得到了极大的解脱。布鲁斯是他唯一可信赖的人，可以和他分享真相，或者至少是他所看到的真相。

“我要做件事，你知道，”他说，“我已经决定了。”

布鲁斯很困惑：“你已经决定什么了？”

“我要报道第96营有色人种士兵受到的不公正对待，”皮特郑重其事地说道，他小心翼翼地压低了声音，“去他们的，我要写这里发生的真相。士兵们被禁止进城，被剥夺自由，像狗一样干活儿，这一切都是因为他们是黑人。军队不会这样对待白人士兵的。这太他妈的可耻了。”

“如果真是那样的话，我支持你，皮特，”布鲁斯说，他相信自己的朋友，“但是谁会发表这样的报道呢？”

“好吧，我会写的，”皮特纠正自己，“总有一天我会发出来，我向你保证。”就在他说话时，一个想法油然而生。“我可能会送到海外，也许会送到英国。战争审查法在英国没有这里执行得这么严格。报道会发出去的，我确信他妈的会发出来的。”

“太好了。”布鲁斯一向钦佩皮特。他有原则，有激情，还有对真理的追求。皮特是个该死的好记者。“祝你好运，兄弟。”

仅仅几天后，就发生了让布鲁斯·德斯蒙德感到不安的事情。他第一个想到的就是好兄弟皮特·维克斯。他想，这肯定是发表不出来的东西。要是查理说的是真的，这就是全世界都该知道的事情。

他给《新闻简报》的皮特打电话时，已是傍晚时分。“快来警察局，”他急切地说，“快点，我要给美国军方打电话，但我要等你听完查理的故事再打。”

“出什么事儿了？”

“你不是认为第96营黑人士兵的事有隐情吗？来听听查理说什么吧。”

查理·菲普斯是名铁路搬运工，处于半退休状态。他60岁出头，是个饱经风霜的人，但他并不只是搬运工。事实上，他曾是助理站长。退休后，他非常不愿意离开心爱的火车，交通部迁就他，让他留下来做兼职搬运工。因此，查理对货运火车和它们所运载的货物了如指掌。他知道如何利用他的信息获利。

查理轻松自如地为自己的行为进行辩护。他的小偷小摸是战争所迫，其他人要是有半点儿这样的机会，也会这么做的。汤斯维尔供应严重短缺，对平民来说，美国军队占用了一切资源。他有自己的原则，他认为偷那些罐装和带包装的商品以及可能在黑市上卖上好价钱的东西才是公平合理。他只偷美国军队的补给品，而且从不贪得无厌。汤斯维尔火车站进出大量物资，没人会注意货车上消失的零散板条箱。

那天下午他刚下班，有火车从伊萨山开来。这主要是一列货运火车，只有几位乘客下车，所以他认为值得去看一看。

他一直等到周围没人，才慢慢走到一列火车的车厢。他穿着制服，所以行动看起来不太可疑。他推开一节车厢的门，走了进去，偷偷地看了一眼站台，然后关上身后的车门。

车厢里漆黑一片，他的眼睛还未从外面的强光中调整过来，什么也看不见。他打开一直挂在腰带上的手电筒，许多长木箱排成一行，光束直接照着其中的一个木箱。

他可以清楚地辨认出箱盖上的字——“美国武装部队财产”。很好，正如他所料，这是一批美国物资。

接着，他意识到，天哪，他想，这是一具棺材。他惊奇地环顾四周，都是棺材，他想知道，军队用空棺材做什么，是被运往某个战区还是什么？

他用靴子前部踢了踢离他最近的棺材，使劲踢了一下，结果出乎他意料。那东西不是空的，他想。他又踢了一个，然后又一个，结果都一样。他们一定是在用棺材运送军事装备，他想。也许是弹药，但这有点儿奇怪。

查理不敢偷军方弹药，但他很好奇，决定看看。他打开随身携带的刀子，放下手电筒，开始小心翼翼地把盖子撬起来，以免留下损坏的痕迹。他把整个盖子撬开，小心翼翼地抬到一边，放在另一具棺材上，然后他拿起手电筒。“哦，天哪!”他看着自己打开的棺材，喘息道。

借着手电筒的光束，他向下看去，一个死去的黑人士兵。

查理感到恐慌。“见鬼,”他喃喃地说，“见鬼，见鬼，真见鬼。”他真希望自己从没打开这该死的东西，他该怎么办？他得告诉人。他环顾车厢，手电筒聚焦在一个又一个棺材上，光束不停晃动映射出他的恐慌。所有这些东西里面都有一具该死的尸体吗？我该怎么办，他恐惧地想，我该怎么办，我该告诉谁?

警察，他决定，我要去告诉警察。他肯定不会去军方，他们会发现他一直在偷窃物资。中士是个好人。布鲁斯·德斯蒙德会知道该怎么办。

查理需要尽快从车厢出来。他只是把棺材盖放回棺材上面，甚至没重新盖上盖子就离开了，他不想再看那个死去的家伙。但他确实把车厢门随手关上了，然后他逃到了警察局。

皮特到时，查理已平静下来。布鲁斯·德斯蒙德是个好警察，面临恐慌，总能镇定自若。

“把你对我说的话告诉皮特，查理。”他嘱咐道。

查理照着做了，但比起向布鲁斯讲述时，不那么歇斯底里了。

皮特认真地听着，一言未发。查理一说完，他就开始发问。

“有多少具棺材?”他问。

“不知道，没数。”查理说。

“是不是所有棺材里都有尸体?”皮特问。

“不知道，没打开。”查理说。

“但它们似乎都很重，”布鲁斯插嘴说，“查理踢了几个，感觉不像空的。”

“他说火车是从伊萨山来的?”皮特直接问布鲁斯，却是查理回答的。

“伊萨山，没错，大约40分钟前就进站了。”

皮特点点头。伊萨山矿区有一大批美国黑人工程兵，他们就像第96营一样，干着繁重的体力劳动，修建简易机场和军事设施。他想知道到底发生了什么事儿。

“我得给军方打电话，”布鲁斯对皮特说，“你想留下来吗?”

皮特回答说:“妈的，我发誓，他们不会喜欢我在，没得到答案前，我是不会离开的。”

布鲁斯笑了，他就知道他会是这样。“你来这里是因为我们是朋友，你只是顺便来看我。”他一边警告着，一边拿起电话，拨到汉克·亨利少校办公室。

“当然，”皮特笑着说，“进来打个招呼，纯属偶然。”

正如所料，汉克·亨利少校一点也不高兴有皮特·维克斯在场。他太了解他了，他并不适合做《每日新闻简报》的记者。

“对不起，长官，”布鲁斯抱歉道，“查理惊慌失措地赶到这里来时，皮特已经在这里了。现在请他走似乎没有意义，他已经都知道了。”

汉克不情不愿地接受了这个前提，或者更确切地说是这个前提令他无法反驳，他听着查理第三次讲着自己的经历。这一次，查理小心翼翼地漏掉了他撬开一具棺材的事实。

少校起初似乎有点吃惊，因为他不仅发现了棺材，而且还在一具受损的棺材里发现了一具尸体。但他很快恢复了镇静。

“你无权进入那个货车车厢，”他冷冷地对查理说，“那些都是美国武装部队的财产。”

“查理只是在做他的工作，少校，”布鲁斯迅速并圆滑地为查理辩护道，“检查车厢货物是否损坏之类的事情。”和皮特一样，他自己也想知道查理打开棺材的目的是什么，但他没有继续追问，现在也不打算这样做。

汉克知道虚张声势没有用，所以他对三个人吼着发出命令。“你们什么都不要说，一个字都不要说。这样不幸的事情是个军事秘密，出于对公众安全利益的考虑，必须保守秘密。”他直视着每个人，眼睛直视他们。“听懂了吗?”

三人点头，布鲁斯代为回答，说:“好的，长官。”

汉克转向皮特。“尤其是你，维克斯先生。你确实听明白了，对吗?要是你就此发表一个字，军方就会关闭《每日新闻简报》。”

“是的，长官，我知道。据我所知，即使我报道这个故事，主编也会拒绝刊发。《每日新闻简报》一直都遵守审查法。”

“我很高兴听你这么说。”

少校准备离开，皮特准备问他几个问题再让他走。

“题外话，少校，我能问问这些人是怎么死的吗?我想，他们来自伊萨山，但那里并没有冲突。是不是有什么病，某种传染病?”

汉克·亨利有片刻烦乱，他好像很想，但又不习惯回答问题，他不知如何是好。

“是不是发生了什么军事事件，长官?”皮特问，看上去一脸无辜，他知道这会激怒少校。

“军方对这一不幸事件没有任何责任，”汉克粗暴地说，“这些人是自作自受。”

“哪些人，长官？”皮特温和地问，他知道少校快要说实话了。

“第610营C连。”汉克摇了摇头，他的同情是真诚的。“可怜的家伙们。”

“出什么事了，少校？”

“这些士兵在自己酿酒，用矿上多余的废弃桶酿造烈酒。一定是氰化物渗入桶的裂缝，他们不知道桶里曾装过氰化物。他们是喝自己酿的酒死的，维克斯先生。一个悲剧，但错不在军方。”

“有多少人？”

“老实说，我不知道，”汉克回答说，“我还没有接到通知，等我拿到完整的报告，清点完尸体，我们就会知道了。”

“长官，那些尸体会怎样处置呢？”

“为避免引人注意，棺材将在夜幕的掩护下从火车上卸下来，”汉克简短地回答，“为了军队士气，整个这一悲惨事件必须保密。我说清楚了吗？”

“是的，长官。”皮特说。他想，非常清楚。你很清楚我问的不是棺材的事，我问的是那些士兵的事。

“就这样吧，先生们，”汉克说，“记住我的话，一字不漏。”说完，他大步走出警察局。

皮特坐在美国军官俱乐部的休息室，一边啜着茶，一边写着未经授权的报告，他咒骂酒吧这么早就关门，少校的所有问题都在他的脑海中呈现。

美国军队要怎么处置这些人，少校？尸体会被埋在汤斯维尔的军事墓地吗？当然是在夜色的掩护下。他不断地自问自答。他想，不，我不信。他们会被带到某个地方，是哪儿，少校？这些人的尸体会交给他们的家人吗？他告诉自己，不，不会的，战争一触即发，麻烦太多了。他们可能会被带到夏威夷，埋葬在美国土地上，会吗，少校？

最后，他放弃用问题折磨自己。他想，我们永远不会知道，我们永远不知道有多少可怜的家伙死了，我们也永远不知道他们的尸体会被怎么处理，但该死的，我们会知道这是谁的错，我会弄清楚的。

从那时起，皮特的铅笔就在记事本上快速潦草地写着，他的手跟不上他的思路。汉克·亨利的话在他脑海中回响。汉克·亨利说，错不在军方。皮特想，好吧，胡说八道，少校。军方对你们所说的“这一不幸事件”负有全部责任，这种不幸不是他们自己造成的，是你们造成的。美利坚合众国军队应直接对这些士兵的死亡负责。

你们把士兵放逐到荒凉的伊萨山，那是个内陆矿区，一个酷热和满是苍蝇的沙漠，即使在和平时期，那里也是会让人精神错乱，你们让他们像牲畜一样干活，他们的劳作没有任何回报。你们没有给他们像白人士兵那样有任何逃避现实的机会。这种情况，看在上帝的份上，他们凭什么不能酿造烈酒呢？那是能减轻无聊和痛苦的东西。这些士兵，忍受着你们强加给他们的悲惨生活，犯下完全可以理解的小过错，导致了他们的死亡，这不是你们的错吗？

皮特的铅笔在纸上飞快地写着，努力跟上他的思路。

同样的事情也在汤斯维尔发生了。不，他纠正着自己，不是在汤斯维尔，是在汤斯维尔城外。你们把第96营士兵困在那里，让他们低人一等。你们在制造一场潜在的灾难，当灾难在你们面前爆发，我想这难道也不是你们的错？

皮特对他"未经授权的报道"倾注的热情，尽管听起来可能过于情绪化，但非常接近事实真相。凯尔索人的沮丧情绪达到了极点。唯一能阻止他们情绪全面爆发的是黑人军人俱乐部的创建。建成后，士兵们将会有自己的一席之地。

随着装修的顺利进行，巴兹开始挑选妓女。他的想法与瓦尔不一致，瓦尔想要俱乐部合法。这些日子，妓院赚的钱比以往任何时候都多，美国佬的性欲贪得无厌，他们的现金流源源不断。

巴兹从不公开违背老板，他做事的方式很微妙。他按照瓦尔所说，让姑娘们和士兵跳舞。但他要确保他挑选的女孩擅于更进一步的发展，他挑选的不是已经从妓的女孩，就是那些容易被诱惑的女孩。

“是的，就包在我身上，巴兹，”伊迪说，“我的姑娘们都想下班后继续工作，只要他们在下班前把衣服洗好就行，我没意见。”

伊迪姨妈是他召集人马的第一站。他和瓦尔已经同意为军队寻找棕色皮肤的女孩为舞伴，他也知道伊迪的几个姑娘兼职做妓女。

结果，其他常来伊迪家的棕榈岛姑娘也想报名参加俱乐部舞会。仅仅和士兵跳舞就能赚外快的想法令人不可抗拒。她们的天真丝毫没有令巴兹不安，他没有明说，也没有预警。她们会跳下去的，他想，我要孤注一掷。她们在更老于世故的棕色皮肤姐妹的引导下，入行只是时间问题。

伊迪的亲生女儿吉尔是这些女孩中最热切的。吉尔根本不是被钱所吸引。有机会的话，她会一星期的每天晚上都来跳舞。

瓦尔一点也没有插手，她放手让巴兹去做。“你让吉尔报名参加舞会了吗?”她问。

“没有。”巴兹说，他没有撒谎。他看不出接近吉尔有什么好处。“她一定是从她妈妈那里听说的，我已经为伊迪的姑娘们组了很好的舞队。”

“很好，我不会让吉尔参与其中的。”瓦尔坚定地说。

“为什么不呢?”巴兹决定让吉尔自己加入游戏。“你自己说过，俱乐部是合法的。大多数姑娘会在那里和男人跳舞，这是你说的。”

瓦尔皱着眉。她知道巴兹在干什么。她想，我不会信你的，兄弟，你很乐意把那个女孩扔进狼窝，不是吗。

“吉尔太年轻，太天真了。”她厉声说道。

“你有点过度保护了，瓦尔。”这一次，巴兹说出了真实想法。“这姑娘20岁了，总有一天得学会照顾自己。”

“哦，是嘛，”瓦尔冷笑道，“你知道所有这一切，对吧，巴兹。”

令她意外的是，她去寻求伊迪的支持，也得到了同样的回应。

瓦尔坚持禁止吉尔参加舞会，伊迪则耸了耸肩说："女孩得学。"

"天哪，伊迪，她是处女。"

"是的。"伊迪点点头，平静地说。"我那个时候，女孩十四五岁结婚，16岁生娃，就像我一样。吉尔总是要经历的。"

"但不是以这种方式，伊迪。不是这种方式。"天哪，这个姑娘可能会被美国兵强奸，瓦尔想，她甚至可能搞不好会送命。世事难料。

"顺其自然吧。"伊迪漫不经心地耸了耸肩，似乎一点也不担心。伊迪觉得女孩儿是要成长的，她的吉尔已经很幸运了。

瓦尔最后被迫妥协。吉尔被允许参加舞会，这让贝蒂很高兴。

"我们会互相照顾的，瓦尔，"贝蒂高兴地向她保证，"我们总是这样，舞会肯定会很有趣。"

我是这里唯一与他们格格不入的人，瓦尔想。

在凯尔索，与其他人相比，不断加剧的骚乱和不满让一个人比其他人更受伤害。查克·马克斯韦尔根本就不支持给士兵建立黑人军人俱乐部。事实上，俱乐部的成立让查克非常恼火，他发现自己被越来越多的不公平感所困扰。竟然给这些黑鬼和白人享有同样的权利！他们居然有自己的俱乐部？能和女人跳舞？

查克越想这个事儿，火气就越大，也就越激动。他目睹了自己穷其一生所追捧的白人至上制度正在被亵渎。黑鬼生来就是服侍人的，不是养尊处优的。他厌恶这毫无根据的不平等。

查克的怒气越大，也越爱拿列兵安东尼·希尔出气。为了保持理智，查克·马克斯韦尔似乎需要一个出气筒来释放自己的怒气。

查克对安特撒气时，凯西·戴维斯就在远处看着，目睹了这一幕。

查克下令让这个年轻人立正，一边围着他打转，一边无情地辱骂和嘲笑他。凯西不是第一次看到这个场面，查克·马克斯韦尔经常给别人强加莫须有的罪名，这些罪名都不大不小，刚好借此羞辱他们。安特正承受着这一切，他直视前方，避免与这位白人军官有任何眼神接触。这对凯西来说同样不足为怪，大多数士兵都是这样，尤其是南方兵。斯特鲁特·斯托尔斯无动于衷地站在那儿，凯西十分恼火，觉得他是个叛徒。

马克斯韦尔开始用尖刻的言辞辱骂安特，猛地从后面推了他一把，安特跌跪在地上。

凯西想："那个混蛋之前也是这样对我的。"他的枪口随时会抵住安特的脑门。凯西走过去，斯托尔斯看见了他。

斯托尔斯似乎什么也没说，但即便站在远处，凯西也能看到他向马克斯韦尔发了信号，可能只是一个眼神或手势，但已足以提醒他了。

马克斯韦尔没有转身去看是谁。斯托尔斯知道，按照惯例，马克斯韦尔肯定会穿着靴子踩在安特身上，但这次他却没这么做，他说道：“滚回去干活吧，黑鬼。”随后，便头也不回地迈着大步走了。

凯西向鲁普汇报了见到的一幕，他说：“安特肯定就是查克的下一个出气筒。”凯西不禁感到内疚，好像这都是他的过错。“以前是我，但现在是安特。这不公平，鲁普，安特比我更敏感，这不公平。”

“我去看看他要不要我帮忙。”鲁普答道，但他分明对答案已心知了然。

鲁普和安特一起读了那本《原来如此的故事》，又帮安特给桑德森太太写信，他早就知道安特是什么样的年轻人。

那天傍晚吃完饭休息，他去了安特和另外三个人同住的帐篷。其他人都不在，这并不奇怪。安特大部分时间都独自待在帐篷里，打着手电筒看书，大多数同伴则更喜欢社交。

鲁普建议安特，说他可以替他去找罗宾逊上尉帮忙，安特说："不用了，长官，我不想惹麻烦。我不想那样做。"

在阅兵场和工作之外，C连的人称呼鲁珀特·巴雷特下士为"鲁普"。但安特不这么喊他。对他来说，尽管两人在一起看过书，讨论豹子身上的斑纹是怎么来的，还是应当称呼鲁普为"长官"。

鲁普当然知道，对年轻的安东尼·希尔来说，还有比受白人欺负更可怕的事儿。他一直就受白人欺负，早已习以为常，他更害怕的是成为白人关注的对象。一想到要向上级报告自己的困境，安特就吓得不轻。

鲁普说："好吧，列兵，如果实在受不了，你就告诉我。"

"好的，长官，我会告诉您的。"安特说。

但俩人都心知肚明，安特是不会说的。

第十章

经过几天热火朝天的工作，黑人军人俱乐部就要竣工了。出于善意和礼貌，塞缪尔邀请汉克·亨利少校到现场视察。少校是个大忙人，来不来还得看他是否有兴趣，少校最终同意了。

塞缪尔并不是真的出于善意和礼貌，他只是想提醒汉克·亨利他们达成一致的安排。如果本地产业开在城外，又不需要军方破费，那军方就只能睁一只眼闭一只眼了。

“正如你所见，少校，”他们在俱乐部周围散步，塞缪尔说，“这个地方还是花了很大气力。”

“当然，”汉克说，“真了不起。”

“军方没有投入，”塞缪尔意味深长地补充道。

这句话是在提醒汉克，他咧了咧嘴，苦笑道：“如果我没记错的话，上尉，我还附加了一个条件，那就是俱乐部必须遵守秩序。但凡有任何争吵骚乱，我都会让你马上关门。我是认真的，你应该明白？”

“当然明白。”塞缪尔不由自主地自信起来。他想：“这些人已经被关了这么久。这儿还有酒，不知道巴兹从哪儿弄来这些禁酒，他到底是怎么做到的？这儿还有女人，不过，女人比男人少多了，这种情况下，争吵是不可避免的。他打算适当发布命令，但这种情况下，估计没人会听。

塞缪尔只能绝望地祈祷不会有大麻烦，即便有，他们也能控制住。

“少校，我相信，这个俱乐部会像其他军人俱乐部一样有序运营。”他平静地说。

“塞缪尔，我也希望如此。”汉克·亨利的祝福很真诚。“不过请放心，我警告过你，我也会密切关注。”

“是的，”塞缪尔笑了笑，“是的，相信我，我知道。”

重要的日子终于来了。5月15日星期五，一个美丽的秋日，黄昏时分，一车车的士兵来到老帕斯洛农场参加黑人军人俱乐部的盛大开幕式。士兵们都十分兴奋，差不多驻扎在凯尔索的一半士兵都来参加了舞会。为了让人数可控，A连和C连长官按比例批准休假。其余的人要等到第二天晚上，所有人都接受了这样的安排，没有人争吵或抱怨。士兵们终于有了属于自己的特别场所。

女孩们自己坐着卡车来了，车子当然不是她们的，而是一辆美军运输车。就是前一天从棕蛇酒吧把钢琴运来的那辆车，由同一位中尉驾驶。他欠了巴兹巨额赌债，如果他同意签约成为正式司机，赌债就能一笔勾销。这一次，卡车上挤满了伊迪姨妈的姑娘们，三个是洗衣店的，另外九个棕榈岛姑娘常去伊迪姨妈那里，总共十二个，中尉很乐意在活动结束后把她们送回汤斯维尔。

巴兹带着贝蒂和吉尔，提前开着瓦尔的车到了。他向老板保证，必要时，他会不惜生命保护她们两个人。

“好吧，无论如何看好吉尔。”瓦尔讥讽地补充道，贝蒂正憧憬着约会，估计会打扰她的兴致。

他们到那里时，谷仓里的乐队已准备就绪。乐队是巴兹想出来的妙计，至少他自己是这么吹嘘的。“等着听吧。”他对贝蒂和吉尔，以及一旁等着跟他们打招呼的塞缪尔说。

乐队是个风格混杂的六人组，由鼓、钢琴、低音提琴、萨克斯、单簧管和一名男歌手组成，在汤斯维尔附近的许多俱乐部都演出过。

巴兹承认：“可能看起来不那么像，但我发誓，你会觉得你在听格伦·米勒的《大乐队》，太他妈棒了。”

有趣的是，乐队的每个成员，包括主唱，都是白人。

他们四个人站在那里观看乐队的表演，谷仓奇迹般地被改造成舞厅，配有镜球和一串串彩灯。贝蒂和吉尔走进来，瞬间就被迷住了。效果很壮观，随着夜幕降临，肯定会变得更好看。

但从外面看，谷仓没有窗户，几乎看不见灯光，这让塞缪尔松了一口气，他可不能让断电值班检查员注意到这儿。没有窗户的马厩也如此，那里灯光昏暗，不会引人注意。

俱乐部本身也遵守灯火管制规定，塞缪尔认为他们不能在这方面出什么岔子。农舍的窗户挂着华丽的窗帘，与这个地方的荒凉简陋很不相称。客厅和餐厅很久前就被帕斯洛夫妇翻新了，形成开放式格局，所以面积一开始就很大。为了有多余的空间，所有家具都被搬走，只留下吧台凳、形状怪异的桌子，当然了，棕蛇酒吧的小立式钢琴也放在角落里。

初始一切顺利。

外面的谷仓里，乐队奏起《一点钟跳》。姑娘们没有和男孩子打情骂俏，而是随着大乐队的音乐一起摇摆。

“你说得对，”塞缪尔对巴兹说，嗓门大得让人都能听见，“我好像真的在听格伦·米勒大乐队。”

巴兹得意地点了点："我就说吧。"

塞缪尔实际是在开玩笑，其实乐队并不太好。他想："反正他们能制造这么大的噪声就够了，这不就是士兵们想要的嘛。"

里面的俱乐部里，贝蒂弹着钢琴，凯西在唱《烟雾迷眼》，这里的夜晚安静多了，人们在默默欣赏和倾听，画面静美。如往常一样，两人通过音乐做爱，眼睛紧锁，钢琴音和男高音互相爱抚，这是接下来注定要肉体结合的前兆。

这种对真正音乐才华安静的欣赏并没持续太久，却也并非刻意如此。贝蒂很快就跟着更欢快的流行歌曲跳了起来，士兵们一起高歌，举杯痛饮，靴子随着节奏拍击着地面。

贝蒂弹琴时，一直留意着鲁普。大约过了半小时，她想请鲁普来弹。他是不会拒绝的，他热爱每次演奏钢琴的机会。这儿有四间卧室，贝蒂拿着其中最小一间的钥匙，瓦尔已经同意把这间卧室用作员工"休息室"。

瓦尔没有多说什么，但简短地警告了贝蒂一句："小心点，亲爱的。"

瓦尔自己不打算去俱乐部。星期五很忙，她得一直待在棕蛇酒吧，所以她觉得更要警告贝蒂，更确切地说是教育。

“不管有什么情况，巴兹都不能把那间房租出去，”她严厉地说，“要是那个混蛋想这么做，你告诉他我会阉了他。”

贝蒂和凯西等不及了。他们很快就能单独在一起，很快。可鲁普到哪儿去了？

鲁普在外面谷仓里看乐队表演。乐队水平不太高，但充满活力，整个谷仓随着爵士乐摇摆舞动起来。

舞池变成了热情的海洋，跳起了热情欢快的吉特巴和牛仔舞，即使是那些不会跳舞的人也踮起脚尖摇摇晃晃地跳着，整个舞池踩着切分音节奏和4/4节拍律动起来。特别是姑娘们不知疲倦地换着舞伴，分享他们的宠爱。

对鲁普来说，这个景象非同寻常。舞池里所有的人都是黑人或棕色人种，而乐队和歌手都是白人。对他来说，这是一种他从未见过的景象。

他回忆起他父亲曾经在纽约的演出，通常是在豪华的晚餐俱乐部、高档酒吧和深夜的爵士音乐会。总是黑人乐队，白人观众。此外，黑人总是穿过厨房从后门进入，从不像白人那样从正门进入。他清楚地记得从后门和厨房穿过的那些夜晚。他还小的时候，就陪着父亲坐在更衣室里倾听，或者在后台骄傲地观看。

“真是天壤之别”，鲁普想着，惊叹于眼前的景象。

据他所知，家乡的情况一点也没改变。黑人乐队还在为白人观众演奏，黑人音乐家还是只能从后门进出。他想："只有在澳大利亚，也许只有在昆士兰，也可能只有在汤斯维尔……"

"嘿，鲁普。"凯西打断了他的沉思，面带迷人的微笑，问道："想进来弹钢琴吗？我想贝蒂可能有点累了。"

"当然可以，凯西。"鲁普笑着回答。接着，他又操着一口纯正的南方口音说："她肯定累坏了。"

他们笑着从谷仓走到俱乐部，乐队的演奏声和歌唱声此起彼伏。音乐和歌曲让整个夜晚充满了活力。大家肆意地释放自我，欢快酣畅。

15分钟后，鲁普弹奏的《蓝月亮》琴声响起，士兵们伴着琴声歌唱。贝蒂和凯西准备去那个小"休息室"交欢。他们锁上门，任凭外面鼓吹喧阗。今夜，他们无须克制，无须低声互诉爱意，无须抑制做爱的呻吟。

马厩里的生意也开始了，有人在这儿寻求肉欲的满足。巴兹站在门口收钱，他把卖酒的事儿交给俱乐部员工，自己一个人打理妓院的事。

有三个职业妓女，她们很乐于表演"快节奏"，士兵们排着队等着惠顾。巴兹很高兴地发现，果然不出他所料，棕榈岛的其他几个姑娘已被美国人的魅力所俘获。也许是一时冲动和被士兵高大英俊的外表所吸引，也许是舞池的兴奋和音乐带来的令人陶醉的快感，也许是所有这一切吸引了她们，也许像职业妓女一样被金钱所吸引。新来的姑娘们干活用的时间更长，证明她们的效率明显逊于她们久经风尘的姐妹们。巴兹并不担心，她们很快就会明白时间就是金钱。

“我们该回去了，”贝蒂遗憾地说。她多么渴望整夜都像这样缠绵在一起，像其他恋人一样睡在一起，醒了又继续做爱，就这样懒洋洋、慢悠悠，好像他们拥有无尽的时光。

“着什么急呢?”凯西争辩说。“你知道，鲁普很高兴自己能弹一整晚。”他把她拉得更近些。“我们就一直关在这里吧，直到最后结束。我们为什么不那么做呢?”

贝蒂笑出声来：“弹钢琴是我的工作，瓦尔给我钱就是让我弹钢琴。”对他们俩来说，今晚是快乐的释放，尤其是贝蒂，她曾多次放声大笑，只为那一刻的纯粹快乐。

“而且，”她以更严肃的语气补充道，“我承诺要照顾好吉尔。瓦尔不信任巴兹。”到底是不信任巴兹，还是不信任吉尔，贝蒂想了想，不管怎样，她承诺会盯着吉尔。

确定安全后，贝蒂向凯西点了点头，等他安全离开后，她自己再慢悠悠地离开，关上身后的门，把钥匙装进口袋。她只是借用了“休息室”便利的工作人员。她祝福瓦尔，充满感激地想：“你真他妈是个圣人，瓦尔。”

在回去替换鲁普弹琴之前，她匆匆来到谷仓，去履行自己的职责，看看吉尔的情况。

瓦尔的担心显然多余。至少到目前为止是这样。吉尔头发乱蓬蓬的，浑身大汗淋漓，所有女孩里，她是最不知疲倦的，一次也没有离开过舞池。她始终和威利在一起跳舞，要是可以的话，她真想和威利跳个通宵，他是迄今为止最好的舞伴，同吉尔一样不知疲倦。可他们俩都知道，他们得经常让其他人插进来跳才公平。事实是，跳舞的姑娘太少，随着夜色渐浓，似乎时不时就消失几个。

贝蒂看见吉尔，向她挥了挥手，吉尔也挥了挥手，露出灿烂的笑容。

显然，一切顺利。贝蒂回到俱乐部会所，凯西在钢琴旁等着，决心不让她离开自己的视线。

在凯尔索，几乎空无一人的营地出奇地安静。大多数人聚集在巨大的开放式军用帐篷中。帐篷既是食堂，也是社交中心，以往到处都是乐器的声音，吉他、口琴、班卓琴或尤克里里同时奏响，今晚则明显不同。也许只是人少，也许是鲁普和凯西不在，他们是真正的音乐家，总是带着士兵唱歌。当然，也有许多其他乐手和歌手。但今晚，出于某种原因，他们并没有过去，而是成群结队地聚在一起，打牌或干脆聊天。他们并没有对去俱乐部的兄弟们心生不满，大家的心都紧紧地连在一起。营地里，士兵们的一致感觉是，他们只是在等待时机。

查克·马克斯韦尔觉得营地出奇的安静令人不安。他本以为这些黑鬼会惹出什么麻烦，因为他们被剥夺了朋友们正在享受的快乐。他倒是希望谁能惹出点儿什么麻烦，至少那会分散他的注意力。他们中若是有人捣乱，他就会有正当的泄愤理由。可事实却令他无能为力，他的愤怒在积聚。

就在离此不到10英里的灌木丛中，一个专为黑鬼服务的俱乐部正在营业。在查克看来，这一事实足以让任何有理智的人发疯。他想："哎呀，这种景象会让我爸爸感到恶心。整个世界已经黑白颠倒。"

他和斯托尔斯一起巡视营地，也说过许多这样的话。他自己承担了在营地巡逻的任务，通常巡逻的是年轻的中尉斯坦利·哈特福德。C连的其他三个排长都在俱乐部值班，查克一个人坐在那里，他的想法快把他逼疯了。他得做点什么。

"简直是疯了，"离开军官帐篷时，他对斯托尔斯咆哮道，"简直是疯了，居然建了一个黑鬼社交俱乐部！见鬼，第96营是工程部队，黑鬼是来这儿干活的，不是来开派对的！"

“说得对，长官。”像往常一样，斯托尔斯立刻表示赞同。“我们得管好黑鬼。”

“当然得管好，中士。给黑鬼太多自由就是自找麻烦，”有时查克几乎忘记斯托尔斯也是黑鬼，“我告诉你，那个该死的俱乐部会是个灾难。”

“是的，长官，”斯托尔斯附和道，“真正的灾难。”

实际上，斯特鲁特·斯托尔斯也很想去俱乐部。他与俱乐部的主事儿巴兹·泰勒关系紧密，他十分清楚这些士兵现在的体验有多快乐，那儿有令人上头的烈酒、热情的乐队，还有现成的姑娘。自从第96营入驻后，斯特鲁特和巴兹就一直有生意往来。在军队这些年，斯特鲁特总是能很快地找到合适的黑市联系人。这些联系人渴望得到当地人无法企及的美国军用物资，在汤斯维尔，巴兹·泰勒就是这个人。事实证明，这种联系对双方来说都很便利。此刻，令人沮丧的是，斯特鲁特发现自己无法公开享受这一切。

斯特鲁特并不在今晚获准休假之列，他奉命留在营地守卫。明晚他非参加不可，没有人能剥夺他的权利。但他敢冒惹恼查克·马克斯韦尔的风险吗？他和查克·马克斯韦尔可是建立了如此珍贵的关系。毕竟，与上尉保持一致对自己非常有利。他从来不认为自己是卑躬屈膝，反而认为团队合作使他处于非常优越的地位。破坏这种微妙的平衡值得吗？斯特鲁特此刻犹豫不决。

除了查克·马克斯韦尔，整个营地里可能只有一个人不想去黑人军人俱乐部，那个人就是列兵安东尼·希尔。

安特今晚本可以和朋友们一起去俱乐部，他也是C连获准休假的士兵，但他没去参加，只是因为这样的活动对他没什么吸引力。他虽然喜欢和朋友们在一起，但不像他们一样，他不喝酒，和女人在一起时他非常害羞，也不会跳舞。这有什么意义呢？相反，他喜欢独自度过一个安静的夜晚，蜷缩在空无一人的帐篷里读《原来如此的故事》。他正要读《大象的孩子》的故事。

查克·马克斯韦尔和斯特鲁特·斯托尔斯继续进行巡逻，检查一切是否正常。营地四角的四间电力小屋里，混凝土板上都安装了汽油发电机，为营地提供照明。头顶上的电线架在当地木材做的电线杆上。两人走在一排排四人帐篷中，查克在纵横交错的灯光中满怀期待地寻找令人不快、可疑的东西。

他想："肯定会有黑鬼趁营地没人偷东西，抢劫别人的帐篷，那些杂种没一个可信的。"但他很失望。一切都井然有序。

他们走过其他军用帐篷，一个是白人军官帐篷，另一个是黑人士官帐篷，靠近营地边用于躲避空袭所挖掘的狭窄战壕。他们来到军械库，两个士兵正在站岗。除了四个临时搭建的电力小屋，军械库的半圆屋顶小屋是营地中唯一结实的建筑。除此之外，到处都是帐篷的海洋。

两个卫兵敬礼。上尉回敬军礼。

他们继续走到下一个四人帐篷区，在一排排帐篷间走来走去，看上去就像在卡其帐篷组成的小镇街道进行巡逻。头顶昏暗的光线下，一排排帐篷似乎空无一人。没有士兵像平时一样来来回回走动，帐篷中间杆子上吊着的灯显然没开，帐篷看上去一片漆黑。

接着，查克突然停了下来，斯托尔斯见状也停了下来。前排帐篷的尽头处亮着灯光。但不是吊灯发出的光，是有人在开着手电。

查克·马克斯韦尔拔出柯尔特半自动手枪。他说对了，有黑鬼在偷东西。他迫不及待地想做点杀鸡儆猴的事儿。

查克很快向中士点点头，悄悄向帐篷走去，斯托尔斯遵从命令，默不作声地跟着。

到帐篷口时，他把挡布往旁边一甩，快速走进帐篷，准备开枪，斯托尔斯紧随其后。

安特被他们突如其来的闯入吓了一跳，手电筒掉在地上，正好照在马克斯韦尔上尉的靴子上。他一直开着手电筒在铺位上看书，他跳了下来，立正站好。他一定是做错了什么事，但他想不出是什么事。但有一件事他可以肯定，他得付出代价。

手电筒还照在靴子上，帐篷里一片漆黑，查克不知道这个人是谁。他质问道:“黑鬼，你在这儿干什么呢。在偷朋友的东西吗?”

“不，长官，我没有。”安特反驳道。

查克弯下腰，拿起手电筒，问道:“那你为什么在这里不开灯?”他手里还握着枪，威胁着把光束照在安特脸上。天哪，天哪，他满意地想，看看这是谁。他把手电筒扔到铺位上。“你为什么不开灯? “他说着，拉了拉头顶中央的那根线，暗黄色光芒照亮帐篷。“你在这黑黢黢的地方偷偷摸摸的，肯定没干什么好事儿。”

安特的眼睛瞟向斯托尔斯，寻求帮助。斯托尔斯知道这是安特的帐篷，但他什么也没说。“我没有偷偷摸摸的，长官，”他说，仍然立正站着，保持镇定，目光直视前方，避免与查克的目光接触。“这是我的帐篷。我在床上看书，我用手电是因为光线更好。”

“看书，就你，”查克嘲笑道，装腔作势地说:“噢，我的天！一个识字的黑鬼。哦，可真了不起，你说呢，斯托尔斯?”他在对斯托尔斯讲，但目光始终没离开安特。查克找到了发泄对象，他现在状态好极了。

“是的，长官。”斯特鲁特微笑着，洁白的牙齿在他那黝黑的脸上闪亮。他喜欢站在长官这边。这是他们两个的团队，这让他更有优越感。“一个黑鬼看书，确实了不起。”

“你到底在看什么，小子？”查克拿起铺位上那本翻开的书。他一只手捧着书，另一只手用枪口笨拙地翻着书页，仿佛这书本身就是个需要恐吓的敌人。

安特的眼睛不再被训得朝前看了。他望着他宝贝一样的书，焦虑得喘不上来气，说不出话来。

“我看是一本很珍贵的书，”查克说，还在翻弄着书页，“你说是不是，中士？”

“是的，长官，我也觉得，”斯特鲁特赞同道，“一本很珍贵的书，没错。”

“你从哪儿弄来的，黑鬼？”查克用力把书合上，咆哮道：“你从谁那里偷来的？”游戏变得严肃起来。他完全有权力惩罚这个偷东西的黑鬼，他可以命令斯托尔斯把他打得屁滚尿流。

“我没有……我没有偷，长官，我发誓…我发誓我没偷。”安特很慌张，每说一个字都结结巴巴。他希望查克把书放下。他并不担心自己，而是担心那本书。他心里恳求着：“把它放下，求求您，求求您，把书放下。”

查克看到安特的反应，越发来了兴致。这个年轻的黑鬼一直逆来顺受，从不和查克对视，一直立正站着，现在注意力却完全集中在查克手里的那本该死的书上。显然，这本书对这个男孩来说重要极了。查克决定好好戏弄一下他。

“你从哪儿弄来的，黑鬼?”他问，漫不经心地挥舞着那本书，看着男孩的眼神紧张地循着书移动。“如果这本书不是你偷的，那你是从哪儿弄来的?”

“一份礼物……那是……是礼物，长官。”安特结结巴巴地说，心里恳求着：“还给我，还给我……”

“一份礼物。”查克又一次假装被打动，说道“天哪，天哪，真是件礼物。”接着，他又假装在看那本书，“是的，老实说，我看确实很有价值，我得说，一本旧书。”

“是的。是的，长官。”安特很庆幸查克终于不再挥动那本书了。

“我真想知道，谁会给你这种黑鬼一本这么珍贵的书。”

“一位老师，长官，镇上的一位老师，一位叫桑德森太太的女士。”

“你是说一位女士?”查克的声音现在明显透着危险意味。他不喜欢这个说法。“你是说一位白人女士?”

“是的，长官。”

“你跟一个白人女子鬼混，是吗，小子?”

“不，长官，没有……”安特反驳道。他现在绝望了，忘记去避开查克的目光，用恳求的眼神直勾勾地盯着他。

“一个白人女子给你这样的年轻黑鬼一份礼物？我能想到的原因只有一个，小子。那就是你一直在和下流白人厮混。”

“不，长官，我发誓。她是个女教师，她教我认字。”

“对我来说，白人女教师和下流白人没什么区别，”查克说着，一手抓住翻开着书的一边，“我要让你看看，我是怎么对待白人女子送给黑鬼的礼物的。”他把书从中间的装订处撕开，撕成两半。书很旧，装订很容易被撕开。

安特发出一声怒吼。那本被他视若珍宝的书从查克手中掉下来，他本能地扑了上去，试图抓住被撕成两半的书，但没抓住。查克·马克斯韦尔用枪托狠狠地击打安特头部侧面，他头向后一仰，倒在地上，正好倒在那本撕坏的书旁——鲁德亚德·吉卜林的《原来如此的故事》。

查克等了一会儿，用靴子踢了踢安特的身体。他没有想到自己打得那么用力，安特躺在那里一动不动，脑袋歪成奇怪的角度。

“你看到了，中士，”他对斯托尔斯说，“这个黑鬼袭击我。你看到了，对吧？”

斯特鲁特并不喜欢看到眼前的情况，但还是不由自主顺从地答道，“是的，长官，我确实看见了”。上尉狠狠地击打了男孩，没有证人能证明他是出于自卫。斯托尔斯想："除了我，没有目击者。"

"查看一下，"查克命令道，"他死了吗？"

斯特鲁特跪了下来，摸了摸安特的脉搏。从头部的角度看，他们都已知晓答案。

"是，长官。"他说，"这个人死了。"

查克立刻开动脑筋。即使有斯托尔斯当目击证人支持，把这个案子说成是正当防卫也是疑点重重。最好能完全避免接受调查。

他咔嗒一声关上顶灯。铺位上，手电筒的光仍照在帐篷的帆布墙上。他迅速拿起开着的手电筒，关掉。"检查一下外面是否安全，斯托尔斯。"他低声说。

斯托尔斯照做了，他透过帐篷往外张望。周围依旧像他们来时那样，空无一人。

"好的，长官，"他报告说，"外面一切安全。"

"好，尽快弄一辆吉普车过来。把这个黑鬼扔到别的地方丢掉，明白吗？"

"好的，长官。"

"把这弄得就像是一场意外。我们对此一无所知。不会有官方调查。那孩子刚刚发生了意外，听懂了吗？"

"是的，长官，我听清楚了。一场意外。"

"你现在走吧，中士。我来检查一下是否一切都正常。”

斯托尔斯从帐篷里冲了出来，尽可能不引起别人注意，快速地跑开。马克斯韦尔上尉的决定令他感到宽慰。他是在照常服从上尉下达的命令，斯特鲁特·斯托尔斯宁愿制造一起事故也不愿在军事调查中充当证人。

查克独自一人待在帐篷里，他打开手电筒，照向地面，遮住光束。他检查了手枪的枪托，没有血迹。他把枪装进枪套，又检查了帐篷的地面。他把书的两半扔在铺位上，跪下来仔细检查安特头部周围，没有流血；又检查了这个年轻人被他击中的头骨，也没有流血。

“好了，好了，”查克想着，关掉手电筒站起身来。“真是太幸运了。根本没有混乱。这个黑鬼不是死于头骨被击碎，而是死于颈部骨折。”

查克对这个结果很满意，离开了帐篷。剩下的事情就交给斯托尔斯处理。下士很能干，他决不会做出什么蠢事让事情暴露。如果被人发现抛尸，也和查克·马克斯韦尔毫无关系。黑鬼的话永远没有白人军官的话可信。

斯托尔斯回来时，发现上尉并没有等在那儿帮他，他一点也不感到惊讶，与他预想的一样。他很忠诚，马克斯韦尔上尉绝对信任他，他也应该信任上尉。他一向一丝不苟地服从上尉的命令，这一次也不会有什么不同。共同的忠诚让他们成为狼狈为奸的一伙。

因为黑人军人俱乐部开业，宵禁时间延后。那天深夜，一辆辆卡车将士兵载回营地。

安特的三个室友甚至都没有注意到安特不在帐篷。安特一向很安静，他们平时几乎都注意不到他。现在，他们跟营地的许多人一样，肚里装满了啤酒和各种非法酒精，高高兴兴地倒在铺位上，几分钟后就酣然入睡了。

直到第二天早上，室友才发现安特不见了。他们发现他没去食堂吃早餐，也没有去报到干活儿，但周六早上的花名册上还有他的名字。

白天过去了，列兵安东尼·希尔失踪的消息已上报。上面进行了各种盘问。他开小差了吗？大多数人都回答“不大可能”，“这不大像安特，他总是循规蹈矩。”那么多士兵都在俱乐部时，发生什么事儿了？有人看到什么了吗？没有。从前一天晚饭后就没人见过安东尼·希尔。

一支小型搜救队前往当地搜索，不到一个小时就在一条通往河边的陡峭小道上找到了他。尸体离营地不到一英里远。脖子断了。他一定是绊了一下，掉到路堤上，是一起悲惨的事故。

士兵们听到这个消息都很沮丧，安特虽有点孤僻，大家都还挺喜欢他。他们想：“一个善良的年轻人，真令人伤心，发生了这么可怕的事情。”没有理由去质疑他的死因。都知道安特会独自出去散步。

然而，有件反常的事儿让他的三个室友感到不解。他们发现安特的书被撕成两半放在床铺上。

安特永远都不会弄坏他的书，他们知道这本书对他来说很珍贵。是不是发生了打斗？当天早上，他们决定带着那本书，把他们的发现报告给鲁珀特·巴雷特下士。

“我们对安特一向不太了解，”士兵阿莫斯·科尔说，他二十几岁，身材高大魁梧，肌肉结实，“他独来独往，但我们确信他非常珍视这本书。”

“是啊，是啊。”其他人也同意，使劲地点头。

“我们在想是不是发生了打斗之类的事情。”阿莫斯接着说，他的男低音与高大的身材相符。“小安特绝不会把书撕开。”他指着鲁普手里的书说。

“我知道。”鲁普低头看着被撕成两半的《原来如此的故事》，想起他和安东尼·希尔一起读书的情景。那个内向的年轻人，即使不当班，也总是叫他“长官”。他们一起读《豹子为什么长豹纹》时，那个男孩充满朝气。他很活跃，甚至充满喜悦。那个孩子绝不会毁了这本书。

“我知道，”他又说了一遍，“谢谢你们向我报告，列兵科尔。我向你保证，我会调查此事的。”

午休时，鲁普找到凯西，把他叫到一边向他大致说了那本书、书被撕毁和它对安特的重要性。

凯西大声说出了那些话，说出了起始的那个词。

“马克斯韦尔”。是的，“可能是查克·马克斯韦尔撕开了那本书。”

他说的和鲁普想的不谋而合。或者说，他说的正是鲁普想的。

凯西说：“查克·马克斯韦尔把那个孩子欺负死了。他妈的，他杀了安特，我敢打赌那狗日的斯托尔斯也参与了。”

凯西怒火中烧，火冒三丈。他的愤怒是基于奇怪的负罪感，他很确定，如果自己继续做马克斯韦尔的出气筒，这事儿就不会发生。他可以忍受马克斯韦尔的欺凌，但安特不能。安特付出了生命的代价。

与鲁珀特·巴雷特相比，凯西所承受的罪恶感算不了什么。鲁普咒骂着自己，突如其来的负罪感吞噬了他，内心充满深深的悔恨。他想：“安特请求我不要插手，我真不该听他的话。我应该把马克斯韦尔欺负他的事情上报给塞缪尔·罗宾逊。我要是那样做了，如果碰巧凯西和我是对的，安东尼·希尔今天就不会死。”

然而，鲁普知道，如果他们要寻求正义，必须要有证据。

“我们只是在猜测，凯西，”他警告说，“我们拿不出证据。暂时闭嘴，不要和任何人谈论这件事，否则会打草惊蛇，惊动马克斯韦尔。我们悄悄打听一下，看看能查到什么。”

尽管如此，鲁普还是决定去见塞缪尔·罗宾逊。他不愿提及自己的疑虑，但他会把那本书拿给罗宾逊看。罗宾逊上尉比其他人都更清楚安东尼·希尔有多珍视那本《原来如此的故事》，毁坏小安特如此珍视的东西意味着可能存在谋杀。鲁普认为应该做些调查，而不是就认为安东尼·希尔的死是不幸的意外。

但他没找到塞缪尔·罗宾逊上尉。C连总部的帐篷里只有年轻的珀西·欧文，上尉半小时前离开去城里了。

塞缪尔·罗宾逊上尉奉命进城与汉克·亨利少校去开紧急会议。会议将发布一个公告，它将最终改变第96营士兵的命运，至少是改变该营派往凯尔索A和C两个连士兵的命运。

第十一章

“你说俱乐部要关闭是什么意思?”宪兵司令办公室里，坐在少校对面的塞缪尔简直不敢相信自己听到的话。

“就是这个意思,”汉克·亨利回答。“第96营将被继续禁止进城，城外也不允许有俱乐部。恐怕又得回到从前了。”

汉克的语气中隐含着歉意，至少是惋惜。汉克·亨利从不道歉，当然也不会为他无法掌控的情况道歉。

“为什么,”塞缪尔问，“告诉我为什么？看在上帝的份上，这到底是怎么回事儿?”塞缪尔·罗宾逊平时就脾气暴躁，现在更是难以抑制自己不断积聚的怒气。他激动地说：“就像之前说好的那样，俱乐部按照规定井然有序地运作，没人争吵，也无骚乱。给我一个关闭它的理由。”

汉克叹了口气，似乎在说“算了吧”。他带着一丝悲观厌世的情绪说：“有人投诉。”

“谁投诉？”

“附近的当地农民。”

“投诉什么？”

“噪声是一个原因……”他耸了耸肩，意识到这个解释站不住脚。

“当然会有噪声，”塞缪尔恼怒地说，“噪声总是会有的。这是俱乐部，有乐队，有唱歌和跳舞。农民们早就知道这件事，不是吗？再说，他们住在几英里之外，根本不是近在咫尺的邻居。”

“是他们的妻子，不是农民自己，”汉克意识到自己必须开门见山了。他想或许一开始他就应该直奔主题。他继续说道：“你说得对，农民们早就知道要在帕斯洛那老房子里成立军人俱乐部，但他们的妻子说，没人告诉她们具体是什么样的军人俱乐部。”

“啊，”塞缪尔慢慢说道，“我明白了。”这回他终于弄明白了。“你是说黑人军人俱乐部。”

“正是。他们已经向美国军方正式提出投诉。附近有这么多士兵在，他们觉得自己的孩子不安全，尤其是还有酒水供应……”

“你是说，如此多黑人士兵，”塞缪尔一反常态打断了他，“如果这些是白人士兵，他们就会觉得很安全？”

“是。”汉克决定不再兜圈子。塞缪尔完全有理由生气，他严格遵守规则，俱乐部风生水起。“一言以蔽之，”他说道，“几英里远的地方有军人俱乐部，农民们还是很高兴的。见鬼，还有人问那里是不是有姑娘，”汉克带着讽刺的微笑。

塞缪尔没有笑，这不打紧，汉克并不是有意要幽默。

“反正是，”汉克接着说，“大约是在黄昏，几个当地的孩子在外面骑自行车，这时有一辆辆军用卡车经过。孩子们跟在卡车后面，看到车子停在帕斯洛农场。他们说他们看到了成百上千的黑人，你知道，小孩子就会夸大其词。”汉克无奈地摇了摇头。“唉，农妇们听了十分不满，她们对自己的丈夫说，不能容忍这样的事儿。她们说自己孩子的安全受到了威胁，她们不希望附近有俱乐部酒吧，于是农民们正式提出投诉。”

汉克·亨利接着以他惯有的直率方式总结道：“我们没办法对投诉睁一只眼闭一只眼，塞缪尔，我们需要立即采取行动。俱乐部今天就得关门。我们得罪不起当地人。”

“可这些黑人士兵有什么错，”塞缪尔抗议道，“为什么对黑人有这么强烈的反应呢？”他们肯定知道有大量的黑人工程兵驻扎在路南，离他们农场有5到10英里远的地方。

汉克解释说：“这正是我们必须立即采取行动的原因。”澳大利亚政府从一开始就不愿意接受黑人士兵。麦克阿瑟本人也保证要尊重这个国家的种族立场，我们自己的军队已经接到命令，任何情况下都不能冒犯当地人。这样的投诉必须严肃对待。”

塞缪尔感到有点儿泄气，绝望吞噬了他，他意识到自己的失败。关闭黑人军人俱乐部，也解释了为什么禁止军队进城。现在这个才开了一晚的俱乐部就要关门。他该如何面对他的部下呢？他该对他们说什么呢？他们太黑了，这个国家容不下他们？他们还觉得自己在汤斯维尔很受欢迎呢。

他冷冷地说：“看起来这里的种族主义和在美国一样大行其道。”他不指望汉克能有什么回应。事实上，这句话与其说是对汉克·亨利说的，不如说是对自己说的。但汉克的答复令他吃惊。

“看起来是这样，”汉克说，他的语气中夹杂些奇怪的东西，可能是同情，谁知道呢。

会议结束了。

离开军营后，塞缪尔直奔棕蛇酒吧。已经快下午两点，要尽快把消息告诉瓦尔和巴兹。

“哦，天杀的，”瓦尔难以置信地说，“才一个晚上就让我们关门！到底是什么问题？巴兹说一切都很顺利。”

“是的，”巴兹说，“很顺利，我发誓。”

“那为什么呢？”她咄咄逼人地问道，双手撑在丰满的臀部上，青灰色眼睛里燃烧着正义的愤怒。“你告诉我他妈的究竟是为什么。”

塞缪尔低头凝视了她一会儿，意味深长地说：“一些当地人投诉。”

“哦？”瓦尔注视着他，意识到他在暗示着什么。

“士兵的肤色不对。”

“哦，明白了。”她点了点头，“他妈的，真为这些人感到羞耻。”

几分钟后，塞缪尔就离开了。把这件事情告诉给手下可就没这么简单了。

瓦尔和巴兹就这件事在棕蛇酒吧讨论了一会儿。姑娘们肯定会很失望，尤其是贝蒂，瓦尔觉得她一定会很生气。但问题是，这个俱乐部花了这么多钱，付出这么多努力，之后又该如何处理那个地方呢？不出所料，巴兹给出了完美的答案。

他说：“我们要把钱从美军那里拿回来。假以时日，我们最终会赚得盆满钵满。”

“哦，是吗?”瓦尔一点儿都不信，但她知道最好不要让巴兹看出来。“你觉得我们要怎么做?”

“我们把所有的家具都塞进农舍，租给军队的军官住，美国佬四处想找军官住的地方。想想看，我们是不是也可以把谷仓租给他们。多好的存储空间。”巴兹对现状一点也不担心。

“还有酒，”瓦尔说，“我们花了不少钱买加了重税的烈酒。这些不能在酒吧里卖了。”

“别再想烈酒了，老板，”巴兹向她保证，“不用担心。”

这是巴兹最不在乎的。他储藏的大量非法烈酒在黑市上能卖到比在俱乐部更高的价钱。见鬼，他最重要的客户应该是凯尔索那些被剥夺权利的士兵，他和斯特鲁特·斯托尔斯中士一直保持完美的联系，打个电话就行了。瓦尔不需要知道这些事。

“我会卖个好价钱的，我向你保证。”

“是啊，我敢打赌你肯定能卖个好价钱。”瓦尔想，“而且我也能猜到是卖到哪里去——凯尔索那些可怜的家伙。”但她什么也没说，有些事她还是不知道为好。

“我还不确定拿马厩怎么办，”他最后说，“给我点儿时间，我会想出办法的。”

"好。"瓦尔点点头。她对此没有丝毫怀疑，她想："巴兹是个十足的混蛋，天哪，可他人还不错。"

塞缪尔曾考虑要不要去看看阿米莉亚·桑德森，把小安特意外死亡的事情告诉她。他知道，她听到这个消息一定会非常伤心。他也答应这个周末回去看她。不过，他当然不会去看她。他知道他只是在找借口不去面对此事。

他必须尽快回到营地，把俱乐部关闭的消息告诉大家。一想到要面对的情况，他就感到口中苦涩，听到消息的人无疑会比他更感到苦涩。

士兵们反应各异。起初他们很震惊，接着很快就感到迷惑不解。他们都在问为什么。天哪，为什么要关闭这家俱乐部？出什么问题了？前一天晚上也没有出什么岔子啊？反正俱乐部没什么问题。唯一的问题发生在营地，就是可怜的小安特惨死，这是现在很多人都在谈论的话题。他们被告知，由于当地人投诉，军方下令立即关闭俱乐部。有什么好抱怨的呢？

塞缪尔没有解释太多。他很明智。他完全没义务去解释，这是命令。由于投诉，俱乐部将被关闭，就这么简单。毫无疑问，大家自己会找到答案。

士兵们聚在一起，开始讨论心中的疑惑，然后不停重复他们的问题，有一些人坚持要知道这是为什么。他们说，他们会组成一个小组，要求指挥官对关闭俱乐部一事给出坦诚的解释。

但也有些人很快就有了显而易见的结论。

“就是因为我们是黑人，”他们说。“你还记得圣克拉拉号在布里斯班停靠时的情形吗？”

“是的，他们不让我们进城……”

“没错，我们待在那艘船上……”

“就是因为我们是黑人……”

“在这个国家，他们不欢迎黑人……”

消息很快传开，不仅带来痛苦，还带来仇恨之心。

唯一对关闭黑人军人俱乐部无动于衷的人是查尔斯·查克·马克斯韦尔上尉。塞缪尔把军方命令告诉了他，他得意地笑了。

“我告诉过你，黑鬼的社交俱乐部是不会有什么好结果的。”他自鸣得意地说。

对此，塞缪尔尖锐地反驳道：“我们必须通知大家，查克，没必要再添油加醋。”

查克也像塞缪尔一样，简明扼要地把事情告诉了士兵，但在传达消息时，他丝毫也不掩饰他有多开心。

除了个人厌恶，查克·马克斯韦尔另外还有希望俱乐部关闭的理由。毕竟，这件事能完美地分散大家的注意力。大家现在只会谈论俱乐部这个话题，他们年轻的朋友安特的死自然就不再是主要的话题。昨夜之事虽然没威胁到他，但令他感到不安，斯托尔斯一向可靠，已经神不知鬼不觉地执行了他的命令。尸体已被发现，也没谁对这起“意外死亡”的事件有疑问。他现在可以把整个事情抛诸脑后。只不过是又死了个黑鬼，谁也不会再过问。

但查克错了。

“今天早上，和安东尼·希尔一起住的人把这本书拿给我，”鲁普说，他把那本残缺不全的书递给塞缪尔。

晚饭过后休息时，鲁普悄悄找到独自一人待在帐篷里的塞缪尔。因为怕遇上马克斯韦尔，他特意没到军官帐篷去找塞缪尔，还小心地把书藏在军用装备包里。鲁珀特·巴雷特认为，被人为撕毁的这本书就是谋杀的确凿证据。

塞缪尔赞成这个推论。他知道《原来如此的故事》对安东尼·希尔有多重要，所以一看到那本被粗暴地撕成两半的书，塞缪尔立刻意识到有问题。

“我觉得有责任告诉您，长官，”鲁普说，“马克斯韦尔上尉一直在欺负小安特，就像他以前欺负凯西·戴维斯一样。”

四目相对。他们都明白这句话隐含的意思。

“凯西跟我说过，”鲁普继续说，“他说他有一次目睹上尉把小安特当成另一个出气筒。我问过安特要不要我出面干涉，我当时已经准备要来找您，长官，就像我之前帮凯西那样，但列兵希尔不想让我这么做。他不想惹什么麻烦。”鲁普眼中含泪，盯着地面，十分难过。“我向上帝起誓，我当时没听他的话就好了，我来找您就好了。”

塞缪尔替鲁伯特·巴雷特感到难过。如此高大强壮的男人，此刻看起来却如此脆弱无助。很显然，他感到内疚，但责任不在他。他是个关心部下的好军官。

“整个悲剧不是你酿成的，下士，你不要自责，你没有错。”塞缪尔说着，停了下来，没打算大声说出他们俩都怀疑的罪魁祸首。他低头看着手里的书又说道：“我很高兴你来找我。我们必须查个水落石出。”他又说，“如果这是人为的，恐怕你的发现还算不上确凿的证据。”

“是的，长官，我知道。”

“也许可以在军营悄悄打听一下，”塞缪尔建议道，“找列兵戴维斯帮帮忙？”

“噢，好的，长官，”鲁普立刻回答道，“凯西和我观点一致。他和我都有强烈的感觉——安特的死不是意外。”

“好，那就看看你们两个能找到什么。也许有人看到了不同寻常的东西，也许你可以查一下谁与这件事有关联。”他没有提到具体是谁，他还是没提那个同僚的名字。

塞缪尔知道，根据军官们信守的忠诚准则，他做的事很不道德，但他不在乎。要和查克·马克斯韦尔这样的人打交道，白人指挥官惯常所共同遵守的准则毫无意义。

他把军用装备包举到铺位上。“把这个交给我，”他一边把书掖好一边说道，“有消息随时告诉我，下士。”

“会的，长官，好的。”

鲁普清楚地知道塞缪尔·罗宾逊在此时不能提供任何实质性帮助，但他并不气馁。他知道如果他和凯西能找到指向马克斯韦尔的证据，他们就有一个盟友，而且是一个强大的盟友，他感到很振奋。

在接下来的几天，他们两人开始小心地调查。重要的是，绝不能走漏什么风声以免打草惊蛇，他时刻提醒自己要秘密行事。结果事情比他们想象的顺利多了，士兵们对他们的问题知无不言，大家也没反问他们什么问题。每个人都在忙着谈论俱乐部关闭的事情。

鲁普找到一名搜救队成员，了解到找到尸体的确切地点，他和凯西去勘查了现场，什么也没发现。从大路通向河边的羊肠小道很陡，一个人完全可能会被绊倒，摔下河堤，扭断脖子。土路上有许多车胎痕迹，但这也不能说明什么问题。这条公路是由军方修建，是许多条连接营地和各施工地点的其中一条公路。

他们又去找了与安特同住的士兵，发现住在附近的士兵当晚都在俱乐部。安特是唯一自愿不去的人。

但问到留在营地的士兵时问题就出现了。那天晚上，在军械库站岗的两名士兵看到马克斯韦尔上尉和斯托尔斯中士在巡逻。几位聚在帐篷打牌聊天的人七嘴八舌地回忆了那个夜晚。

“我告诉你，查克四处寻觅，”一个士兵说，“他不敢相信我们的朋友都在俱乐部，我们还能这么安静。”

“是啊，”另一个人表示赞同，“那混蛋就是想找麻烦，好找我们的茬儿。那狗娘养的就是讨厌我们有自己的俱乐部。”

这证实了他们的怀疑。查克·马克斯韦尔杀了安东尼·希尔。但这么说根本没用，这只不过是没有证据的臆测罢了。他们陷入了僵局。

他们从营地出来，在外边空地上讨论刚刚的发现。“我要杀了那个白种人渣，”凯西一边踱步一边说，“我也要杀了那个卑鄙的黑鬼。斯托尔斯一直在替那个混蛋打掩护。我敢保证肯定是狗娘养的斯特鲁特·斯托尔斯抛的尸。”

鲁普完全同意，但他不敢再激怒凯西，凯西·戴维斯就是个定时炸弹。本来凯西现在就因为要与贝蒂分开却又无能为力而感到沮丧和愤怒。再让马克斯韦尔去刺激他，鲁普担心后果将不堪设想。

“冷静点，凯西，”他警告说，“草率行事对我们一点好处也没有。你知道这点儿，兄弟，你冷静点。这是命令，听到了吗？”

凯西停止踱步。“是的，听到了，”他说，“您说得很清楚。”以往鲁普的权威和他们之间的共识能够起到安抚作用，但这次不同，年轻的凯西·戴维斯仍怒火中烧。

鲁普向塞缪尔·罗宾逊报告了他们的发现，更确切地说，是他们缺乏证据的发现，他复述了士兵们的话。

“长官，恐怕没有什么具体的证据，”他说，“不过士兵们的话似乎证实了我们的怀疑。”

“是的，”塞缪尔同意道，“但是没有直接的联系，没有给我们提供任何证据。”

他们还有许多话没说出来，却心照不宣，都感到挫败和无力。

“下士，暂且把东西交给我，”塞缪尔说，“我自己去问问。”

“好的，长官。谢谢您，长官。”鲁普十分好奇，他想："询问什么？问谁？上尉肯定不会去找查克对质。"

但塞缪尔准备这么做，而且也确实以一种间接的方式这么做了。第二天一早，他带着那本残破的书来到军官帐篷，把它放在桌子上的文件下面，坐在那儿等着查克·马克斯韦尔。

"早安，长官。"

年轻的珀西·欧文一丝不苟地履行自己的职责，他有些吃惊，罗宾逊上尉在他之前就到了。珀西在前一天会把所有必要的工作细节都处理好，一般情况下，他会比指挥官早到，为指挥官准备好要用的花名册。

"早上好，列兵。"塞缪尔微微一笑，假装工作。他一会儿要审问马克斯韦尔，他并不介意珀西在场。老实说，如果有异常反应的话，他倒希望珀西能注意到。

查克15分钟后到了，对塞缪尔敷衍地点了点头表示问候，正要走向珀西角落里的办公桌前，塞缪尔站起身来向他问候。

"早，查克，"他愉快地说。"不介意的话，在你工作前，我想跟你说件事儿。"

查克没有说话，只是停下来站在那里等着，脸上的表情清楚地显示："好吧，那就说吧。"

"星期五晚上你和斯托尔斯中士在营地巡逻，是不是？"

“你当然很清楚，”查克冷笑着说，“你和你的黑鬼朋友们在花哨的俱乐部聚会，而我在工作。”

“就在那天晚上，列兵安东尼·希尔意外身亡。”

“对。和其他人一样，我什么也没看到，什么也没听到。”

“是的，你是这么说的，斯托尔斯中士也是这么说的。可是在那之后又发生了一件事，我想问你是否知道。”

“哦，发生什么事了?”查克的语气非常不耐烦。他既不恐惧也不焦虑。

那天是星期二，也就是安特死后的第四天，尸体被运出去掩埋，天知道被运到什么地方了，所有该问的问题都问过了，他很安全。

“列兵希尔死后的第二天，和他同住的人发现了这个。”塞缪尔把桌上的文件扫到一边，拿起撕成两半的书递给查克·马克斯韦尔看，他仔细地打量着查克。“这本书对列兵希尔来说很重要，”他接着说，“但正如你所见，它被撕毁了，和他同住的人也猜测可能发生过打斗。”

查克的回答滴水不漏。“据我所知，没有人打架，”他说，“但我可以告诉你是谁把那本书撕成了两半，”他直视着塞缪尔的眼睛，“是我撕的。”

“为什么？你为什么那么做？“

“我进他帐篷时，这个懒懒的黑鬼没有立正。他只是坐在那里看这本该死的书。那样的黑鬼得受点儿教训，罗宾逊，我把书给撕了。然后我继续巡视其他地方。”

“是的，”塞缪尔厌恶地说，“你当然把书撕了。这就是你会做的事，马克斯韦尔。”他把书扔回桌上，感到非常无助。对质毫无结果。

“我得教这些小子们懂得尊重，你知道，要让他们认清自己的位置，”查克自鸣得意地说，“现在还要我做什么，上尉？”查克庆幸自己思维敏捷。他不只是沾沾自喜，更是得意扬扬。他为什么要否认自己撕毁了这本书？如果那本书被当作重要的罪证送检，肯定到处都是他的指纹。

塞缪尔一点都不想再看到他。“没事了，”他说，“没什么你能帮上忙的了，没有了。”他试图让自己的话听起来有些警醒意味，但他知道，这些都是空话。

查克也知道，他笑着走到文书的桌前去拿文件。

那天晚饭后，塞缪尔进城了，尽管第二天一大早他就要出发回营地报到，他还是打算待在自己的临时住处。他对自己的逃离感到内疚，他为自己享有了别人无法享有的自由而感到内疚，一股无法控制怨恨的暗流正在涌动，他必须离开营地，必须逃避查克和自己的无能为力。他无法面对鲁普，无法告诉他自己与马克斯韦尔对质，不仅一无所获，还让他成功地证明自己不在现场。鲁普曾相信，安特书的被毁，也许能成为谋杀的证据，但马克斯韦尔比他们俩更胜一筹。

塞缪尔回来时，天已经黑了，他把吉普车停在阿米莉亚·桑德森的房子外面。他用她给的钥匙开了门，悄悄地顺着走廊朝厨房走去。房子一片漆黑。只有她住的那间房亮着灯，担心她晚上早睡，他小心翼翼地尽量不打扰到她。塞缪尔思绪万千，充满内疚，决定给自己沏杯茶，然后早点休息，他肯定会睡不着。

他刚把水壶装满水，阿米莉亚就过来了。

“你好，塞缪尔，”门口传来她的声音，“我听到声音，觉得是你回来了。”

“你好，阿米莉亚，”她走进厨房时他说，“希望没吵到你，我很抱歉，我尽可能不发出声响。”

“根本没吵到我，”她笑着答道，“我在看书，天哪，”她跟他一起站在水槽边，“你看起来状态很差，出什么事儿了吗?”

“没什么。”他试图露出让她安心的微笑。“营地有一点压力，最近发生了一些事。不用担心。想喝杯茶吗?”

她一点也不放心。“我觉得你可以喝点比茶浓一点儿的东西，”她轻快地说，“我只有雪利酒，可以吗?”

"那太好了，谢谢你。"

她从食品柜里拿出一瓶只喝过一点儿的酒。"这是做饭用的，我不敢保证质量，"她说着，用平底玻璃杯给他倒了满满一杯。

"我分不出雪利酒的好坏。"

她把杯子递给他，两人面对面在四人餐桌前坐了下来。

"周末我没见到你，"她说，"我们本来要喝茶的，记得吗？我还做了些司康饼。"她语气中没有丝毫责备的意思，只是随便聊聊，她同时打量着他的脸，想知道到底出了什么事。他看上去忧心忡忡，神情凝重。

他喝了一大口雪利酒，喉咙有些刺痛，却感到无比满足。"很抱歉，阿米莉亚，真的，发生了太多的事情，而且……"

"我看得出来。你要吃点儿东西。"她很想做点实际的事。"我去给你弄点……"

"不用了，谢谢，"他说，"我在营地吃过饭了。"

"连司康饼也不要吗?"她满怀希望地问。

"不了。对不起，司康饼也不想吃。"他又喝了一大口雪利酒。

"怎么了，塞缪尔？告诉我吧，跟我聊聊可能会好点儿。"

雪利酒刺激着塞缪尔，他十分感谢她的陪伴，决定把这件事告诉她。她应该知道安特的事情。

“我说营地里发生的事与你无关，其实我没说实话。有些消息可能会影响到你……”

“噢，真的吗?”他停顿一下，她鼓励他继续说。

“是关于安东尼·希尔。”

“小安特，出什么事情了?”她立刻焦急起来。“他不会给自己惹上麻烦吧？这可怜的孩子太内敛了，从不会惹是生非。”

“不，不，不是那样的，”他说。其实她帮不上什么忙，他应该直接说出来。“出了意外……”

“哦，天哪，”她一只手拍打着的喉咙，“他受伤了?”

“不，比这更糟。他死了。”这些话比她想象的更残忍。

阿米莉亚没有回答，空气中只剩下一阵急促的喘息声。她睁大眼睛，震惊地盯着塞缪尔，另一只手按住她原本拍打喉咙的手，双手紧紧地握在一起，指关节迅速地变白，仿佛是在祈祷自己听错了。

“几天前的晚上，似乎是他自己出去散步，就在通向河边的那条小路。”塞缪尔解释道。“天很黑，路很陡，他掉了下去。尸体是第二天早上被发现的。”

她呼吸开始急促起来，发出一连串微弱的喘息声。塞缪尔觉得她就像一只正在喘气哀伤的小狗，奇怪的是，他觉得自己此时超然事外。阿米莉亚仍然注视着塞缪尔的眼睛，眼里噙满泪水。他不喜欢看到她这样心烦意乱。

“他那晚应该没有太多痛苦，阿米莉亚，”他向她保证，试图减轻她的痛苦。“他脖子摔断了，瞬间死亡。”

说到这里，阿米莉亚既震惊又痛苦，双手抱头痛哭起来。

“噢，可怜的孩子，”她哭着说，“他真的好可怜好可怜，那个可爱的、听话的孩子。”

塞缪尔站起来，绕过桌子坐到她身边，想安慰她。他伸出双臂搂住她，她也接受了拥抱，湿漉漉的脸颊贴着他的脸，手放在他胸前，紧紧抓住他的制服，似乎不敢放手。

“好了，好了，”他低声说，“好了，好了。小安特应该没有太痛苦，你不要让自己太难过了。”

她的抽泣声渐渐平息，她仍感激地紧紧抱住他，仿佛他是救命稻草。

“那个可爱的孩子，”她低声说，“为什么是他？为什么偏偏是他？”

塞缪尔想，确实，为什么是他呢？

她紧紧抱住他，他发现自己也同样感激她，仿佛他们彼此依靠。她是他赖以生存的生命线。他们都需要朋友。

塞缪尔非常温柔地捧起她的脸，轻柔地吻了她。一个安慰的吻，一个朋友间的吻，仅此而已。至少这是他的本意。就在他嘴唇要离开时，阿米莉亚那双本来因为悲伤而拼命揪着他制服的手，现在却绕到他脖子后，把两人的距离拉得更近了。她张开嘴唇向他继续索吻。他能尝到她眼泪的咸味。她想委身于他。

塞缪尔吃惊地抽开身。

他站在那里，说道："我得走了，阿米莉亚。"

她几乎耳语般地回道："是的，你确实该走了。"

阿米莉亚继续坐在那里，双目无神地盯着木桌面，一句道歉的话都说不出来。

她想请求他的原谅。她想说"对不起，真对不起，我不知道自己是怎么了。"她觉得自己太丢脸了，吓得完全说不出话来。

阿米莉亚坐在那里没有动，听见塞缪尔的靴子穿过门厅，听见他关上前门。她都做了什么！

阿米莉亚以前从未有过这样的欲望，她以为自己就是那些妇科专家称为"性冷淡"的人。当然，她没去咨询过，也没跟任何人讨论过她的怀疑，她只是听过"性冷淡"这个术语，就对号入座，觉得那就是自己。

阿米莉亚和丈夫马丁有过性爱，诚实地说不太频繁，她从未在其中体验到快乐。她一直觉得马丁也是一样，他并不觉得这事令人特别愉悦。阿米莉亚一直把这归咎于他们住在她父母的房子，在黑暗中偷偷地、悄无声息地做爱，仿佛是件可耻的事情。

阿米莉亚把不孕等一切都怪罪在自己身上，让她最为愧疚的是那个晚上。那一晚，她意识到自己的冷淡实际上毁了丈夫的生活。

现在她却表现得像个欲火焚烧的婊子，要把自己献给一个几乎不认识的男人。是什么激起她这可怕的欲望？难怪塞缪尔·罗宾逊会在晚上落荒而逃。

“天哪，我到底是怎么了？”她痛苦地说。

驱车回营的路上，塞缪尔也同样感到羞愧。他觉得自己的行为举止非常不得体。

“不得体？这说法也太轻松了，”他责备自己，“丢人才更合适。”阿米莉亚·桑德森是个有夫之妇。她很孤独，很脆弱。她肯定觉得自己被出卖了，被她以为是朋友的男人骗了。

她误解我了，他绝望地对自己说，我根本没想要占有她，我本不是要引诱她……

他的自我辩解听起来并不像那么回事儿。他确实觉得阿米莉亚·桑德森很有魅力，他的安慰本来就有可能被视为挑逗，尤其是对这样一位孤独又脆弱的女人来说。他不知道自己怎样才能弥补。

塞缪尔不太喜欢那一刻的自己。今晚，他原本只想逃离包围他的烦恼，结果却雪上加霜。

第十二章

星期三。俱乐部关闭虽然只有五天，但对第96营的A连和C连士兵来说，每一天紧张的气氛都在加剧。对这些人来说，每过一天，工作就更煎熬，每过一天，他们就更强烈地意识到，他们的生活不过是件苦差事，毫无止境、精疲力竭和费力不讨好。诚然，一天的工作结束后等待他们的四箱烈酒起到了缓解作用，但无疑这种怨恨在酝酿中快要达到沸点。

几天前，巴兹·泰勒和斯特鲁特·斯托尔斯悄悄通了个简短电话，顺畅地达成交易。巴兹根本不需要推销，斯特鲁特立刻就意识到，他能在自己的C连和A连士兵中获利。几乎所有人都愿意花大价钱买点烈酒来释放他们的无聊。

“当然，你可以加上自己的代理佣金。”巴兹报完价后，接着说。

斯特鲁特当然会拿这笔钱。他还算上了准备付给四名下士的佣金，他们代他收钱，每连有两人。他们从士兵手里收钱，然后交给他。他派一个人去取那四箱酒，巴兹星期五下午会把酒藏在老帕斯洛农场的马厩里。

斯特鲁特选助理时非常挑剔，不仅要看他们是否善于把握机会，还要看他们是否会对他感恩戴德。他不信任他们，斯特鲁特·斯托尔斯不相信任何人，但他总是善于利用体制为自己谋利。总有人知道他对他们有多大用处，也会让那些惹恼他的人知道他会有多大威胁。

“所有人都知道这酒是从巴兹·泰勒那里弄来的，”他笑着说，笑容中透着友好和威胁，这是典型的斯特鲁特风格，“不需要多打听，不需要知道太多。”

交易进行得十分顺利。所有买酒钱收上来后都上交给斯特鲁特，数额确实可观，其中一半将按时付给巴兹，巴兹已经把取酒这个差事交给C连的一个士兵，他在斯特鲁特的命令下专门负责取运这份差事。此时，正有四箱非法烈酒被安放在食堂大帐篷角落的防水帆布下，表面完全看不见。

想到晚上有烈酒，就足以帮助一些人度过又一个漫长的白天。还有些人就没那么容易被安抚了。

凯西·戴维斯凝视着这片辽阔平坦的土地，看着一大群挥舞着铁锹和镐头的士兵。数百名士兵在清理土地，砍伐树桩，撬出地上的岩石，挖出一丛丛耐寒灌木。他把全身重量都压在镐柄上，和其他人一样，身上的浅卡其色衬衫被汗水浸透。他觉得这种景象令人作呕。他想："看看我们，这和100年前在南方种植园里干活儿有什么区别？我们就是黑奴，部队只把我们当奴隶。"

所有士兵都很生气，凯西的怒气尤甚。他现在正竭尽全力地煽动战友。他想造反。

他一直都是个煽动者，从一开始，从他第一次意识到自己幻想破灭的那一刻起，他就一直在煽动大家。也许他是生自己的气，气自己过于天真愚蠢，愚蠢到居然还奢求能有所不同。

"参军是为了打仗，却不能带枪。"和战友们一起用锄头、斧头和铁锹干活儿时，他经常这样吼叫："我们应该管这些工具叫武器，是吗？我告诉你，这些都是奴隶的工具。那些混蛋把我们叫作非战斗营，我们到这里不是来打仗的，我们只是来干些狗屎的活儿，免得脏了白人士兵的手。"

俱乐部关闭的几天后，他的言语愈加激进，目的是进一步激怒战友们。

"不许打架，不许做爱，"他咆哮道，英俊的脸因痛苦而扭曲。他一直为正义而战，甚至贝蒂也成了他权利被剥夺的象征。“该死，进城给自己买瓶啤酒都不行，部队就是这样子对我们的。在那些混蛋眼里，我们根本就不是人。”

此时，所有的士兵都有同样的感受。即使是那些早就在国内习惯了被剥夺平等权利的人，也没想过自己的自由会这样被完全限制。禁止进城，现在禁止他们有自己的俱乐部。男人需要娱乐，尤其是像他们这样辛苦干活儿的男人。

但今天，对凯西来说，事情有戏剧性变化。就在他们准备动身去工地时，鲁普向凯西低声透露了一个消息，凯西的计划就变了。鲁普告诉他，现在看来，安东尼·希尔的死显然无法昭雪，查克·马克斯韦尔不会受到惩罚。凯西现在只想着一件事，唯一的一件事。箭已上弦，他要报仇。

那天清早，塞缪尔把鲁普叫到C连连部帐篷。四名中尉排指挥官都不在，都去当值了。查克·马克斯韦尔一拿好文件离开，塞缪尔就派年轻的珀西·欧文把鲁普叫到帐篷。他们俩一到，塞缪尔甚至都不在乎珀西·欧文坐在角落的小桌子那里是否会听到他说的内容。塞缪尔想要惩罚自己的失败，他要承认自己拿着那本残破的书与查克对质的失败。他不能让鲁珀特·巴雷特继续带着渺茫的期望，这不公平。

“对不起，下士，”他最后说，“我让你和列兵戴维斯失望了。你给我的那本书现在没用了。马克斯韦尔完美地掩盖了痕迹。”这一次，在简短的陈述中，塞缪尔说出了之前他一直回避的名字。“恐怕我们无能为力。”

他说话声音很轻，珀西·欧文几乎听不到，也不懂他们在讲什么。年轻的列兵竖起耳朵听，听到他们每每谈到马克斯韦尔，都是直呼其名，没有在前面加上军衔。珀西想，这在黑人士兵和白人指挥官之间太不一般了。

一整天，这件事都在困扰着塞缪尔·罗宾逊、鲁珀特·巴雷特和凯西·戴维斯三个人。查克·马克斯韦尔确实已逃脱了谋杀的罪名，他们对此无能为力。

凯西决定利用这个消息进一步煽动士兵，让他们造反。他开始四处散布谣言，从大个子阿莫斯·科尔和另外两个安特的舍友入手。阿莫斯和朋友们都和凯西在一个工作小组，凯西很容易就能走到他们干活的地方，即使有斯特鲁特·斯托尔斯监视，只要他不停地挥舞镐头，就不会出什么岔子。

“你还记得你把安特的那本书给了鲁普吗？”并肩干活儿时，凯西对阿莫斯低声说。

“我当然知道，”大个子回答说。

“我们知道是谁把它撕成两半。”

“真的吗？那是谁？”

“他妈的查克·马克斯韦尔上尉。”

“啊！”阿莫斯高高举起镐头砸到地上，撬起一块大石头。“肯定是，就他那乡巴佬能干出这种坏事儿来。”

“对。”凯西握着镐干活，但没有阿莫斯那么卖力。“就是马克斯韦尔把书撕成两半。”为了达到更好的效果，凯西停顿了一下，又拿着镐干起来，说道：“然后他杀了安特。”

大个子突然停了下来。他个头高大挺拔，身高足足有6.5英尺。他直视凯西。“你在说什么？”他问。

凯西不得不仰起头，直视他的目光。“我说马克斯韦尔谋杀了安特。记住，我们没有证据，但我们知道这是事实，我发誓这是真相。”

“你们两个懒鬼快点干活。”远处传来斯托尔斯的声音。“你们不是来这儿聊天的！”

阿莫斯和凯西闻声继续干活，但还在小声地讨论着。

“我们觉得他也参与了这件事，”凯西朝斯托尔斯那边歪了歪脑袋，补充道。“我们认为是斯托尔斯抛的尸，把整件事伪装成意外。

“嗯，有道理，”阿莫斯表示同意，“那个黑人人渣只要马克斯韦尔发话，就会乖乖照做。”

“就像我说的，我们没有证据，但要把这个消息传下去，”凯西说，“告诉大家安特的死不是意外，是马克斯韦尔谋杀的。大家有权知道真相。”

“肯定是他们，凯西，肯定他妈的是他们。别担心，我和大家伙儿会把消息传出去的。”

大个子阿莫斯·科尔现在表情严肃、脚步坚定地朝离他几步远的帐篷走去，他同住的兄弟们都在那儿。凯西感到很满意，轮子已成功开始运转。

接下来的两天正如凯西所预料的。到星期五早晨，消息已经悄悄地传遍了整个营地，士兵们不再谈论别的事情。就像私下讨论俱乐部关闭、自由被剥夺一样，士兵们也在热烈地讨论安东尼·希尔被查克·马克斯韦尔谋杀这个话题。事实上，这些话题现在已经交织在一起，成了同一个话题，士兵们的怒气似乎每时每刻都在积聚。

士兵们都很小心，不让其他人知道他们在说什么，但鲁珀特·巴雷特还是听到了传言。士兵们对鲁普不那么戒备。鲁普的资历比他们高，但似乎总是他们中的一员。周五清晨，他在食堂帐篷碰到凯西。

“和你说句话，凯西，”鲁普尽可能说得轻松，同时他用力把凯西从排队吃早餐的队伍中拉出来。

“嘿……”凯西想挣脱，但鲁普没心情，现在他们离其他人足足有十码远。

“是你传出来的说马克斯韦尔杀死了安特吗?”鲁普生气地低声说。

“这他妈又不是什么谣言,”凯西生气地回嘴说,“这你也知道。”

“但没有证据,”鲁普压着怒火,坚持给年轻的朋友讲道理。“我们不能将他绳之以法,凯西,你知道的。你只会给自己和其他人带来麻烦。你在煽动他们,你看不出来吗?”

凯西想说:“我当然看得出来,不然你觉得我做这些都是为什么?”但他没说。他想说:“去他妈的正义,鲁普。如果正义不能伸张,我们就报仇。”但他没说。如果他想造反,也不能把鲁珀特·巴雷特牵扯进来,那对他不公平。鲁普是职业军人,一个正直的人。稍有牵连就会葬送他的前程。

“我现在只能排在队尾了。”他不高兴地说,指了指食堂那条蜿蜒曲折排着的长队。

和其他白人军官一样,塞缪尔完全没有听到周围的传言。任何悄悄话都不会传到白人耳中,但所有人都能感觉到,沮丧与不快的情绪充斥着整个营地。

谁又能责怪他们呢,塞缪尔想。他看着士兵们结束了漫长的一天工作后步行回来,还有一些士兵从更远的地方乘卡车回来，所有人都垂头丧气，疲惫不堪，神情呆滞。见鬼，谁能责怪他们呢，他们被当成动物一样对待，当然不开心。

塞缪尔也同样感到不快，他无法改变士兵们的处境，无力感吞噬了他。俱乐部没有关门就好了，他想。俱乐部是解决的办法，俱乐部能解决一切问题。可他越想俱乐部的事，就越生气。他咒骂当地人，咒骂军队，咒骂澳大利亚的种族政策，但他更是咒骂自己。他的愤怒变成内疚，咒骂自己的一无是处。他辜负了手下，他想揭发查克·马克斯韦尔的尝试也失败了，他更是辜负了阿米莉亚·桑德森，辜负了她的信任。

就在他想着自己的一无是处时，他突然想到，也许他并不是没有能力挽回，至少得试一试。他决定当晚进城，请求阿米莉亚·桑德森的原谅。

干活儿的人饿得早，晚餐总是很早就开始了，他没有吃晚饭，在日暮时分，趁着天还亮，就离开了营地。

饭后，在士兵帐篷里，士兵们开始进行严肃的事情——酗酒。这天是星期五，正常情况下，他们晚上可能会去镇上消磨时光，喝杯酒，或去妓院，或是跳跳舞、听听音乐。今天这个特殊的夜晚，他们要喝巴兹·泰勒提供的酒，喝得酩酊大醉。没人在乎谁是中间人，也没人过问，他们只要付钱，感谢有机会能喝到烈性酒。巴兹的酒还真够猛。

阿莫斯·科尔在痛饮了半杯呛人的廉价粗制威士忌后，说，“每分钱都值”。

“还好，”伯尼回答说。他和阿莫斯同住，22岁，来自芝加哥，个子比大多数士兵都小，但在营地里很混得开，也很健壮。“那家伙肯定把我们坑得够呛。我们付的钱是那天晚上在俱乐部的两倍。”

“所以呢？”大个子漫不经心地耸了耸肩。“我们还能把钱花在什么地方？”

其他人都表示赞同。是的，阿莫斯是对的。他们喝酒是发泄不满，不是为了寻欢作乐，只不过是无事可做。

威利对朗姆酒很感兴趣，是别人告诉他们是朗姆酒，瓶子没有贴标签。酒很黏稠、深褐色、甜甜的。他第一口就差点噎住。威利不习惯喝烈性酒。凯西一直在劝他喝，威利很快就得出结论，酒还没那么差。

没有人知道巴兹·泰勒的酒是从哪里来的，它确实达到了预期的效果。士兵们分分秒秒都在如痴如醉。

阿米莉亚在厨房忙着准备沏茶，她灌满水壶，放在炉子上，将茶壶连同保暖罩、杯子和碟子、茶匙、糖、牛奶一起从柜子里拿出来放在桌上，从头到尾都避免与塞缪尔对视。

他到前门时，她简直不敢相信，他竟没用钥匙，而是按了门铃。

“我能进来吗?”他说。

“当然可以。”她回答道。她避开与他眼神接触，把门敞开，以为他是来收拾东西。

她关上门，他没有回自己的房间，而是耐心地在门厅等着，像是个客人，仿佛这根本不是他的正式住所。

“能喝杯茶吗?”他问，这又让她吃了一惊。毕竟美军在这里为他支付了房租，他和她都可以使用厨房。“如果你肯赏光的话。”他在她犹豫时补充道，她意识到他是在邀请她一起喝茶。

“当然可以。”她又说了一遍，然后在前面引路，穿过走廊来到厨房。

她自己忙碌着，竭力避免与他有任何目光接触，不知道自己究竟要说些什么来表示歉意。真是太丢人了。

“为什么他只是站在那里看着我，”她想，“为什么他就不能谈谈天气或别的什么？当然，我们要是继续保持正常关系，他至少可以善意地假装周二晚上什么都没发生。”

突然间……

“对不起，阿米莉亚，”塞缪尔说。“我无法告诉你我有多自责，请你原谅我……”

他向她道歉？为什么？这是她第一次与他目光对视，她说不出话来，她惊呆了。

塞缪尔感到比以往都内疚。她看起来很困惑，有些无助。“我逾越了，”他说，“我只是想安慰你，真的，我的行为不当，我真诚地向你道歉。”

“你向我道歉，”她想，“那天晚上是你一直在安慰我，塞缪尔。你在安慰我，而我却表现得厚颜无耻。天哪，我像个发情的母狗，”一想起这事儿她就浑身战栗，“你为什么觉得自己要道歉呢？”

他的道歉似乎让她更加困惑，塞缪尔觉得要说下去。“你是我的朋友，而我背叛了你的信任，阿米莉亚，”他说。“你很脆弱，你一个人住，我侵犯了你的隐私……”他结结巴巴地说着，而她非常奇怪地看着他。“我不应该表现得这样亲密，”他说，“这是我的过错。你是有夫之妇，你有丈夫……”

“我没有丈夫，我是寡妇。我丈夫死了。”她是哪里来的勇气，能对他这么严厉地喊出这些话来？她居然能把几个月来她自己一直否认的真相大声说出来？多少个不眠之夜她都在对这事反复分析，寻找某种借口，至少为她那可怕的行为找到某种解释，她不希望受到庇护。她也不需要他的同情。他真的认为她的行为是正当的吗？

他认为她是一个可怜、孤独、没有丈夫的女人，难道他觉得这样一个女人想献出自己的身体是情有可原的吗？他的道歉不仅显得高人一等，而且是最卑鄙的侮辱。

壶里的水烧开了。她把水倒进茶壶，晃了晃，然后把水倒进水槽。

塞缪尔看着她把几勺茶从罐里舀到温热的壶里，不知道自己该说些什么才好。最终，他说："我很抱歉，阿米莉亚，"看着她往茶壶里倒水，继续熟练地沏着茶。"我不知道……我不知道你丈夫的事情。我想……"他停了一下。他不知道自己在想什么。塞缪尔从来没听她提起过自己的丈夫，只是从别人口中得知她丈夫是名士兵。

"是的，"她轻快地说，把保暖罩放在茶壶上，然后把茶壶端到桌上。新加坡沦陷，他在三个多月前在行动中失踪。她的语气再次听上去异常刺耳，连她自己都感到惊讶。"所以现在当然可以推定说他已经死了。"

她把茶壶晃了三次，让茶继续冲泡，然后拿起装司康饼的饼干盒、配盘、一些黄油和果酱。

"我猜你喝茶时会吃司康饼吧？"她问道，把所有的东西都摆在桌上。

"是的，最好不过了，谢谢。"他说。

"好的。"她坐了下来。"塞缪尔，请坐吧。"她边说边拿起罐子往外倒。

阿米莉亚又有了信心，她控制住了局面，一切又恢复平静。他们现在可以把周二晚上的事儿抛到脑后了。

在营地，情况开始有点失控。巴兹的酒发挥了魔力，士兵们开始说话声音更响、胆子更大，一些人开始不守规矩，另一些人只想开个晚会。

“来吧，凯西，”几个人催促道，“给我们唱支歌吧。”

“是啊，”一个士兵开始弹吉他，“来吧，兄弟。”

另一个士兵从口袋里拿出口琴。“咱们去把鲁普弄过来，搞个真正的晚会。”他说。鲁普和其他军官一起住在军士帐篷，他是他们中最好的吉他手，经常和士兵们晚上一起唱歌。

“不，”凯西立即说。“别去找鲁普，别疯了！”

他们都还清醒，他们所有人意识到了危险。鲁普在士兵中很受欢迎，但他毕竟还是个下士，发现他们喝酒了，他就得报告。

“好吧，好吧，”那个拿着口琴的士兵立刻退缩了，“那你就给我们唱首歌吧，凯西。”

凯西满脑子里都想着叛乱，没有心情唱歌。他还是不情愿唱了一首鼓舞人心的《静静的河流》，他知道大家都会唱，还会一边开心地喝酒一边跟着唱。还不到七点钟，他有足够的时间来鼓动大家做点儿什么。他知道，还有许多人跟他一样十分愤怒，渴望找点儿麻烦。只要再喝多点儿就行了。

事实证明，只需多喝几杯酒就可以了。老实说，只要再多唱几首歌就能瞬间改变士兵们的情绪。

在军官食堂的帐篷，C连的斯坦利·哈特福德中尉和排指挥官托马斯·伍兹（大家亲切地称他为“伍德西”）巡视完营地回来。斯坦利和伍德西都不想破坏士兵们的兴致，但两个勤奋的年轻人都觉得有义务向上级军官进行报告。

“我觉得士兵们喝醉了，长官。”斯坦利对马克斯韦尔上尉说，伍德西肯定地点了点头。

“我们认为可能士兵中有人给他们提供酒水。”

A连的米克·欧布莱恩上尉幽默地哼了一声，他是位和蔼可亲的爱尔兰裔美国人，来自洛杉矶。“我觉得他们听起来挺高兴的，”他说，“天哪，这些可怜的混蛋真没什么可唱的。真不知道他们从哪儿弄来的酒。”

他们都能听到粗犷的《露露回到镇上》在营地里高亢清晰地回荡。士兵们确实听上去已经醉了。

其他九名军官坐在几张桌旁玩牌，他们自己也在喝酒，看上去同样泰然自若。查克·马克斯韦尔没有喝，他立刻站了起来。

“你见到酒水供应的迹象了吗?”他问斯坦利。

“好吧，嗯……”考虑到其他人，特别是A连两位指挥官的友好，斯坦利和伍德西都不想提起这个话题，但又不打算撒谎。“是的，长官。”斯坦利说，伍德西又点头表示肯定。“我们看到了他们在传奇怪的瓶子。”

“这就对了。”查克手里拿着手枪，大步走向帐篷口。“中尉，跟我来。”他命令道，又对伍德西说：“你也来，我们要把这些黑鬼彻底找出来。我不能容忍这种蠢事。”

“等一下，马克斯韦尔，”米克·欧布莱恩站了起来，叫住了他，“我们还是要和平处理此事。”

米克不赞成马克斯韦尔的敌对态度，也不认可马克斯韦尔这个人。A连的指挥官，他的同僚比夫·贝克也不认可他，他们都不明白为什么查克·马克斯韦尔这样的人一开始就能被任命到现在的职位。他们也都很同情塞缪尔·罗宾逊，因为他们要一起共事。

“当然，当然，”米克态度轻松地接着说，“我们需要解决问题，不能让小伙子们在营地喝酒，但没有必要再激怒他们。让我们来面对现实，他们最近已经有一堆乱七八糟的麻烦事儿了。”

一堆乱七八糟的麻烦事儿？查克简直不敢相信这话

是从一个白人嘴里说出来的。“那些人是在制造麻烦。”他带着一种优越感冷笑说，他认为欧布莱恩又是一个不了解黑人心理无知的北方人。“那些人正在制造麻烦，”他一本正经地重复道，只是为了让大家明白这点，“事情马上就会变得更糟糕，我现在就可以告诉你。黑鬼和酒是不能搞到一起的。”

“是的，是的，我相信你有道理，让我们一起解决这个问题，尽可能和平地解决。”米克朝同僚使了使眼色，他和比夫·贝克都不希望自己的士兵挨查克·马克斯韦尔的骂。

米克要自己的两名中尉陪着他，然后和查克一行共六人离开了帐篷。这让查克很懊恼，他更想自己一个人去面对那些士兵。

他们到了士兵大帐篷，士兵们正声嘶力竭在唱《乞丐米妮》，拍手声和木桌上锡杯的敲击声几乎淹没了仅有的几把吉他和口琴声。

嗨-得-嗨-得-嗨-得-嚯……士兵们醉醺醺地左右摇晃着，用拟声唱法尖声唱着。

显然没有人注意到，两名上尉在下级军官的护卫下，站在离敞开的帐篷不到十几码的地方看着这一情景。对军官们来说，似乎有点奇怪。

查克想：“显然，就算这些喝醉的黑鬼看见我们，他们也根本不在乎。”不管怎样，这景象着实让他非常恼火。“他们至少应该怀有敬畏，对吧？但居然没有，他们太他妈的蠢了。营地的灯亮如白昼，要是有人看见我们就站在这里，他们为什么没被吓得屁滚尿流呢？”

军官们在那里站了好一会儿，对斯坦利、伍德西和另外两名中尉来说，时间似乎很漫长。他们也想知道为什么那些人没有察觉到他们在那里。

米克·欧布莱恩知道，一些尚在清醒的人早就看到他们了，但他们却没有通知身边的朋友。“他们应该在宣告着什么，”他想，“这有点令人担心。我们得小心。等他们唱完歌就会注意到我们了。”他从枪套里抽出手枪，朝马克斯韦尔看了一眼，查克向他点了点头，米克认为他得到了马克斯韦尔的认可。

米克·欧布莱恩上尉的判断是正确的，许多人都意识到了他们的到来。军官们一来，凯西就看到他们了。一些士兵也看到了，但他们只是把嗓门儿提得更高，碰杯更加用力，以此来蔑视权威。士兵们的态度让凯西得到极大的满足。

这首歌唱罢，士兵们发出一阵喧闹的掌声。杯子重新斟满，大家大声要求凯西领他们再唱一首。

接着，喧闹声中响起两声枪响。

大家立刻安静下来，目光全都转向马克斯韦尔和欧布莱恩两位上尉，两人把枪高举过头。

米克·欧布莱恩把枪放入枪套。他不想以咄咄逼人的方式引起注意，但无论如何，警告还是有必要的。他上前对士兵训话。

“你们违反了《美国陆军常备令》有关持有和消费酒精的规定，”他宣布道，“现在，在事态失控前……”

此时，马克斯韦尔仍高举着手枪，冲了过来，说道：“下一枪打的不再是这儿。”他伸直手臂，把枪放低，枪口直接对准人群最密集的地方。“而是我瞄准的地方，明白吗？还有第二枪、第三枪，把帐篷里所有的黑鬼都杀了我也不在乎。你们这些人渣不服从部队命令，在我这儿就是兵变。”查克笑了笑，现在他已经吸引了所有人的注意力，他很得意。“当然，就连你们这些黑鬼也明白，造反会被枪毙。我很愿意成为行刑队的一员。”

兵变？米克·欧布莱恩吃了一惊。这种情况根本算不上兵变。这人有必要这么夸张吗？他认为查克的威胁是不必要的挑衅，甚至是煽动，但他不得不承认，这似乎达到了预期的效果。许多士兵显然被他的警告吓住了，大部分士兵看起来仍然不服，但局势已经被控制住。

米克·欧布莱恩缓和了讲话的语气，但态度仍然严厉，他意识到自己和查克应当是一个阵营。

“我们要没收你们的酒，”他命令道，马克斯韦尔的手枪仍然一动不动地指着人群，他真希望他能把枪放下。“好，现在把酒放在桌上，准备收走。”接着是一阵短暂的沉默。“马上，”他补充道，就在士兵们把瓶子堆到桌上后，他发现帐篷四周还塞着几个箱子，又补充道，“我是说你们所有的酒。”

他和查克向中尉们点了点头，示意他们行动。

“把酒收了。”查克命令斯坦利和伍德西，他们都松了口气。他俩都祈祷马克斯韦尔不会以组建行刑队为借口命令他们向那些士兵开枪。

四名中尉走到士兵中间，把他们能找到的瓶子都没收了，放回箱子里。查克的手枪始终对着士兵们。

“我会把你们每个人都上报，”他宣布，“你们会受到惩罚，美国军队不会容忍任何形式的反叛行为，尤其是你们这样的黑鬼。你们这些家伙必须认清自己的位置，听到了吗？”

中尉们找到三个板条箱，里面还有一些空的、剩一半多的和未开封的瓶子，并把箱子放在两个上尉前面的地上。米克·欧布莱恩正要命令把箱子拿走，查克·马克斯韦尔又先开了口。

“把瓶里的酒倒掉，”他命令斯坦利和伍德西，“马上就在这儿把瓶子里的酒倒掉。”

米克·欧布莱恩别无选择，只能命令自己的中尉照做，他不能和同僚唱反调。他站在旁边，看着瓶里的酒源源不断地倒在地上，一次四瓶。士兵们也看着这些酒汩汩地流进干涸的土地，怨恨显而易见。

“马克斯韦尔真他妈是个蠢货，”米克想，“这只会让局势更不稳定。”

查克却并不这么认为。他们列队返回军官帐篷，查克·马克斯韦尔对他处理这件事的方式非常满意，觉得自己把本来很容易失控的事情控制住了。他想：“若不是这么处理，后面肯定会有麻烦。”父亲说过：“管理军队的第一条守则就是绝不让黑鬼喝烈酒。”他为自己完美地“把麻烦扼杀在摇篮里”而感到庆幸。

查克·马克斯韦尔却在不知不觉中制造了一堆他自己无法理解的麻烦。

“这家伙想要一场兵变，”大个子阿莫斯·科尔咆哮道，“那就给他来场兵变。”

“是啊，如他所愿好了，”他的室友伯尼同意道，“就是那个混蛋杀了安特。他一旦有机会，会把我们都杀掉。”

许多人打起退堂鼓，准备就此打住，但确有一些人在嘟囔着造反。

“他偷了我们的酒……”

“去他妈的《美国陆军常备令》，我们可是花了不少钱买那个……”

“他没有权利……”

他们的反应让凯西很高兴。他不需要播撒造反的种子，查克·马克斯韦尔已成功地帮了他一把。老实说，查克·马克斯韦尔可能是在自掘坟墓。凯西当然希望如此。

“喝光，威利。”他说。威利又喝了半杯朗姆酒。其他许多人又喝了起来。军官们没有把杯子收走，他们不知道帐篷角落里的油布下面还藏着整整一箱烈酒。士兵们抠出新的酒瓶，又把锡杯倒满，继续杯酒解怨。他们越喝，反抗的欲望就越强烈。

中士和下士们住的帐篷比军官们住的地方离士兵们更近些，军士们也能猜得出士兵们喝酒了。当然，斯托尔斯和他的四个下士从一开始就知道，他们比白人指挥官从巡逻的中尉那里得到通知要早得多。军士们从士兵喧闹的歌声里就知道他们喝醉了。中士和下士都非常清楚，没什么能让他们的黑人兄弟高兴的了。

军士们知道这些酒一定是巴兹·泰勒提供的。有人议论着士兵是怎么弄到这些酒的，但大家都没太在乎。他们大多希望士兵们开心，他们知道这么热闹的场面不会持续太久。

军士长斯特鲁特·斯托尔斯是在场的24个军官中等级最高的，他一点也不担心自己会受到牵连，但他心里还是咒骂那些士兵。“蠢鬼，”他想，“他妈的喝得这么醉，这么大声，酒还没喝一半就他妈让人拿走了。好吧，这不关我的事，也不是我的错。”斯特鲁特一点也不担心，他已经赚到钱了，这才是最重要的。

“好吧，我想就是瞎胡闹。”他说。此时响起了枪声，他们在帐篷里看到长官们捡起酒瓶，把酒倒到地上。“很愉快，时间却短了点儿。”

尽管鲁普讨厌斯托尔斯，他也一直在想着同样的问题。他想，这些人闹这样一出儿戏，真是蠢到家了。他突然想到，也许这就是他们想要的，至少一些人是这样想的，他们也许是在表达诉求。

酒被没收后，问题就来了。事情远未得到解决，甚至变得更糟糕。当然了，喧闹的歌声已经停止，但士兵们的声音还是那么大，甚至更大，现在可以听到他们的喧闹声。有玻璃瓶砸在帐篷柱子上的破碎声，还有愤怒的抗议。一瓶瓶酒洒在地上，珍贵的烈酒被挥霍浪费。混战发生了，一些士兵开始选择站队。“要斗争，斗争！”他们喊着，互相怂恿着。

很明显，他们越来越不清醒了。

士官们决定让A连的里德中士和鲁普带着另外两名下士去看看那些士兵，跟他们讲讲道理。斯托尔斯觉得是个好主意，但他自己不打算去，这种情况下去可能有点冒险。他知道自己不受士兵们待见，考虑到自己的资历，他觉得自己最好不去，去了可能会更加激怒他们。

“你最合适，巴雷特，”他说，“士兵们都喜欢你。”他的声音里掺杂着讽刺，而不是赞扬。“他们就是喜欢你这种软耳朵的大哥哥。你可以带上你的吉他。”

鲁普不屑一顾地跟着里德和其他下士走了出去。

他们到了士兵们的帐篷，里德中士命令士兵们遵守秩序，他是一个严厉但受人尊敬的军官。

“你们得马上住手。”里德喊道，声音大得整个阅兵场都听得到。

士兵们听得很清楚，但是他那发号施令的神气没有像往常有震慑力。他们仍旧不停地喝酒，互相推搡，嘲笑士官们的权威。他们似乎真的一点儿也不在乎。

“你们真是酗酒无度，”里德喊道，“所有人到此为止！解散，回自己的帐篷。”

一个年轻士兵回答了他，声音也像里德那样洪亮清晰，大胆而富有挑战性。“你也来没收我们的酒，是吗，中士?”

列兵凯西·戴维斯站在人群的最前面，一动不动，挑衅地看着士官们。和他并肩站着，摆着同样架势的，是支持他的大个子阿莫斯·科尔。

“我是来跟你讲道理的，孩子。”里德直接招呼小凯西，看到这两个领头的都是C连士兵，他向鲁珀特·巴雷特点点头，说："交给你了。"

鲁普走上前去。要是有谁能说服凯西的话，那就是他。"好啦，凯西，"他内心在祈祷，"是我，伙计，鲁普，你们得停下来，你知道你能停下来。听我说，伙计，请听我说。"他看向凯西，用眼神向他传递着信息。他能看出凯西并没理会。凯西那双碧绿的眼睛，平日里是那么充满生气，现在却蒙上一层阴影。"可能是酒精，但不，"鲁普想，"还有别的更强烈的东西。"然后他意识到他看到的是一场凶残的复仇。

"哦，天哪，"他想，"这就是这孩子一直的计划。他一直在煽动士兵们——我怎么就没看出来呢？"

"你们得停下来，凯西。"他平静地说，目光迅速扫视了聚集的人群，然后又转向凯西，希望他能听进去。"你们必须停止这一切，你知道你可以的。"

"太晚了。"凯西的声音和眼睛一样毫无生气。

他身后，士兵们还在不停地喝酒。

里德中士和巴雷特下士把情况向指挥官们做了报告。

"我们很快会有麻烦，长官，"里德对马克斯韦尔和欧布莱恩两名上尉说。"巴雷特下士和我试图与士兵们沟通，都没有成功。士兵们还有很多酒，他们不想停下来。”

他接着让巴雷特下士继续说，带头的是C连士兵，显然他都熟悉。

鲁普也向两位上尉报告，主要向欧布莱恩报告，他对查克·马克斯韦尔视而不见，尽管查克是自己的指挥官。

他说：“长官，士兵们肯定是喝醉了，神志不清。正常来说，最好让他们彻底忘掉这件事，睡一觉，第二天早上再解决这个问题……”

他没理睬马克斯韦尔鼻子发出的嘲弄声，依旧专心地只对欧布莱恩汇报。“我确实相信事态的严重性已超出醉酒和混乱的程度，”他接着说，“有发生暴乱的可能。”

“我同意你的看法，下士，”欧布莱恩说，“我们已采取了预防措施，已向总部进行报告。”

他瞥了马克斯韦尔一眼，从两位白人军官的反应来看，鲁普推断他们之间发生了口角。

“我也同意，”欧布莱恩接着说，“正常情况下，让他们喝得烂醉如泥，早上再收拾这一团乱麻，也许是个好主意。现在大家都喝醉了，不是正常状态，事态如果继续恶化，我们人手太少了。”

把酒倒在地上明显激怒了士兵们。回到帐篷后，欧布莱恩对查克·马克斯韦尔也说了同样的话。

“你知道自己是在煽动一场暴乱吗?”他在比夫·贝克上尉面前，对下级军官发出嘶嘶的声音说。“你也知道，那些士兵要是想惹麻烦，我们人太少，控制不了他们。”

查克的反应是典型的傲慢和不屑。“胡说,”他嘲笑道，“他们知道自己的顶头上司是谁，他们会鬼哭狼嚎一阵子，他们终究还是黑鬼，人家让他们干什么，他们就得干什么。”

白人军官和士官们一样认为事情根本没有解决，他们认为查克错估了形势，查克仍坚决主张继续对峙。然而，军官们很快就把他的声音压了下去，这一次，他们没有费神地进行遮掩，中尉们毫不掩饰对他的鄙视。

“看在上帝的份上，伙计，随它去吧,”比夫·贝克咆哮道，“这些家伙是士兵，不是什么该死的棉花种植园的奴隶。”比夫甚至不太了解查克的背景，也不知道他离真相有多近。不过，看查克的态度，他确实很想知道，是哪个白痴让他来指挥黑人工程兵部队的。

米克·欧布莱恩快速地说，“我们得通知总部。”他连招呼都懒得跟马克斯韦尔打一声。“无线电报告汉克·亨利。”他命令副官。

现在，据士官们的现场观察和收到的报告，欧布莱恩更加确信自己采取了正确的行动。里德和巴雷特等士官们非常了解自己的部下，若非情况特殊，他们不会拉响警报。

“确实过头了，下士，”他说，“我可以向你保证，宪兵司令已经接到通知。必要的话，一组宪兵会尽快赶来支持，少校正安排进一步的预防措施，以防意外发生。”

汉克·亨利确实没有冒险。他已提前告知驻扎在路易莎山的澳大利亚第51团指挥官，尽管不太有可能，但也要做好应对暴乱的准备。

“我想我们现在所做的，”欧布莱恩总结道，“就是在玩等待游戏。”“但愿，”他笑着对鲁普说，“希望他们都喝得烂醉如泥，醉得不省人事，然后在宿醉中醒来。”

“是的，长官，”鲁普点头，“这是最理想的结果。”

鲁普和里德中士走出帐篷，忧心忡忡，结果不会这么简单。他们都是这样认为的。鲁普心想，“接下来会有一大堆麻烦。”

他真希望塞缪尔·罗宾逊在营地。塞缪尔·罗宾逊上尉是唯一真正有同情心的白人军官，他建立了黑人军人俱乐部，了解士兵的需求和他们不可剥夺的权利。

罗宾逊上尉可能是唯一能够管理好士兵的白人军官，尤其是那些被小凯西·戴维斯煽动起来的C连士兵。

但塞缪尔·罗宾逊长官在别处，他已不知不觉地完全卷进了另一个问题之中。

第十三章

“这是我第一次承认马丁死了，”阿米莉亚说。

他们现在的交谈更亲密了些。塞缪尔对她做的司康饼夸赞了一番，称赞她的烘焙技术，阿米莉亚为没有给果酱配上鲜奶油而道歉，她自己也改变了说话的语气。

“坦白地讲，把这些说出来是一种解脱，”她说，“我当然知道他已经不在人世有一阵子了，但是‘在行动中失踪’这个词太隐晦，不是吗?”她说话时没有感情用事，而是心平气和，她自己对此也很吃惊。“这个用语不清不楚，有种可怕的灰色阴影，让人饱受折磨。”

“是这样，”塞缪尔同样直言不讳地说，“我认为，得知心爱的人走了比得知他在行动中失踪要好得多。”

“正是。另一个事实是，没有目击者，我会花很多时间去想自己的丈夫是否遭受了很多痛苦。我希望此事快点了结，但还是忍不住……”她突然停了下来。他怜惜地看着她，目光里露出深切的关心，而她却根本不是在寻求同情。

她只是大声说出了自己的想法，这些话她从未跟任何人说过。坦白地说，她觉得说出来让自己得到了解脱，但她不想让他误解，不想让他以为自己是为了博取同情。

“好吧，”她微笑着说，“有那么多女人都在遭受不幸，我敢说，许多人还在面临同样的命运。妻子、母亲、女儿、姐妹……”她摇了摇头。“战争太可怕了，不是吗？”她没有给他回答的时间，接着说，“想再来杯茶吗？”

“好，非常愿意。谢谢你，阿米莉亚。”

他把茶杯和盘递给她。她接的时候，两人的手指无意中碰了一下。肌肤刹那间的触碰，足以完全破坏她刚刚获得的自信。

阿米莉亚拿起茶壶，手有些颤抖地倒着茶。就在那一瞬间，她意识到，只需碰一下他的手指，自己就无法把星期二晚上的事抛在脑后。

士兵们很快不满足于这么喝酒了，带头闹事儿的人想换换环境。大个子阿莫斯·科尔也已经喝得酩酊大醉。

“就是狗尿，”他说，直接对着瓶子喝光最后一点劣质威士忌，然后把瓶子扔到地上，与其他几个空瓶子碰在一起。“我们进城去买几杯真正的酒，你说呢？”

“对，就该这么做。”矮小强悍的伯尼挥舞着拳头，露出挑衅的姿态。“任何人都阻止不了我们。为了以防万一，我们还可以从军械库里弄些武器，让他们知道我们是认真的。”

“不错，”大个子阿莫斯赞同道，他转向其他人，把他们都叫醒，“谁想去，嗯？”

有几个人点点头，立刻举起了手。阿莫斯·科尔有着和他身材一样高大的大嗓门儿，是个天生的领袖。

“算上我，”凯西说，好像这并不是他一开始就计划好的。“威利，准备好了吗？”

“当然，凯西。”威利喝多了，根本不知道自己要去干什么，其他人多数可能也都这样。威利很乐意追随凯西。凯西是他的好朋友。

举手的人越来越多，他们也在鼓动着同伴，呼吁一起行动起来。人越来越多，接下来他们商定，去军械库。

士兵们义愤填膺，他们坚持嘟囔着要反抗，部分还没喝得烂醉或者至少还能意识到有危险的士兵已经撤回自己的帐篷，退出了这场注定会导致灾难的行动。

那些一心想造反的人已无法阻止。不到十分钟，就有一百多号人涌向军械库。没人算过，所以没人能确定有多少人。大多数喝得醉醺醺的，有些人出于义愤，确信他们行为正当；一些人加入进来则是出于冒险，他们完全不知道在做什么，他们只想违抗命令，进城去。

但领头的人，尤其是凯西·戴维斯，意志非常坚定。

“劳驾，请你们两个伙计让让，”阿莫斯·科尔对军械库外的两名警卫说，“你们就把门给我们打开。”他说话听上去彬彬有礼，好像一点也没有喝醉。但他确实喝了很多酒，尤其是各种各样烈性酒。大个子阿莫斯·科尔的确醉了。

两个卫兵迟疑地短暂对视了一下。

“我们人多势众，”阿莫斯说，“和你们无冤无仇，也不想伤害你们。”

卫兵放下武器，打开门，退到一旁。

大多数人踌躇不前，像往常一样等待进一步的命令。领头的和十几个爱冒险的士兵走进军械库，挑选他们喜欢的武器。

“去把吉米卡车开来，”阿莫斯吩咐几个士兵道，“我说我们得需要三辆。”

“好的，阿莫斯。”士兵们立即乘双人车离开，前往营地运输区，通用卡车就停放在那里，阿莫斯和其他人在军械库等着。

他们选择了各式武器。许多人选择了M1卡宾枪，这是美国陆军步兵标配步枪，还有些人装备了勃朗宁9毫米手枪，矮小强悍的伯尼选了更令人兴奋的武器。

“看看我给自己拿了什么，”他说着，拿起了一把45口径的汤普森冲锋枪，“我搞了个‘芝加哥钢琴’四联装高射炮。”伯尼挥舞着那把结结实实的机关枪。他知道这是芝加哥黑帮最喜欢的武器。“肯定会把他们吓得屁滚尿流的。”

“不错，伯尼，”大块头阿莫斯说，他自己挑选了一挺机关枪，“我们要表演一下，好好吓吓他们。”我们带着这几样家伙，他们就不会向我们开火了。”

“对，是他妈的好主意，伯尼，”凯西赞同道，尽可能让自己的话听上去比较随意，他也选择了一挺汤普森冲锋枪。

凯西早已打定主意，他拿武器可不是来吓唬人的，也不是为了作秀。他全身的每一根纤维都做好了复仇的准备。

此时，士兵们都已被激怒，即使是那些在军械库外待命的人也按捺不住了。看到战友们全副武装地走出来，他们兴奋不已。妈的，他们要不顾一切地进城去，谁也拦不住他们。

听到卡车的声音传来，看到驶来的卡车，大家的情绪更加激动。吉米牌大卡车在滚滚尘土中停在他们面前，他们发出胜利的欢呼。

士兵们急切地爬上敞开的车斗，抓住车顶的钢架站在那里。通常天气恶劣时，人们会在钢架上盖上帆布。5月22日这个夜晚，尽管冬天即将来临，车上也并没盖帆布，所有人都能看清这些叛乱分子，一些还带着武器。

凯西爬进第一辆卡车，机枪准备就绪。威利站在他身边，手里拿着标准的军用步枪。和其他许多人一样，威利看起来很认真，他不知道自己要拿着步枪做什么，但这并不重要。他们气势汹汹，准备到城里去。

第二辆车上，伯尼自豪地展示着他的“芝加哥钢琴”四联装高射炮，他自告奋勇地当了这辆车的头头。第三辆车由大块头阿莫斯·科尔掌舵，手里也拿着汤普森机枪。最终，其他人也跟着他们上了卡车，景象恐怖。

军官们在帐篷里一直在等待宪兵们的到来，上尉和中尉们一直在说一切似乎变得安静了许多。

士官们的帐篷里，中士和下士们也在议论此刻的沉寂。不远处望去，是士兵们的营帐。大帐篷似乎已经空了一半。难道他们今晚就到此为止了吗?

突然，寂静被卡车的声音和醉醺醺的士兵们胜利的欢呼声所打破。到底发生了什么?

军官们迅速全副武装，从各自的帐篷跑出来，看见一片混乱。

几百码的军械库外，有三辆吉米军用大卡车。车的引擎已启动，开始绕圈，司机们的意图很明显，他们在往那条通往营地外的主路开。还有人在往车上爬，许多人至少看上去是带着武器。

“妈的，他们居然有机关枪。”斯坦利对伍德西说。

“那些兔崽子究竟在搞什么名堂?”米克·欧布莱恩挥动着手枪，生气地喊道，他眼睛里可容不得沙子。“他奶奶的，真是演了一出好戏!”

正常情况下，查克·马克斯韦尔可能会得意地说：“我早告诉过你了。”但就连他也意识到，现在不是说这种话的时候。驶出营地的路上，卡车正好经过军官们的帐篷。要想阻止这些醉醺醺的士兵去寻欢作乐，那就得争分夺秒。

三辆卡车排成一列鱼贯经过士官们的帐篷，和其他士官一起冲到外面的鲁普看到了第一辆车上的凯西，手里端着机枪，准备就绪。

“哦，天哪，不，”他想，“这孩子想造反，他会害死自己的。”

他对着凯西和士兵们大喊，但无济于事，混乱中根本听不到他的声音，卡车驶近军官们的帐篷，军官们拿着武器，严阵以待。

指挥官大声命令停车，中尉们举着步枪站在那里，卡车没有停下来。

米克·欧布莱恩向空中鸣枪警告，比夫·贝克照着做了。查克·马克斯韦尔本想直接瞄准反叛者，虽然他之前表现得很勇敢，但此时他意识到，在这种情况下，打死一两个反叛者可能会给他带来麻烦。此时，他们只是一群四处炫耀、想要开车出去寻找乐子的醉鬼。

他举起手枪，准备鸣枪示警。就在此时，他发现第一辆卡车上的汤普森机枪正对着自己。

凯西一直在聚集的军官中寻找马克斯韦尔。一看到他，他知道该动手了。

行动瞬间发生。机关枪的快速射击打破了黑夜的宁静。马克斯韦尔躲到离他最近的一个人身后，年轻的伍德西挡住了射向马克斯韦尔的一枪，栽倒在地。马克斯韦尔立刻冲进帐篷，机枪的噼啪声紧随其后，每分钟600发到800发的子弹把帐篷布射得粉碎。然后，他跳进帐篷另一侧狭窄的战壕里，雨点般的子弹停了下来。

凯西的心跳加速，肾上腺素激增。他打死那个人了吗？肯定是的，帐篷里的人都活不下来。他为此感到高兴。马克斯韦尔死了，他为安特报了仇。对于现在处于疯狂状态的凯西来说，这是场战争，他一刻也不会为自己的行为感到后悔，也不在意等待他的后果是什么。

他想："真可惜，中尉替他挨了一枪。"他可以看到，那个年轻人还在动，没有死。即便死了又怎样，他对自己说，他就是个战争的牺牲品。为了显示胜利，凯西又用机枪向空中扫射了一通。

他不是唯一开枪的人。汤普森机枪的哒哒声和周围的战斗气氛刺激了其他人，他们不分青红皂白地开枪。他们既不瞄准，也不打算杀人，只是陶醉于显示自己的力量。他们不再是奴隶般的苦力，而是拥有武器的士兵，他们向各个方向一通乱射，丝毫不担心子弹会反弹伤害到自己。尤其是伯尼，他陶醉在他那"芝加哥钢琴"的威力之中。

那些没有武器的士兵，被酒精和当时的极度兴奋冲昏了头脑，大声鼓励战友们继续。卡车驶出营地，朝汤斯维尔驶去，留下一片混乱。

驻扎在路易莎山的澳大利亚第51团指挥官接到警报，立即通知被称为远北昆士兰团的民兵部队不再"待命"，这支年轻的部队主要是为保卫北方而征召的国家现役军人，现在接受命令，准备战斗。但和谁打呢？不是日本人。严阵以待，一直准备抵抗的入侵到目前为止还没有发生，但他们收到的命令是"格杀勿论"。杀谁？答案似乎很疯狂，美国士兵。美国第96工程兵营的士兵，一支驻扎在凯尔索的黑人工程兵营。打死他们！究竟是为什么？

“他们说这是兵变，一场暴乱。他们正往城里来。”

“可我们为什么要打死他们呢？”

“谁知道呢。”

第51团的两个连匆忙部署，封锁进入汤斯维尔的通道，以阻止有武器装备的美国士兵。在指定集合点等待他们到来的还有几支美国宪兵部队。黑人士兵如果不听从命令和平缴械，其行动指令就是确定无疑的“格杀勿论”。

“天啊，是谁想出了‘黑雄鹿行动’这个代号？”开往路障点的路上，列兵弗兰克·米吉利在载着布伦式轻机枪的卡车上询问同伴。他说：“有点不尊重人，你不觉得吗？”他眼睛盯着前方漆黑的道路，道路被运兵车的聚光灯照得诡异。“你想想看，真太他妈的残暴。”

炮手搭档帕迪·沙利文向他保证：“只是想搞笑的军官小丑，可能不是有意冒犯。不管怎样，他们把代号缩短为‘雄鹿’，也没什么伤害。”

又一名队员罗恩·基比说：“是啊，别内疚，米吉利。”米吉利无疑是三人中的头儿。他内心有点柔软，总是关心别人的感受，这也是伙伴们为什么都喜欢他的原因。

“不过‘雄鹿’一词还是有些粗鲁，”米吉利坚持自己的看法，“有点傲慢，不是吗？这是在贬低他们。我在城里遇到过不少这些黑人，真都是好人。”

“他们确实是，”帕迪赞同道，“我得说比那些白人北佬好多了。”

“是啊。”罗恩再次表示同意，这次对帕迪笑了笑，“可惜不是命令我们去枪毙那些白人北佬。”两个年轻人放声大笑。

“你只是嫉妒，那是你的问题。”米吉利说，他不是不高兴，只是在陈述事实。

“所有澳大利亚军人都嫉妒美国佬，这可以理解。天啊，美国佬比我们赚得多多了，但这不是他们的错。”

罗恩和帕迪对视了一下，有时候米吉利只是站在自己的角度考虑问题。米吉利过得也比大多数人都滋润。他来自富裕的中产家庭，有女朋友，有零用钱，也不想与美国佬争女人。尽管有这样的优势，罗恩和帕迪对米吉利都没有任何真正的怨恨。相反，他们尊敬他。三名士兵都二十岁，是来自北昆士兰的“新兵”。那些不尊重他们的人会把他们称作“巧克力兵”，大多数人对此感到难堪。罗恩和帕迪认为米吉利并不为此感到难堪。米吉利应征入伍时，已是布里斯班大二学生，作为大学生，他完全可以推迟服兵役，但他没有。他在凯恩斯出生长大，回到家乡去保卫北方，他认为这是自己的天职。米吉利才不在乎被称作“巧克力兵”呢！米吉利有自己的原则。

收音机发出噼啪声。代号“雄鹿”的指令响起。指令陆续发出。他们现在走在罗斯河路上，已经到达设置路障处。武装部队已在那里等候，还有一支美国宪兵部队。他们现在必须各就各位，布伦机枪和车上的聚光灯稳稳地对准前方的道路，等待暴乱分子的到来。

“哎呀，米吉利，我们该怎么办?”帕迪一边咕哝着，一边站在一旁准备操作机关枪。他并不是真的在问，而是在说出战友们的心声。他们之前都没杀过人，他们认为要这么做的话，目标应该是日本人，而不是美国佬。

“待命。”米吉利说，声音比他自己想象的要平静得多。说实在的，如果他想继续从军的话，他挺像位优秀的军官。

沿着罗斯河，在科贝斯水坑附近，通往汤斯维尔处又设置了另一个路障队，部署了布伦运输车，以及士兵和受过实弹训练的宪兵。

“格杀勿论。”炮手颤抖地对队长说：“你真认为我们非开枪不可吗，文斯？你觉得他们会逼我们这么做吗?”

“等待中士的命令，伙计。”文斯回答。他自己也在想同样的问题，希望自己能让炮手对天空开火，他想:“枪毙那些来与我们并肩战斗的人似乎不妥。”

紧接着，炮手就把想法一字不差地说了出来。“我不明白向自己的盟友开枪是什么意思,”炮手说。

“我也不明白，兄弟。”文斯心里表示赞同，但什么也没说。

前门的门铃响了。

“这个时候，到底会是谁?”阿米莉亚说。

她和塞缪尔在他那侧的客厅喝着热巧克力。她坚持要给他做饭，他们一起在厨房吃了饭，然后回到客厅，坐在舒适的扶手椅上，享受阿米莉亚所说的“睡前饮品”。

他以前从没喝过美禄这种可可饮料。

她说:“非常舒缓，我觉得这是最好的睡前饮料。虽然我说不出原因,”她点着蜡烛，轻笑着补充说，“它是纯巧克力和麦芽做的，被宣传为能量补充剂，所以……”她耸了耸肩，“可能是心理作用，我觉得就是热巧克力的味道。

“味道很好,”他十分诚恳地说。

“是的，澳大利亚人都很喜欢。”

就在此时，门铃响了。

就在她起身要去开门时，门铃声紧跟着就是一阵雷鸣般的敲门声，声音表明了紧急。

塞缪尔起身，说道："我去，你待在这儿。"

她没有待在原地，毕竟这是她的家，她跟在他身后，与他保持一定距离，随他来到门厅。

塞缪尔打开前门，汉克·亨利少校站在门廊处，和他一起的还有一名年轻的中尉。

"罗宾逊上尉，"少校厉声说道，"即刻回营。"

"出什么事儿了？"塞缪尔不解地问。

汉克朝阿米莉亚方向眨了眨眼，她仍在离大厅几步远的地方。看见上尉在自己的临时住处，他松了一口气，他可不想去汤斯维尔的夜生活场所里去搜寻一番。他不需要向房东太太说明事态的严重性，于是压低了声音。

"发生了暴乱，塞缪尔，"他低声说，"老实说，这他妈的是一场兵变。凯尔索的士兵们自己装备了机枪，并把枪口指向白人军官。"

"天哪。"塞缪尔吃惊地看着汉克·亨利。

汉克说："我们不知道具体有多少人，可能有几百人。我接到报告说，他们正开着卡车向城里行进。澳大利亚第51军团已设置路障队来阻止他们。如果他们不能和平中止，我们已发出命令'格杀勿论'。"

塞缪尔继续盯着少校，吃惊地听着。事情怎么会变成这样？当然，他知道会有麻烦，那些心情沮丧、心怀不满的士兵会有争吵、不听指挥，但怎么会发生兵变呢？

谋杀？如果情况真像汉克·亨利所说的那样可怕，那又指望他能做什么？塞缪尔感到既震惊又困惑。

“罪魁祸首是C连的，”汉克继续解释道，“你的一名士官向我们报告说，你可能是唯一能跟他们讲通道理的军官。但老实说，据我所知，现在已经太晚了，但只要有希望，我们还是要试试。”

“当然。我去穿制服。”塞缪尔开始行动，迅速返回住处。

阿米莉亚·桑德森和汉克·亨利站在原地，彼此默视，一言不发，阿米莉亚很想再打听些消息。她侧身靠近一点，拼命地想听清楚到底发生了什么，但她听到的话已足以让她产生致命的恐惧——格杀勿论。罗宾逊上尉似乎要奉命去打仗。

几秒钟后，塞缪尔又回到大厅，扎着皮带，手枪皮套里别着45口径的勃朗宁手枪。他从阿米莉亚身边经过时，她突然情不自禁。

“塞缪尔……”她把手放在他的胳膊上，他停下来。“保重，”她说，“请保重。”

“我会的，阿米莉亚。”他轻轻拍了拍她的手，虽稍纵即逝却足以令她心安，“我会的，不用担心。”然后就出了门。

他们之间的交流虽简短，但还是没逃过汉克·亨利的眼睛，此举无声胜有声。他不太赞同地想："原来这两人有染。罗宾逊很了解军方有关与当地妇女有染的态度，我没有想到他这样的军官也会做出这样的事情。不能投入情感，这是规定，塞缪尔。这种事发生得太多了。该死，老兄，不然你以为我们开妓院是为了什么？"

他对自己说："现在还不是教训他不要和当地人谈情说爱的时候。"他们大步走向等候着的吉普车。他和塞缪尔坐后座，中尉开车。

"塞缪尔，希望你能创造奇迹。"他粗声粗气地说。中尉发动引擎，吉普车呼啸着驶过米切尔街，向南面的市中心和维多利亚大桥驶去。"希望我们到那里不会太迟，一切都还没乱套。"

载着第96营叛乱士兵的三辆卡车沿着通往汤斯维尔的道路疾驰，吉米大卡车暗淡的车灯亮着。车上的士兵现在比在巴兹·泰勒烈酒里酩酊大醉来得更加肆意妄为。几个拿着武器的士兵仍不时地向周围的黑暗中射击。伯尼也不时地举着他的"芝加哥钢琴"快速开火，其他人紧随其后，用步枪射击，他们始终处于亢奋状态。

没有人想到前方等待他们的会是什么。除了此刻的刺激，没有人想太多。

卡车转了个弯，他们突然被严峻的现实击中。百码之外，耀眼的灯光挡住道路，刺得他们睁不开眼睛。卡车慢慢停了下来，士兵们慢慢清楚地看到前面的布伦炮车和旁边士兵的身影，他们全副武装，一字排开进入战斗状态，所有的武器都对准了他们。

司机把车停了下来。士兵们已被吓醒。周遭一片寂静，无人敢动。

澳大利亚第51团的年轻士兵们，特别是那些布伦侦察运输车上的士兵们，甚至就连美国宪兵队久经沙场的士兵们，都一起松了口气。很好。他们不需要“格杀勿论”了。

耀眼的灯光后面，清晰响亮地传来威严的声音，打破了沉寂。

“我是美国宪兵队的斯坦威克中尉。”他命令道，“第96军团的士兵们，放下手中武器，全部扔到地上。然后，马上掉头返回凯尔索营地。否则，你们会被逮捕……”

一个声音打断了他，是凯西·戴维斯的声音。

“我们要进城去，”凯西喊道，其他几个反叛者，主要是大个子阿莫斯·科尔和伯尼，只是虚张声势地欢呼支持。

“我们把武器给你们，”凯西喊道，“让我们过去。”

杀人的狂热已经过去，尽管看起来很奇怪，凯西实际上是在找理由。他认为只有他应该是咎由自取。他按计划打死了马克斯韦尔，他会受到军方的严厉惩罚。天知道他们会对他做些什么，也许是行刑队？他不在乎，尽管他很想让贝蒂知道他这么做的初衷。可其他人不该为此付出代价。其他人应该获得自由，允许进城。

“把我们的权利还给我们，”他喊道。“让我们进城去吧……”

他只说了这么多。

“你们这是拿美国陆军宪兵司令的命令当儿戏。”斯坦威克中尉继续说。“拒不服从者将立即被逮捕，……”

一阵突如其来的愤怒吞噬了凯西。“让我们过去！”他尖叫着，举起那把汤普森冲锋枪向空中一阵扫射。

就在那一刻，一切失控了。那一刻，夜晚的寂静被刺耳的枪声打破。

第一个牺牲的人就是凯西·戴维斯。从他开枪的那一刻起，他就死定了。紧张的年轻士兵和久经沙场的宪兵都把目光锁定在他身上。没人敢和美国军方谈条件。汤普森枪一响，就已宣战，下达的命令就是“格杀勿论”。

凯西从卡车上栽了下来，重重地摔在地上。但他已感觉不到疼痛。他的身体上已布满子弹，他已经死了。

伯尼紧随其后。他是另一个靶子，是另一个拿机枪的反叛者，尽管他并没有把“芝加哥钢琴”对准哪个人，瞄准任何地方。没有人知道他是否会开枪，因为他已经来不及了。伯尼也没有感觉到任何疼痛。

但他身边的人感觉到了。他们从卡车上跳下来，奋力逃跑，枪林弹雨愈演愈烈，打在肉和骨头上。

第三辆卡车上，大块头阿莫斯·科尔是明显的攻击目标，尽管他已经把汤普森冲锋枪扔到地上。阿莫斯根本就不想打仗。跟其他人一样，他也愿意投降。他从车上跳下来时，肩膀被击中，但子弹并没有让他停下来。他虽然身形高大，受了伤，还是跑得飞快，逃进了周围暗处的灌木丛中。

许多人也像他一样逃脱了，其余的则被包围，并迅速投降。他们都被自己醉酒逾越的后果吓坏了。

命令传来“停火！”。

士兵们双手高举，站在那里。他们中有武器装备的连四分之一都不到，他们一开始就把武器扔掉了。许多人受伤躺在地上，有些则一动不动，有几个显然已经死了。威利也在这些人中，他双腿跪地。他没有受伤。他跪在凯西身边。

“为什么，凯西，”他在想，“你为什么要这么做，兄弟？”

烟雾弥漫的空气中带着刺鼻的火药味，不时传来痛苦的呻吟声，四周又是一片寂静。

这就是迎接汉克·亨利和塞缪尔·罗宾逊到来的场景。

“妈的，”汉克咕哝道，中尉把吉普车停了下来。就在几分钟前，三个人都听到了枪声，但他们希望这只是恐吓战术。汉克对下属和塞缪尔也说了同样的话。

“真希望他们只是在放冷枪，”他冷冷地说，“不然我们的麻烦可就大了。”

塞缪尔只是祈祷他手下的士兵能够平安。

他们从车上下来，查看混乱的状况，塞缪尔看到几具显然已经被打死的尸体，有凯西·戴维斯和小伯尼，两个人都被子弹打得千疮百孔。“他们当然不该遭此下场，”他想，“他们做了什么？他们向白人士兵开火了吗？他们为什么要这么做？”

斯坦威克中尉立刻来到汉克·亨利身边。“长官，很多人逃进了灌木丛，”他说，“我正准备用无线电通知医疗队，让他们把伤亡人员转移。”

“不，不，”汉克迅速纠正他。“叫救护车，把伤员运走，没有死的。”

塞缪尔与斯坦威克中尉对视了一下，都片刻迷惑了一下，然后他们把目光移开，意识到接下来会发生什么。

“中尉，用卡车把尸体运到兵营监牢，”汉克压低声音，简短地命令道，“把尸体用油布盖上。不让任何人知晓今晚的事儿。”

“是的，长官。”

“这些尸体怎么处置?”塞缪尔想，“毫无疑问，它们会被放在某个牢房等人收走，但会被带到哪里去呢?交给谁?会通知他们的家人吗?如果会，说什么呢?他们的儿子是怎么死的?”塞缪尔知道过去也有过类似的保密措施，但规模从来没有这么大。汉克还在继续发布命令，自信干练而又务实。暴乱平息了，兵变被镇压了，目前迫在眉睫的任务是如何善后。

他迅速解散了澳大利亚第51团的士兵，让他们立即返回路易莎山基地。所有目击者离开得越早越好。

澳大利亚部队执行撤退命令，他们对解散心存感激，很庆幸在这个可怕的夜晚，他们不需要看到这场必然发生的杀戮。对年轻士兵们来说，他们非常震惊地看到这一切发生得如此之快，就好像这些梦魇般的事情根本没有发生过。

斯坦威克中尉联系了医疗队，救护车已在路上，汉克又向他发布命令。

他说：“确认这里每位伤亡士兵的身份，其余的送回凯尔索，对这场暴乱的主要肇事者展开调查。那些逃走的士兵肯定想偷偷溜回营地，不想被发现，我们派一个分队去围捕那些逃兵。”

“是，长官。”

斯坦威克中尉立即执行少校的命令。他是名经验丰富、卓有成就的军官，他非常感谢汉克·亨利少校独自指挥了当晚的善后工作。他感到“雄鹿行动”给自己带来巨大的压力，这是一种灾难性的、令人痛苦的局面，他认为这是永远不应该出现的局面。但他没资格这么说。他和手下会服从命令，并对此始终保持沉默。

汉克转向塞缪尔。

“罗宾逊上尉，你和我直接去凯尔索，”他边说边向站在旁边待命的司机点头示意。“天知道我们会看到什么情况。”他继续说道。他们走向吉普车，坐到了后座，中尉发动引擎。“报告说，反叛者向军官帐篷开枪。没有收到白人死亡报告，谢天谢地，但我们确实有必要彻查整个该死的事情。”然后，他补充说：“我们需要让此事销声匿迹。”

大块头阿莫斯·科尔在灌木丛中缓慢但步伐稳健地走着。他不像其他逃出来的士兵那样，慌不择路，急切地想尽快悄悄溜回营地，假装没参与暴乱。阿莫斯知道自己目标太大，很难不被认出来。他也是携带了汤普森冲锋枪，也是当时白人瞄准的目标，他的伤口足以证明一切。他会被指认为罪魁祸首，他得承担后果。“但为什么，哦，为什么，”他痛苦地想，“为什么凯西要开那该死的机枪！可怜的小个子伯尼也被打死了。伯尼绝不会把他的汤普森射向那些白人士兵！绝对不会！伯尼只是个爱吹嘘的小混蛋。他个子矮小，却总要装强大。”伯尼是他的兄弟。更确切地说，伯尼曾是他的兄弟。

夜晚发生的灾难令阿莫斯感到十分内疚，他被罪恶感所折磨，对自己行为的负罪感沉重地压在身上。这一切本不该发生。这并不都是凯西的错。见鬼，根本不是。

“是我鼓励大家继续的，”他对自己说，“是我说我们该去城里，给自己弄些真正的酒，是我同意伯尼闯军械库的疯狂想法。武器只是装模作样罢了，仅此而已，但那有多蠢？蠢到让人送命，真是太蠢了。”

他用一只手摁在左肩上止血。刚开始时，他并不觉得很痛，但现在伤口疼得厉害。他没太担心，因为胳膊还能动，应该没有伤到骨头，只是皮肉伤，需要处理。要是回到营地，卫生员会帮他处理的。

他注意到前面不远处有一家农舍，灯还亮着。他想：“这么晚了，还没睡。”天太黑，他看不清是几点，但至少是凌晨两点多，甚至更晚些。可能是枪声把他们吵醒了。

他不知道该不该去农舍看看。他们会有绷带，大多数家里都有。他可以清洗、包扎伤口，止血。

阿莫斯小心翼翼地走近农舍，不确定会碰到他们什么反应，希望他们不会怀有敌意。他会告诉他们他是美国人……一个盟友……遇到点意外，他们会介意吗？

农舍边上有狗窝，他能看出来是两个狗窝，还能看到旁边闪烁的灯光。他走近时，几只狗开始狂吠，显然已经察觉到他。然后……

“谁在那儿？”一个声音喊道，女人的声音。“谁在那儿？”她问。突然，一束手电筒的光直接照向他。

35岁的诺玛·霍奇曼是农民的妻子，两个孩子的母亲。她吓坏了，发出高声尖叫。就在她面前，在夜色中若隐若现出一个身材高大的男人，那是她见过的最高大的男人，肤色向煤一样黝黑，他那张汗津津的脸被手电筒的强光照得透亮。

“对……对不起，女士，”阿莫斯·科尔伸出一只手以示宽慰，“我没有恶意，我只是想……”

诺玛又尖叫起来。她通常不是个容易惊慌失措的女人，但那个黑人低沉的声音似乎来自某个恶魔之地的深处，而向她伸过来的那只手鲜血淋淋。

她扔下手电，撒腿就跑，身后的狗仍拴在狗窝里，开始狂叫。

阿莫斯再次摁住自己受伤的肩膀，慢慢地、步伐稳定地往前走。

他最终回到了营地。其他逃跑的人也已经回来。他们都没能偷偷溜进来，宪兵们已经严阵以待。那些参与兵变的人都被集结在大帐中，有警卫看守，正在接受军士们的审讯，找出叛乱的领头人。

阿莫斯·科尔的到来又给他们增添了一员。半个小时后，卫生员们为他清洗并包扎伤口。他胳膊吊着绷带，加入其他士兵中，立刻成为关注的焦点。

宪兵们逮捕暴乱分子时，汉克·亨利要求塞缪尔和他一起向白人军官询问当晚发生的事情。正如报告所说，很庆幸没有白人死亡，但有两人受伤。一颗反弹的子弹擦过比夫·贝克上尉的胳膊，年轻的托马斯·伍兹中尉肋部被击中，伤势要严重得多。两人的伤口都已经被卫生员处理过，很快就会痊愈。已经电告医疗队，一辆救护车正在赶来救治托马斯·伍兹，他需要进一步住院治疗。

“情况可能会更糟糕，少校，”米克·欧布莱恩上尉说，“谢天谢地，我们当时在外面，你可以看到帐篷周围被损坏的程度，其中一个头目直接向士官帐篷开枪。”

“我来告诉你到底是哪一个，”查克·马克斯韦尔冷笑道。他没有对少校讲话，而是直接对他的指挥官同僚塞缪尔·罗宾逊讲，听起来更像是对他个人的指责。

“那个漂亮的黑鬼，你的最爱，罗宾逊，就是你叫我对他宽容点的那个，记得吗？凯西·戴维斯？你还记得这个名字吧?”马克斯韦尔幸灾乐祸，好像证明他是对的。“我告诉你，那个黑鬼就是要找我麻烦，他盯上我了。其他人都看到了，他们能证明。他环顾帐篷，几个人点了点头。“如果我没有跳进后面的狭窄战壕，我现在就成了肉泥，”他继续说。“那个黑鬼真他妈是个混蛋，一直都是，”他得意扬扬地说。“我向你发誓，罗宾逊，那小子真是坏透了。”

“那孩子死了。”塞缪尔冷冷地回答。

查克本可以继续得意扬扬地说下去，被这个消息打断了。“哦，是这样吗?”他说，似乎有些失望。“嗯，太便宜他了。应该让行刑队杀了他。”

塞缪尔想说：“他就是这么死的。”但出于对汉克·亨利的尊重，他闭口不言。

按照少校的命令，塞缪尔要和士官们一起到帐篷里去协助审讯。

汉克说：“你们自己的军士说，罪魁祸首是C连的。一位下士还告诉我，你是唯一让他们愿意敞开心扉的白人军官。”汉克的语气中带着几分敬意。

塞缪尔点了点头。“是的，”他想，“那名下士应该是鲁珀特·巴雷特。”他和巴雷特下士当然有很多话要谈，主要是关于士兵叛乱的根本原因。叛乱似乎不仅是醉酒。

凯西·戴维斯对查克·马克斯韦尔的袭击和安东尼·希尔的死有关系吗？列兵戴维斯会不会是在复仇？许多问题在塞缪尔的脑海中闪过。

“当然，必须做正式调查，”汉克接着说，“我得给总部写份报告。但是我们希望控制被带到军营审问的人数，绝对要少。只带几个主犯，我们可以在严守秘密的同时严惩他们。”

汉克·亨利下达了进一步指示，他们两人在凯尔索待到第二天下午。塞缪尔要在这之前，选出叛乱的几个主要肇事者。汉克和司机会亲自把塞缪尔送回他在城里的住处，他的吉普车还停在住处的外面。

“你要在城里待上一周左右，”他说。“我希望正式调查时你在场。”

第二天是星期天，傍晚，少校把塞缪尔送到位于米切尔街的阿米莉亚·桑德森住宅。

进城路上，他们讨论了所收集的事实和数据，包括死者的身份，汉克对塞缪尔选出进一步进行调查的士兵做了简短讯问。

“只有两个，”塞缪尔回答说，“其中一个根本不是头目。他想为朋友申辩。”

“真奇怪，”汉克说，他似乎一点也不感兴趣。他并不想给任何人“申辩”的机会，甚至不想让他们的声音被听到。他只需要几个替罪羊。

“是的，的确很奇怪。”塞缪尔点点头。他很高兴威利主动站了出来。“还有两个主要的头目，”他补充道，“两个都死了。”

汉克发现了更有趣的信息。“轻而易举，”他说，“对所有人来说都简单多了。”

简短对话之后，他们陷入了沉默，两人都沉浸在自己的思绪之中。

塞缪尔在考虑该如何把士兵的案子呈交给调查人员，他已经从鲁珀特·巴雷特、威利·帕克和阿莫斯·科尔处了解了很多。他知道美国军队不希望公开，他尊重其中的原因。但他认为，情况比表面看起来要复杂得多，要当权者听到他们发声才行。

汉克·亨利的想法则截然不同。“这场暴动，这场叛乱，这场兵变，随你怎么叫，”他想，“必须尽快解决，永久尘封，变成从未发生过的事情。”

“我会把我了解到的基本情况报告给总部，星期一清早就告诉你。”塞缪尔从车上下来时，汉克轻快地说。“这段时间，什么也不要说，不要向任何人说。知道吗?”

“当然，明白。”

吉普车开走了，汉克没有回头看，塞缪尔走上台阶，来到前廊。他的那个昆士兰情妇一定在里面等他呢，想到塞缪尔的那个情妇时，他带着一丝轻蔑。真是个该死的傻瓜。我实在想不通像罗宾逊这样有经验和专业水平的军官怎么会掉进这样的陷阱呢?

她正在里面等他。她一听到他的钥匙插在门闩上的声音就走到大厅。

“你没事吧。”看到门口的身影，她小声说道。

自从前天晚上少校来访后，阿米莉亚就一直担心得要命，当时她无意中听到那些不祥的字眼——“格杀勿论”。今天在城里买东西，她还听到谣传。很多人已经开始谈论军营附近的乡下发生了可怕的暴乱。沉寂的夜晚，有机枪开火的声音。人们说，那个时候不可能是军事训练。他那天和第二天一整夜都没回来，她躺在床上，担心发生了最糟糕的事情，以为塞缪尔已经死了。

“感谢上帝，你平安无事。”她又低声说。

他轻轻地关上身后的门。“是的，我没事。”他说。

他们自然地、不知不觉地投向对方的怀抱。

尽管汉克·亨利强硬严厉，但他确实善于观察人性。塞缪尔·罗宾逊和阿米莉亚·桑德森自己都不知道，他们已经相爱一段时间了。

那个傍晚，他们终于成为对方命中注定的恋人。

第三部分

政治家

第十四章

皮特·维克斯一如既往地感到懊恼。跟许多人一样，他也听到了传言。几个农民听到枪声，消息传开了，但无人知晓发生了什么。

作为嗅觉灵敏的调查记者，皮特还是决心尽可能发现漏洞，查明真相。他知道他能挖掘出来的东西不太可能会被刊登出来，在澳大利亚是完全没有可能的。但他还是编写了一份报告，希望终有一天会出版，即使不能在他的祖国，也会在英国或美国出版。他决定与报告一同出版的还有他写的其他材料，这些都是军方审查中被禁止的。

他选择了两个彼此不相邻的农场作为调查第一站。周一早上，他骑着自行车去了农舍。两个农场的农民都发誓说自己听到了激烈的枪声。

“不知道这到底是怎么回事，”威克斯农场的人回答说，“一开始我以为是军事训练，但他们为什么要在夜深人静时训练？要我说，这很危险。可能会有人受伤。”

而霍奇曼农场则提供了更多信息。

“是啊，”杰夫说，“我和诺玛以为这是实弹操练的军事演习，也有机枪等重型武器。我们想着，大半夜的是不是有点怪，对吧，亲爱的？”

“我们就是这么想的。”他妻子回答说。她年近四十，骨瘦如柴，是位性格坚韧的内陆妇女。“那之后的事就并不有趣了。”她补充道，语气严肃，饱经风霜的脸变得阴沉起来。

“是的，亲爱的，你告诉他吧，”杰夫隔着餐桌朝她点了点头，催促道，“说吧，你告诉小皮特吧。”

诺玛不需要丈夫的鼓动，她说：“喧闹声把狗吵得团团转，吵得要命，即使喧闹声结束，它们也不肯住嘴。它们不停地叫，都被吵起来了，它们对着吵来吵去，唉，我就出去让它们安静下来。我刚一开口，它们就又开始叫起来。我意识到有人，下意识的感觉，你知道吗？所以我用手电筒照向他……”她摇了摇头，似乎有点难以置信，她确实是有点难以相信。“你不会相信我看到了什么，我对上帝发誓，你不会相信的。”她停了下来，上气不接下气。

“那是……?”皮特追问。

“你能想象得到的长得最大、最黑的家伙,”诺玛回忆当时的情景说,“大约有七英尺高。他说话时,声音就像雷声一样从他巨人的胸腔中轰鸣而出。天哪,他真是个大块头!”

她又停顿了一下,皮特问:“他说了什么?”

“不知道,不记得了。他伸出手来抓我,那只大黑手和胳膊上都是血,衬衫也全都被血浸透。她又摇了摇头。“哦,我告诉你,我从来没有这么害怕过,我知道他要强奸我。”

“那你怎么办了?”

“我声嘶力竭地喊叫。让杰夫把所有的门窗都锁上。”

“她确实吓坏了,”杰夫说,“从没见过诺玛那个样子。从来没有过。”

“这个黑人,我猜他是个士兵吧?”皮特问。

“噢,对,他是个士兵,一个穿军服的北方佬。他应该是凯尔索兵营的黑人,你知道那些黑人被禁止进城吗?几周前,军队想在老帕斯洛农场为他们建个俱乐部,但我和梅布尔·威克斯马上阻止了他们。不能让那些高高大大的黑人杂种们喝得醉醺醺的到处乱逛,附近就有小孩子。”她的嘴唇抿得又细又紧，自以为是地点了点头。“这就证明我们做的是多么正确，不是吗?”

皮特对这个特别的话题不置可否。他说:“霍奇曼太太，我想你会把这件事报告给美国军方。”

“我正打算去,”诺尔玛有点愤怒地回答，“该死的，我一定会报告！我和杰夫第二天就去了城里。我们不会一直等下去的，对吧，杰夫?”

“不能,”杰夫对诺玛的话表示赞同，他总是妇唱夫随，“自己的妻子受到这种威胁，怎么能等?”

“他们是如何回应你们的?”

“美国宪兵队的头儿,”诺玛说，又一次问她丈夫，“你说，他叫什么名字，就是我们去投诉俱乐部时的那个人……”

“亨利少校,”皮特提供了信息，“他是汤斯维尔的宪兵司令。”

“是的，就是他。他立刻就看到我们，片刻也不让我们在附近逗留。所以他应该，我的意思是不该让女人受到身形高大的黑人强奸犯的威胁，对吗?”

“少校的反应是什么?”现在我们到了有趣的部分了，皮特想。

“哦，他担心极了,”诺玛说，“他很同情我们。他跟我和杰夫说他们会采取适当的行动，对吧，亲爱的?”她匆匆瞥了丈夫一眼。

“他当然会,”杰夫再次表示同意。“少校是个好人,他把我们的利益放在心上。理解本地人。”

“是啊,”诺玛点点头,“就像我和梅布尔投诉俱乐部时那样。他当时也理解我们的担忧。”

“那他到底说了什么?”

“他说:‘将立即采取行动。’诺玛几乎一字不差地进行转述,强调了她认为最重要的部分。他说,黑人士兵会被绳之以法,他的身材和伤势很容易被找出来,他会受到全面的军事审判,他会受到惩罚,我们再也不用担心什么了。”诺玛露出得意的笑容。她为自己对少校的影响感到骄傲。“‘军队会搞定一切的。’他是这么说的。”

“是的,我相信这肯定是他说的。”皮特想。

“我也相信他,”她激动地补充说,“我的意思是,他解决了俱乐部的事,不是吗?俱乐部第二天就关了。就像杰夫说的,少校了解当地人。”

“少校当然了解,”皮特想,“少校还了解军事政策,了解如何让人们保持安静。”“好吧,非常感谢,霍奇曼太太,霍奇曼先生。”他从椅子上起身,礼貌地点了点头。

“你不留下喝杯茶吗?”诺玛问。她之前就发出了邀请。

“不了，谢谢，霍奇曼太太，”他朝她笑了笑，“我得回去工作了。”他觉得从这里已经得不到什么信息了。“我要走了。”

他们在阳台上与他挥手道别。

“皮特，不错的小伙子，”杰夫说，他们看着他笨拙地迈着大步走向停在前门的自行车。“一向很有礼貌，从小就这样。”

“是啊，”诺玛表示同意，“谁能想到这孩子会这么有出息。“要不是走路的样子滑稽，你简直看不出他是个瘸子，是吧？”

他骑了大约十英里回到汤斯维尔。皮特在脑子里仔细地筛选着他收集到的信息。那个大块头的黑人士兵显然受了伤，可能在寻求帮助，可怜的家伙，他应该是驻扎在凯尔索第96营的士兵。诺玛·霍奇曼，一个冥顽不化的婊子，一向如此。第96营的士兵是帮可怜的家伙，他们被当作替罪羊，被指责为镇上所有种族纠纷的罪魁祸首，还被禁止进城。到底发生了什么？凯尔索发生了暴动吗？如果是这样，有没有从其他地方调来军队平息此事？两位农民都说到重型机枪声。离凯尔索最近的军营是驻扎在路易莎山的澳军第51团。大部分的征兵是昆士兰的男孩。是的，应该去找他们聊聊。

他骑着自行车穿过维多利亚大桥，在川流不息堵满军车的街道中穿行。皮特已在心中想好了下一阶段的调查计划。他要等到周五，但他不介意。通过合法渠道得到的信息肯定是没有意义的。探访汉克·亨利或任何宪兵，或澳大利亚第51军团的指挥官，都没什么用，他们会统一口径。没有关系。皮特准备等待合适的人……合适的时机……合适的地点……

皮特·维克斯并不是在星期一早上唯一为这件事奔波的人。塞缪尔·罗宾逊一早就被叫到汉克·亨利的办公室。大块头阿莫斯·科尔和小威利·帕克已经被送到兵营监狱等待审讯。鲁珀特·巴雷特下士也奉命前去报告以协助审讯。审讯的目的是要找出导致兵变的原因，尽管人们各有心事。

“你命令巴雷特下士协助调查是什么意思?”汉克·亨利质问道，“他没参与叛变，我们不能对他严惩重罚。”

“他对于找出士兵们为何发动兵变有重要价值，长官，”塞缪尔小心地回答，“他对这些人非常了解。”

“你也一样，塞缪尔，”汉克同样小心地回答，“至少让我这么认为的不是别人，正是巴雷特下士。”

“是的。”

两人都仔细地打量着对方，知道可能会藏着不同的难以言说的秘密。

“是的，我了解那些士兵，”塞缪尔说，“可我不是黑人。

“当然，有道理。”汉克·亨利勉强地笑了一下，“是这样的。”

塞缪尔也报以微笑。两人目的不同，但彼此理解和尊重。

汉克先收敛了微笑。“您知道，上尉，我们需要尽快处理，将此事了结，”他干脆地说，“夜长梦多。”

“是的，我明白，”塞缪尔说，“我完全明白这和保密同样重要。但是，我认为有些复杂的情况应该提请最高指挥部注意。这些复杂情况的细节将严格保密，我向您保证，少校。”

“很好。”汉克·亨利向后靠在椅子上，把手肘搁在扶手上，双手前伸，指尖轻敲，他若有所思地打量着塞缪尔，说道，“你在这件事上做得比我想得更细心些，或许你是对的。”

“哦?”塞缪尔很惊讶。汉克·亨利说出这样的话是极不寻常的。

“反正总部是这么说的。”汉克冷冷地承认，“我提交报告后得知，麦克阿瑟的一名参谋约翰·卡特中校将于明日前后抵达。”汉克对此似乎不太高兴。“我不确定卡特是不是派来监督我们能否成功地把这件事遮掩过去，他可能想自己开展调查，不管怎样，最高指挥部应该都会注意到你。”

“很好，”塞缪尔点点头，“那样很好。”

“好吧。”汉克从椅子上站起来，会议结束了。“我们到时候再看，怎么样？”很明显，他自己并不认为这是个好主意。

塞缪尔很高兴，因为这样他就可以和最高指挥部的军官进行交流，而且能因此和道格拉斯·麦克阿瑟将军直接联系。也许大家都能从这件令人震惊的事件中吸取经验。他希望引起人们对96营黑人士兵的关注，他们反抗的主要原因就是失去自由，以及遭受欺凌。年轻的安东尼·希尔之死是一起没有证据的谋杀案。根据鲁珀特·巴雷特的说法，士兵们认为希尔的死与他遭受的欺凌有关，而复仇无疑是凯西·戴维斯心中最重要的念头。也许，塞缪尔希望从此人们能更加重视任命哪些白人来当黑人连队的指挥官。查克·马克斯韦尔显然不是这个职位的合适人选。

尽管已是星期六凌晨，他和鲁珀特·巴雷特坐在士兵帐篷里，听士兵们倾吐心声，大多数人都迫不及待地发声。

今天，他会到拘留营报到并开始正式审讯，一名宪兵队中尉担任记录员，记录人们说的每个字。在此之前，他还有一件私事要处理，他必须履行对鲁珀特·巴雷特的承诺。

“对不起，长官。”星期六那天凌晨4点钟左右，他们私下谈话时鲁普说道，“我知道这个要求很过分。相信我，我很想自己去做，但你知道，我不能进城。总得告诉她，得让贝蒂知道凯西已经死了。”

“贝蒂?”他有些困惑。

“她在棕蛇酒吧瓦尔那里工作，在那里弹钢琴。”

塞缪尔当然还记得，那个漂亮的金发女孩曾用自己美妙的琴声为凯西·戴维斯伴奏。他想起之前在棕蛇酒吧看过他们的几次表演，那个倒霉的俱乐部开业当晚他们也在，每次都是神奇的经历。

“长官，她和凯西是恋人。”鲁普十分坦率地直视着指挥官。现在是朋友间对话，他们亲密地交谈，他不在乎这样做是否越界。他信任塞缪尔·罗宾逊。

“当然，他们的关系违反了军事规定，”他接着说，“由于种种显而易见的原因，他们遭到所有人的反对。但事实是，他们是彼此相爱，不是逢场作戏，长官。他们之间心心相印，真心相爱。凯西·戴维斯连同其他叛乱者的死亡真相肯定要被掩盖，我确定军方也希望如此。贝蒂会认为是凯西抛弃了她。他就这么一走了之，毫不在乎。但凯西永远，也绝不会做这种事，最好让她知道他死了，这样她会好受点，你说呢?”

塞缪尔·罗宾逊的勉强是可以理解的，鲁普也明白其中原因。以他的身份，这可是让他帮了个大忙。

“长官，不需要告诉她任何细节，”他敦促道，“只是做件善事，仅此而已。可以告诉她凯西的死是个意外，仅此而已。你也不用见贝蒂本人。可以告诉瓦尔……只有瓦尔知道他们的事情……瓦尔会觉得你是在帮她个人的忙，她不会把这事儿到处宣扬……瓦尔会知道该怎么跟贝蒂说合适。”

“好，好。”塞缪尔于心不忍，这个人现在几乎是在乞求。“好的，我一定会告诉瓦尔的。”

塞缪尔同意办这件事，意味着那天晚上他们两人达成了协议，他们即将开始一场十字军东征。对双方来说，兵变是为了达到某种目的，而不是把这件丑陋的军事事件永远隐藏起来。显然，告诉一位年轻女子她情人的死讯与主要目的无关。

果然不出所料，塞缪尔来到棕蛇酒吧时，酒吧已经打烊。汤斯维尔的所有酒店都这样，营业时间是有规定的。但大门没上锁，那是留给住在楼上房间的几位客人的。一进门，塞缪尔就遇到了给瓦尔打工的土著女孩吉尔，她正在打扫招待处的瓷砖地板。

“你好，”他说，暗自庆幸撞到的不是贝蒂，“我来找瓦尔，她在吗？”

“哦，你好。”吉尔笑了，她认出了上尉，大家都觉得他是个好人。“在的，在楼上办公室。”她猛地朝楼梯方向扬起头。“最上面，左边那个门。要我去跟她说一声吗？”她问，心想他也许想这样，他毕竟是个军官。

“不，我自己去就好了，谢谢。”塞缪尔一边上楼，一边暗自祈祷贝蒂不在老板的办公室里。

谢天谢地，就瓦尔自己。他刚一敲门，她就亲自开了门。

“噢，你好，上尉，什么风把您吹来了，”她热情地说道，引领他进了屋子，关上门。拉了一条长凳过来。“您想喝一杯……？”

“不了，谢谢，”他回答说，“我只想占用你一分钟时间。”

“噢。”她向桌子方向走去，中途又停了下来，带着关切的神情转过身问道，“发生什么事情了吧？”

“是的。”他按照鲁普所说的，没有拐弯抹角。“发生了一起悲惨的事故，凯西·戴维斯死了。得让贝蒂知道此事。”

瓦尔停了一下，专心思考着。然后惊讶地问道：“你知道凯西和贝蒂的事儿？”

“巴雷特下士告诉我的。他让我把这个消息转告给您。”

“啊，”她点点头，“鲁普是个好人，他真好。您也太好了，上尉。”她说道，“谢谢您。”

塞缪尔又额外进行了叮嘱：“这消息只能你和贝蒂知道，你明白吗？”

“哦，好的，我明白。”

“那好吧……”他开始向门口走去，“你去和贝蒂谈谈，尽可能温和地告诉她。我相信你能把握好分寸。”

塞缪尔匆忙离开，庆幸自己的解脱。瓦尔则留在那里思考他最后说的话。“什么把握好分寸，”她想，“根本就没他妈的什么好的分寸！”

没过5分钟，她就用唯一可行的方式把消息告诉了贝蒂，至少她认为这可能是唯一可行的方式——残忍的方式。

“一位军官来过了，”她说。“凯西死了。他们说是个意外。”

面对残酷的现实，女孩渐渐陷入崩溃，瓦尔把她抱在怀里，此刻她们什么都没说。“天哪，”她想，“生活就是这么个混蛋。”

接下来的两天，大家等待着从总部来的卡特中校，塞缪尔一丝不苟地检查了他之前与鲁珀特·巴雷特、阿莫斯·科尔、威利·帕克上报的所有内容，那是宪兵队中尉逐字逐句记录下来的审讯报告。

每天早晚，等待塞缪尔的都是真正的快乐，每天醒来，阿米莉亚就在他身边，乏味的日子结束了。他们现在睡在阿米莉亚的房间。自从他回来的那晚，她就把他带到卧室，他们一直在一起。

塞缪尔和阿米莉亚已充分接受了他们的恋情，两人就像多年的恋人，并没有对彼此做出特别的声明，似乎没有必要。塞缪尔不禁想起鲁珀特·巴雷特谈到凯西·戴维斯和小贝蒂时的话，那不是逢场作戏，他们之间心心相印，他们倾心相爱。“那是我们，”他惊奇地想，“是阿米莉亚和我。”

塞缪尔是个很少袒露感情的人，但现在他却毫无顾忌地展示自己，当然是对阿米莉亚。塞缪尔很纳闷自己是如何在没有经历过爱情的情况下过了32年。当然，他和女人做过爱，他很享受性和性伴侣，他还以为那是爱，或者至少是某种程度上的爱，事实证明他错了。显然，阿米莉亚也以同样的方式新生了，她不再孤僻，摆脱了压抑，变成一个完全不同的人。“这真神奇，”他想，“我们就像某个东西的两个碎片，现在合为一体。”

“我觉得很神奇，竟一点儿罪恶感都没有。”周三夜晚，翻云覆雨之后，他们赤裸着身体躺在彼此的臂弯，她的大腿仍肆无忌惮地搭在他的腿上。卡特中校第二天早上会到，但他不准备去想这件事。

“你为什么要有罪恶感呢?”她借着床头的灯光打量着他，问道。阿米莉亚喜欢做爱时把床头灯打开，她喜欢看着他。此前，她在婚姻中的性行为一直是在黑暗中进行的。

他抚摸着她的头发，微笑着：“因为我所做的违反军规。我才该为自己感到羞耻。”

“我原以为应该有罪恶感的人是我，”她轻轻地说，“我应该彻底感到羞愧，毕竟我还是个已婚女人。马丁还没有被正式宣布死亡。”

她的陈述，尽管大胆，却让他震惊，就像他承认自己没有负罪感一样随意。他保持沉默，盯着天花板，不知道该说什么。最后，他问：“你感到内疚吗?”

“不!”她毫不犹豫地回答。

又是一阵短暂的沉默。然后他忍不住问道：“如果马丁突然回来，阿米莉亚，你怎么办?”

“我会要求离婚。”她再次没有片刻迟疑地说。

他用胳膊肘支撑着身子，俯视着她，觉得她看上去真是太可爱了。

阿米莉亚笑了，但他看上去却很严肃。“别担心，塞缪尔，”她说，“请别担心。我不是在求人娶我，我只是承认事实，我不爱马丁。我从来没有爱过马丁，就像他从来没有爱过我一样。我一直都不知道，直到现在才知道。我得说，知道了这一点，我如释重负。”

这是真的。他们发生关系的短短四天里，阿米莉亚的整个生活都改变了。她在婚姻中对自己的看法，她所遭受的内疚，她所承担的责备，都随着她的性觉醒消失了。她不是性冷淡，她从来没有冷淡过。还有可怜的马丁，他浪费了这么多年拼命地满足她……那不是她的错。

她回想起他们在漆黑的房间里鬼鬼祟祟地交合，她知道自己的父母就在走廊对面的卧室里。马丁大多数情况下都很注重隐私，她责怪自己把这样的事情强加在他身上。难怪他们的婚姻不亲密。每次马丁想发出声音，他都努力压住，他尽力满足她，希望她能怀上他们都想要的孩子，但她缺乏激情，这肯定进一步打压了他的欲望。

她也回想起那个可怕的夜晚，她和母亲沿着斯特兰德大街散步。那是个温暖的黄昏，一对情侣在棕榈树下偷偷接吻，那个地方远离街灯，很难让人注意到。她自己也没有注意他们，但她母亲却看到了。

“我的天！”她母亲平静地喊道，随即停住脚步。那对情侣分开后，马丁从阴影中走了出来。

“晚安。”马丁说着跟他们走到一起。“怡人的夜晚真适合散步。”

三人沿着斯特兰德大街继续往前走，好像什么都没发生过。但阿米莉亚和她母亲都看到那个朝反方向迅速走开的是个男人。

她也为此责怪自己。她的性冷淡竟把丈夫逼到了什么地步，以至于他竟然用这种方式来寻求安慰?

没人再提那晚的事。不久，阿米莉亚的父母搬到布里斯班，把房子留给她。

“你和丈夫需要隐私，阿米莉亚。”母亲紧盯着她说，也许她也在责怪自己，认为婚姻中的这种不正常性行为可能是父母干涉的结果。

父母离开后，房子给了他们更私密的空间，但一切都没改变。阿米莉亚继续责备自己和自己的性冷淡。

接着，马丁突然离开汤斯维尔，辞去他在邮电局的工作。他成为一名民兵中尉，被调到澳大利亚陆军，前往悉尼的维多利亚军营，帮助组建第八师第22旅。1941年初，马丁所在的旅被派往马来西亚，他甚至没回来和她告别，阿米莉亚肯定会同意他去的。他打电话来告诉她，很突然，也很难为情，好像意识到自己要逃离似的。逃离什么?显然是阿米莉亚。

阿米莉亚坚信自己毁了丈夫的生活，她应当为此负责，如果他死在战场上那也是她的错。

现在她明白了。塞缪尔永远也不会知道，因为她永远也不会说出马丁的秘密。这个秘密是安全的，他的记忆完好无损，没有污点。但塞缪尔已经把她从终身有罪的判决中解脱出来。他让她意识到，错误的是婚姻，不是她。而且阿米莉亚相信，也不是她那可怜的、饱受折磨的丈夫的过错，尽管她自己也知道很少有人会同意这个看法。

“真可惜……”

塞缪尔的声音打破了她脑海中纷乱的形象和记忆的万花筒。他仍然用胳膊肘支撑着，凝视着她。

“可惜什么?”

“可惜你没有跟我提结婚。”他笑了，两人都意识到这句话并不完全是轻率的。

“嗯，谁知道呢，”她回答说，也报以微笑，“也许有一天我会提。”

这是他们第一次爱的宣言。

第二天早上，塞缪尔非常失望，他发现自己不太可能与总部直接沟通，没办法直接揭露第96营士兵遭受的不公正待遇。

“麦克阿瑟将军希望清楚地表明，”陆军中校约翰·卡特说，“我们正承受着来自澳大利亚政府的巨大压力，要求我们控制住黑人士兵……”

汉克·亨利毫不掩饰脸上露出的厌恶，他的表情显然在说：“你以为我不知道吗？”

卡特面无血色，戴着一副钢框眼镜，大概40出头，体重比一般士兵略重，多年来汉克遇到的许多陆军参谋都是这种长相，一群正经古板、自以为是、目中无人、胆小如鼠的办公室文员。至少汉克是这么认为的，他没有和塞缪尔进行眼神交流，而是目光坚定地盯着总部那个刺头，也许是想吓唬吓唬他。

汉克的恐吓策略不幸惨败，卡特依然泰然自若。他说：“我们不能成功地管理好有色人种，这种印象正好给那些人留下把柄，他们坚持要求我们将所有黑人士兵撤离澳洲大陆。”

塞缪尔的眼睛不停地在两个人之间看来看去，观察着汉克的反应，他知道少校肯定快气炸了。还不曾有人用这种口气对汉克·亨利讲话。

宪兵司令的办公室只有他们三个人。卡特坚持要在单独审问每个参与兵变者之前召开单独会议，传达麦克阿瑟的指示。

“因此，我们必须采取一切措施来控制这一不幸事件。”卡特一如开始时一样，结束了他自以为是的讲话，他看了看汉克和塞缪尔，那温和的、戴着眼镜的脸上流露出心满意足的神情，仿佛他已完美地履行了自己的职责。

“中校，我想你会发现，”汉克说，他的语气像他的目光一样冷静，“这正是我们已采取的行动，我们还会继续。”

“好，很好。”卡特依然泰然自若，赞许地点了点头，甚至挤出一丝微笑。事情进展顺利时，他就会这样。“少校，毫无疑问，我和您的看法相同。”他和蔼地说。他听说汉克·亨利是个强硬派，不留俘虏的那种人。当下这种情况，卡特也认为应当采取强硬的方式。他当下决定，为了巩固他们之间的关系，私下发表一些评论不会有什么坏处。

“哦?”汉克的声音听起来很危险，但他仍克制着。“您有什么特别的意见吗?”

“老实说，我完全赞成亲自把这十几个捣乱分子送上行刑队，”卡特厚着脸皮说，“给那些混球们一个教训，让剩下的黑人专心干好手头的活。”

如果他希望得到一个回答，那他注定会失望，汉克的表情清楚地表明“这根本不是我的想法，你这个笨蛋”。

卡特并不善于解读表情。“不幸的是，”为了给人留下深刻印象，他停顿了一下，接着说，“执行枪决要到正式的军事法庭，这会引起对此案的过多关注。我们不能走那条路。”

“我们当然不能。”

汉克·亨利面对他厌恶的官僚作风表现出的自制力令人钦佩。塞缪尔对卡特中校的反应感到沮丧。不仅没有人愿意为这场叛乱找出原因，而且这个人也绝不会指责任命像马克斯韦尔这样的军官去指挥黑人营有什么问题。事实上，从他们一开始见面，塞缪尔就有种模糊的感觉，约翰·卡特可能和查克·马克斯韦尔一样有种族偏见和歧视。

接下来的几天，塞缪尔变得更沮丧，他的预感显然是对的。这种“调查”——如果可以称之为“调查”的话——毫无进展。他和鲁珀特·巴雷特共同努力，似乎也无法扭转卡特中校之类文官的心态。他唯一关注的是喝醉酒的黑人士兵攻击他们的白人军官。任何可能的动机，任何驱使这种反常行为的原因似乎都无关紧要，他只在乎事实。但事实上，几乎无人倾听鲁珀特·巴雷特的声音，卡特不习惯接受黑人的观点。

周五工作结束时，塞缪尔已经有点喝多了，他决定去看看朋友，喝几杯啤酒来放松一下，于是他不知不觉地去了自己最喜欢的酒吧——棕蛇酒吧。

他走进去发现贝蒂在弹钢琴，他的第一反应就是想马上走出去。但她似乎状态很好，正在大玩特玩，她和围在钢琴旁的男人笑着调情，那些人大部分是美国兵，他留了下来。

塞缪尔绕过客厅的边缘，小心地避开她的视线，来到瓦尔和吉尔招待客人的吧台。他径直向瓦尔走去。

“您好，长官，”她说道，“您要点什么，啤酒吗？”

“好啊，来杯啤酒就好，谢谢。”

瓦尔端着啤酒，他朝钢琴那边瞥了一眼，贝蒂边弹边愉快地闲聊，脸上仍然挂着微笑。

“她怎么样？”他平静地问。

“装出勇敢的样子，”瓦尔回答说，“如你所见。”

他点了点头，没有再问，瓦尔也没再说什么，匆匆走开去为其他客人服务。

瓦尔虽然在忙，但她的心思却在贝蒂身上。“噢，”她想，“贝蒂正装出一副勇敢的样子。她是战争的牺牲品，那女孩儿，她自己也知道，她还会知道凯西死亡的真相。一起意外？谁相信呢！天啊，你得佩服她处理这事儿的方式。”

“我希望自己怀孕。”就在前一天晚上，贝蒂和瓦尔坐在楼上的办公室清点收入、记账时她这样说道。他们一般在星期四统计清算，员工发薪日是星期五。贝蒂拒绝请假。相反，她比以往更加努力地工作。

“我真他妈希望自己怀孕，”她不屑一顾地重复道，“这样可以给他们一个教训，是不是？”

“这姑娘不是认真的。”瓦尔想，她还是禁不住感到一阵恐慌。“可是你做事很谨慎，是不是，亲爱的，”她温柔地问道，“你用了安全套，不是吗？”

“是啊，那又怎样？”贝蒂现在不仅目中无人，更是咄咄逼人。“见鬼，这些东西经常失败，不是万无一失的，你知道。我真希望我怀孕！一个棕色的小婴儿，所有人都会看到这个孩子，不是吗？那会让他们感觉很好！”

贝蒂其实是认真的。她的月经快来了，但她祈祷不要来。为了一个棕色皮肤的小婴儿，为了凯西的骨肉，她什么都愿意付出！谁在乎别人会怎么想！她不会让别人看到自己受伤的样子。愤怒让事情变得更简单。

“哦，是啊，”她苦笑了一声，“如果我生下一个棕色的小婴儿，那可真能让他们说来说去，是不是？”贝蒂摇了摇头，“好吧，谁知道呢？”她漫不经心地耸了耸肩，“等着瞧吧。”

“当然，亲爱的，”瓦尔说，“当然。”她想，“这姑娘真是勇敢。不过，这是优点，贝蒂，你很坚强。你要活下去。我敢孤注一掷地打赌，你再也不会像那样去爱了。永远不会。”

“总要有一个人，不是吗，”瓦尔看着贝蒂叛逆地敲着钢琴，她想，“总有一个人会永远陪在你身边。”“有趣的是，”她若有所思地说，“我不太记得我的那个人了。”

“你们好，伙计们，来点什么？”她把思绪抛在一边，朝那两个刚到酒吧的美国人笑了笑。

塞缪尔也忍不住看着贝蒂。她的活泼、她的轻浮，有一种不真实的魅力。他觉得自己好像在电影院看演出似的。

突然间，她仿佛觉察到他的凝视，眼睛直勾勾地望着他，那一瞬间，她的活泼和挑逗完全消失了。

贝蒂从来都不知道是哪位军官传送了凯西的死讯，现在她的目光与塞缪尔相遇，她知道肯定是他。那个好人，所有人都喜欢的那个军官，喜欢音乐的那个军官。

她把头发往后一撩，做出蔑视的姿态，大胆地迎上他的目光，同时一直像自动机器一样不停地敲着钢琴。她还是不能掩饰真相，眼里透露出的冷酷让塞缪尔感到痛彻心扉。

他甚至连啤酒都没喝完，向贝蒂微微点了点头，希望能表示出自己的同情，就离开了酒吧。他得回家去找阿米莉亚。

就在塞缪尔离开棕蛇酒吧时，皮特·维克斯刚刚在斯特兰德大街南面的海景酒吧坐下。

海景酒吧非常喧闹，建筑风格没有皇后酒店那么优雅高贵。沿着斯特兰德大街走得再远一点就是皇后酒店，那是美国军官俱乐部的所在地。海景酒吧是澳大利亚军官俱乐部所在地，澳大利亚人可是出了名的吵闹。在海景酒吧，人们不需要讲礼仪，当然也没有等级意识。老实说，这家酒吧以能吸引吵吵嚷嚷的顾客而出名，楼上的房间跟妓院没什么两样，那些军官们在城里休假时住在这里。

星期五晚上，皮特正在海景酒吧执行他的计划。他想从昆士兰的第51团那些北方士兵那里搞到消息，这是他最有可能找到他们的地方，而今晚是最有可能找到他们的夜晚。今晚或明天，如果今晚没人来，那他就明天再来。

他向认识多年的老酒保阿尔夫打听，阿尔夫说："是的，51团有很多年轻人经常在周五或周六来，他们来时我指给你。"

皮特坐在酒吧里慢慢地品着啤酒。他来得比较早，酒吧现在还不算太吵，再过几个小时就会热闹起来。他得充分利用有限的饮酒时间，他希望那几个男孩能在酒吧还不那么吵闹时就到。

他运气很好，第二杯啤酒喝到一半，他们来了，三个男孩子，非常年轻，不到二十岁。

"就是这几个，"他们穿过大门时，阿尔夫微微扬头示意，"好孩子。"

皮特认出其中一个。罗恩·基比来自汤斯维尔，皮特和基比一家很熟。"得来全不费工夫。"他想。

"你好，罗恩。"他说着从吧台凳上站了起来。"可以请你喝一杯吗？当然还有你的朋友们。"

"嘿！皮特，当然好了。"两人握了握手，罗恩做了介绍。

"皮特是《新闻简报》一名炙手可热的记者，"他对伙伴们说，皮特真希望自己不那么出名。"这是弗兰克·米吉利和帕迪·沙利文，"他接着说，"我们51团驻扎在路易莎山。"

"是的，我想也是。"既然掩饰不住了，皮特觉得假装一时兴起是没用的，所以他们坐下来喝啤酒时，他就直奔主题了。

"人人都在谈论上周的骚乱。"他漫不经心地说。事实上，并不是每个人都如此，镇上的议论已渐渐平息。"到底发生了什么事，你们几个孩子知道吗？当然，这绝对是非公开的。"他急忙补充道，"他们不允许我写任何东西，即使我写了，他们也不会发表。我只是作为一个感兴趣的当地人，你知道的，从历史的角度来看。”他对他们和蔼地微笑，特别是展示自己与罗恩·基比的友好，在外人看来，只是几个北昆士兰人在聊天。

罗恩对皮特·维克斯的“友好”态度感到受宠若惊。皮特是个非常聪明的家伙，在汤斯维尔非常受人尊敬。

“我们被叫去封堵罗斯河路。”他急切地想给皮特留下好印象，一边说一边盯着皮特，没有注意到米吉利警告的眼色。

“你的意思是要阻止96营的人。”皮特插嘴鼓励罗恩继续说。与罗恩不同的是，他非常清楚弗兰克·米吉利发出的警示，他知道自己时间有限。

“是啊，没错，”罗恩说，“但我们没有看到任何行动，他们没有朝我们这边来。他们走了另一条路进城。”

“所以，那里发生了什么……”

“我们不能说，兄弟。”米吉利插嘴说。“我们不在那里，也没有参与行动。”米吉利的语气不粗鲁，但也不友好，他把谈话叫停了。

帕迪也说了一句，他和米吉利交换了一下眼神。罗恩没有那么机灵。“我们当时不在那里，我们不知道情况。”他说，这话既是对罗恩，也是对皮特说的。“兄弟，你知道《官方机密法》这东西。”

罗恩看上去很内疚，皮特在听到应得的惩罚后立刻退却。“当然，当然，我明白，”他说，“我并不想让你为难，也不想咄咄逼人。”他当然是想咄咄逼人，而且在某种程度上也得到了回报。他所推断的第96营黑人部队遇到麻烦的说法得到了证实，现在他知道他们原来已经在进城的路上了。他之前以为一切都在凯尔索被控制住了。

尽管如此，他还是抱歉地笑了笑。“对不起。”他说，他确实是认真的，他不想让这些孩子惹上麻烦。

“没关系，兄弟。”米吉利意识到这个道歉是真心的，便非常诚实地补充道，“不得不承认，我们这些新兵都被吓得屁滚尿流的。其他人也不会跟你说什么，你知道，我们说出去会挨枪子的。”

“是的，一字不漏。我保证。”

皮特决心要履行诺言。他不会提到，也不会暗示自己是从哪里得到现在掌握的这些信息，但他会在他正在编写的报告里把一切都写进去。尽管目前尚不知晓，他会尽一切可能找到些联系方式，把这份报告在海外发表。

而找到联系就只是几天之后的事儿了。

“你在说什么！”汉克·亨利这次不再掩饰他的轻蔑。事实上，他甚至都不想再掩饰了。他张大嘴巴，表情近乎很滑稽，眼睛来回打量着约翰·卡特和塞缪尔·罗宾逊。和之前一样，办公室里只有他们三人。

“罗斯福本人，”他气愤地继续说，“该死的美利坚合众国总统派了位国会议员到汤斯维尔来调查我们奉命要掩盖的黑人暴乱！我是说，我们被告知这场该死的打斗永远不能见天日！天哪，他居然派了个该死的国会议员来！”

“嗯，那家伙实际上是个海军少校。”卡特有点紧张地结结巴巴地说，一边调整着眼镜。这一次，他没有搞错汉克的肢体语言，卡特清清楚楚地读懂了。少校气得要命，约翰·卡特觉得他令人生畏，“他作为观察员被派往太平洋执行轰炸任务，但罗斯福总统令他带一份关于汤斯维尔黑人兵变的报告回去”。

约翰·卡特的解释于事无补。

“这家伙是个该死的政客，他的军衔只是用来在战后加官晋爵！”汉克怒发冲冠。除了参谋人员外，汉克·亨利最鄙视的就是政客。在他看来，政客应该安安静静地待在办公桌后，做着官僚主义天生该做的事儿。“他肯定弱不禁风，狗娘养的混蛋，对军事一窍不通。那混蛋叫什么名字？”

约翰·卡特此时非常紧张，实际上塞缪尔为他感到难过，他抑制住想要欢呼的强烈愿望。他们终于得到了应有的关注。

“林登·贝恩斯·约翰逊。”卡特结结巴巴地说。

“该死的林登·贝恩斯·约翰逊……”汉克咆哮着嘲讽。“是啊，叫这样的名字，肯定是个弱不禁风的小混蛋。”

第十五章

“我时间有限，少校。我以战斗任务观察员的身份正式来这里调查，我直接听命于美国总统，在汤斯维尔逗留的短短几天，要彻底查清我们部队中这场可耻的暴乱真相。黑人士兵向白人军官开火！真是可耻！总统很震惊，艾森豪威尔将军很震惊，我本人也是如此。战时，士兵们不团结是不行的，而且也是不能容忍的。我们言归正传，好吗?”

汉克吃了一惊。林登·贝恩斯·约翰逊一点也不像他预想的那样是个“弱不禁风的小混蛋”。约翰逊穿着海军制服，身高超过六英尺，实际上比汉克还高几英寸，汉克身高不到六英尺就已令人感到身形高大，约翰逊周身都令人感到高大魁伟。自信的神态，昂首阔步的走路姿势，慢悠悠的德州口音，最重要的是他十足的傲慢。“天哪，”汉克想，“他还没到35岁，却把自己和罗斯福、艾森豪威尔并列，把他们的名字都去掉了，好像他和他们是平起平坐的，这家伙有胆。”汉克不喜欢约翰逊，这并不令人惊讶，但他不得不承认，这样的国会议员比起他预想的那样好多了。汉克想：至少他有胆量。

约翰逊把手里的文件扔到少校的桌面上。“我们开车进城时，我看了一下卡特的这份垃圾报告。”他说着严厉地瞥了一眼运气不佳的约翰·卡特，他站在旁边剧烈地抖动，他自从在机场接完这个精力充沛的人之后就一直在发抖。“去他妈的烂报告。只有日期、时间、事实和数据，没有别的了。我想知道原因、方式和目的，你懂我的意思吗？”

“是的，我想是的，司令官。”汉克有分寸地说。约翰逊显然把卡特看成了无能的混蛋。“好吧，至少这是我们的一个共同点。”他想。

“很高兴听到白人军官中无人死亡，”约翰逊继续说，“只有两人受伤，仅此而已，这很好。但我很清楚，罗斯福看到黑人伤亡人数不会太高兴。我现在就可以告诉你，他想知道原因。”他又恶狠狠地看了约翰·卡特一眼，“醉酒和不遵守秩序并不能构成企图谋杀指挥官的理由，”他轻蔑地说，“至少我不这么认为。”

“罗宾逊上尉和巴雷特下士会很乐意回答您的问题。”汉克向他保证。“他们已在拘留营等候您了，和他们在一起的还有两个参与暴动的人。”

“那我们最好现在就开始，是不是?”大个子德州人说着，拿起他扔在桌上的文件。“无论我们拿出什么，都必须比这坨屎好。”

国会议员海军少校林登·贝恩斯·约翰逊来到汤斯维尔无疑要低调行事，他的任务应该是秘密的，但从一开始，他自己就没有掩盖好这些目标。约翰逊千方百计地想引起人们的注意，更重要的是想让人们认出他到底是谁。他不仅是海军少校、国会议员，而且直接听命于美国总统。

高级警官布鲁斯·德斯蒙德那天早上给《新闻简报》的好友皮特·维克斯打了电话。

“皮特，城里来了个大人物，”他说，“我想你可能想知道。一个叫约翰逊的美国国会议员一个小时前刚从总部过来。我在机场的手下说，他一落地就出了名。他说他是直接听命于罗斯福。当然不会说什么指示，他被车子直接送到汉克·亨利的办公室。我想这一定和你那天告诉我的暴乱有关，你知道的，就是凯尔索的黑人士兵。”

“是啊，太对了。干得好，兄弟。”皮特听到这个消息无比激动。如往常一样，他向布鲁斯倾诉了自己的沮丧。

他在皇后酒店的酒吧里喝啤酒时说：“我差不多把事情都拼凑起来了。”正如他承诺的，他没有具体提他和51团澳大利亚几个男孩的会面。“消息是不会传出去的，我敢保证。军方会把一切都掩盖掉。至于死亡人数、受伤人数……”他绝望地耸了耸肩，“我想我们永远也不会知道，兄弟。在我看来，这是场该死的犯罪，是件不为人知的事。”

但现在，一名美国国会议员来调查兵变，让事情有了完全不同的倾向，当然是从皮特的角度来看。与澳大利亚当局不同，美国政府似乎不打算掩盖这起可怕的事件。皮特完全没有想到会得到任何内幕消息。“不，不，兄弟，”他能听到自己在说，他已经在脑海里和议员对话了，“不是你能给我什么，而是我能给你提供什么……”对于皮特·维克斯来说，这是一个千载难逢的机会，一个记者梦寐以求的机会，一个让他揭露的事实到达海外的绝佳机会。毫无疑问，国会议员会欢迎他收集的没完没了的报告，特别是关于黑人士兵在北昆士兰的遭遇。这是全世界都需要听到的故事，皮特想。

“我猜那家伙住在皇后酒店吧？”他问道。

“应该是，”布鲁斯回答，“我去看看，然后告诉你。”

然后，他挂断了电话。

塞缪尔立刻看出了约翰逊的傲慢。从约翰·卡特做介绍的那一刻起，他就觉得他十分傲慢。

“不要让这个徽章分散你的注意力，搞清楚我的真正目的，上尉，”约翰逊说，他轻敲制服夹克袖口附近代表他军衔的三道杠，“我是国会议员，直接受命于美国总统，来此调查这起操蛋的根本不应该发生的事情，我说清楚了吗？”

“清楚了，长官，是的。”

“我打算把你的那帮家伙惹的该死的烂摊子弄个水落石出。我也希望找到答案，听明白了吗？”

“是的，长官。”尽管这人争强好胜，塞缪尔还是为他听到的话感到激动。终于有人对真相感兴趣了，至少有人想知道第96营士兵叛变的原因。“请跟我来，司令官。”

他领着约翰逊来到主审讯室，鲁珀特·巴雷特已在那里等候，还有阿莫斯·科尔和威利·帕克，他们俩是从牢房被带进来的。两名宪兵站在通往牢房的门边站岗，塞缪尔·罗宾逊和林登·约翰逊走进囚室，中校约翰·卡特可怜巴巴地跟在后面，现在他已成了隐形人。

接下来的两个小时里，塞缪尔看着国会议员专心地听他们讲述，他对约翰逊的尊敬倍增。他和鲁珀特·巴雷特简要概述了情况，说明这些人的自由被剥夺以及查克·马克斯韦尔的欺凌，约翰逊要求直接听取这两个人的意见。他集中注意力倾听并认真提出问题，尽管是傲慢地吼出来，但那些问题简短又机智，令塞缪尔印象深刻。林登·约翰逊可能很傲慢、专横、爱说教，有时甚至粗鲁透顶，但的确干练。

“我们喝醉了，长官，”阿莫斯说，“我们都确定无疑地喝醉了……”他们都坐着，看到这个德州人在高大的阿莫斯·科尔面前显得如此矮小，如此奇怪，不仅在身高上，在体格和声音上都是如此。相比之下，约翰逊显得出奇的小巧。

“我们知道我们错了，但您知道，我们很生气，”阿莫斯接着说，“‘生气’因为被赶出了城，‘生气’他们仅仅过了一个晚上就关闭了我们的俱乐部……”

约翰逊只是点了点头，上尉和下士已经把这些细节都告诉他了。“听上去你认为就有充足的理由向你们的指挥官开枪吗?”他厉声说道。

“哦，不，长官，不，”阿莫斯剧烈地摇着他的大脑袋，“那绝不是我们的本意。我们只是想去城里，只是，去城里弄杯好酒。”他满面愧色，像个犯了罪的大孩子。“那是我的主意，长官，全是我的主意，”他承认道，“是我怂恿他们的，你知道，只是想找点乐子……”

“所以你们决定把自己武装起来，只是为了找乐子?”

“嗯，是的，长官，在某种程度上是的。”阿莫斯看上去比之前更内疚了。“我们只是在炫耀，仅此而已。那些枪只是作秀，长官，我发誓那是实情。没人想向他们开火。”

“凯西想。”威利插嘴说，他对情况考虑了很长时间。“为什么，凯西，为什么，在那个可怕的夜晚，”他想知道，“你为什么要这么做?”他现在知道了。“凯西从一开始就想要报复马克斯韦尔。更重要的是，他早就蓄谋已久了。”

约翰逊打开手里的卷宗，扫了一眼第一页，在上面列出的许多名字中寻找一个名字。

“列兵凯西·戴维斯，长官，”鲁普提示道，“这个士兵被认为是这次叛变的主要头目。”

“啊，是的，谢谢你，下士。”约翰逊在遇难者名单中找到这个名字。

“那天晚上凯西不是想出去玩，”威利接着说，“他想为了安特杀死马克斯韦尔。”

约翰逊这次没有看手里的单子，而是直视下士，寻求答案。

"列兵安东尼·希尔，长官。"鲁普重复了一遍，"你在名单上找不到他的名字，他没有参与叛变。事发前一周他就死了。"鲁普看了塞缪尔一眼，塞缪尔也赶紧接过接力棒。这是他和鲁普一直渴望的倾听方式。

他小心翼翼地说："许多士兵说，他们对列兵希尔之死的愤怒进一步促成了暴乱。他们认为他的死，虽然被记录成意外，却是由马克斯韦尔上尉的欺凌直接导致的，我认为他欺人太甚。"

"是的，先生，"威利又插话道，这次他很激动，"马克斯韦尔上尉总要找个出气筒。一开始是凯西，从我们离开美国就开始了，但凯西很坚强，于是他转向了安特。所以凯西才想杀了上尉。这就是他那天晚上打算做的事。"

"列兵帕克，你既知晓这些，那你就是谋杀未遂的同谋。"约翰逊干脆地说。

"我不知道，长官，当时不知道。我在那之后才想明白的。凯西很生气，这我知道，他在气安特和马克斯韦尔上尉，也在煽动其他人，但是……"他无奈地耸了耸肩，威利的声音渐渐消失。

"那么，你为什么参与这次行动呢，列兵？"约翰逊问，他觉得面前这个年轻的黑人士兵一点也不像个叛变者。

“因为凯西是我的朋友，长官。我只是像往常一样跟着他。”

约翰逊停顿了片刻，然后靠在椅子上，手肘搁在扶手上，手指相扣，表现出完全不同的态度，声音甚至有点和蔼可亲。“给我讲讲你那位马克斯韦尔上尉吧。”他漫不经心地说。

塞缪尔和鲁普不敢看对方，但他们心里想的是同一件事。一个白人军官询问一个黑人士兵对白人军官的个人看法？闻所未闻，而且在他们的意料之外。

约翰·卡特中校坐在房间的角落里，意识到自己不受欢迎，他什么也没说，要是有人注意的话。事实上没人注意他，他的愤怒显而易见。

关于马克斯韦尔的讨论持续了好一会儿，阿莫斯和威利开诚布公地谈了起来，尽管塞缪尔已经警告过他们，避免直接提到谋杀。约翰逊聚精会神地听着，偶尔问些问题。然后……

“好了，我想我们就到这儿吧。”约翰逊又恢复了先前的态度，突然站起身来，要求立即停止。“下士，最好请你和我及罗宾逊上尉一道，我还有几个问题要问你们两位。”

几分钟后，这两名囚犯被送回牢房，塞缪尔和鲁普也和约翰逊一起回到办公室。约翰·卡特像影子一样跟在他们后面，依旧不安地沉默着。

四个人仍然站着，约翰逊迅速地陈述自己的计划。亨利少校给他安排了一个司机，在去军官俱乐部之前，他要直接去凯尔索营地。

“我打算和我们的马克斯韦尔上尉聊几句，”他说，“看来他和我需要谈谈。”

“当然可以，长官。我先用无线电通知他，让他恭候您的大驾。”和往常一样，塞缪尔的脸上没有表情。“您要我陪您去吗?”

“不，谢谢你，上尉，我想一对一的会面会更好，“现在，”他一口气不停地说，“给我讲讲那些禁酒和供应的来源。”

“我们知道是一个叫巴兹·泰勒的人提供的，长官。他为黑人军人俱乐部提供酒，我们试图……”

“是的，是的，这些我都在给我提供的报告里看到了，”约翰逊带着一丝不耐烦回答道，甚至没有屈尊瞥一眼卡特的方向，这本身就是有意的评论，“某个黑市骗子提供了烈酒，但谁是内线呢?”

“巴雷特下士对A连和C连的士兵都进行了调查，长官。”塞缪尔说。

“好的，下士，然后呢?”约翰逊转身对着鲁普打了个响指。

鲁普说："这些人说把钱交给了几名他们的士官。这些军士的军衔都是下士，我和他们每个人都谈过，他们都说钱直接付给了巴兹·泰勒。"

"你信他们吗？"

"我没有反驳的理由，长官。"

"我不敢苟同，巴雷特下士。每桶酒里都有个毒苹果，这个毒苹果很可能就是帮助和唆使酒精供应的人。谁能说这个内线不是暴乱的主要影响因素呢？谁能说他不是故意火上浇油煽动这些人，煽动他们暴乱的呢？有人想过这些吗？"约翰逊用责备的目光环顾这群人，也包括约翰·卡特在内。"不，显然没有，"他说，"我本以为内部影响会是最先被彻查的。"

林登·约翰逊实际上并没认为罗宾逊或巴雷特应该对这样的疏忽负责。他们毕竟不是"调查者"。他指责的目光现在对准了约翰·卡特，他的报告得出了一个简单的结论：由于黑市上敲诈勒索者提供的酒，一些喝醉的人叛变了，转而攻击他们的白人军官。约翰逊的眼睛在说："无能的混蛋。"卡特显得局促不安。

"我想和这个巴兹·泰勒谈谈，"这个得克萨斯人说，"但严格禁止记录。叫他来正式面谈会引起太多关注，消息会传开的。我去哪儿能找到他？"

"棕蛇酒吧，长官。"塞缪尔回答。"他为酒吧老板瓦尔·卡拉汉工作。事实上，瓦尔本人是个很好的谈话人选。”想到这里，他又补充了一句。“她跟这些士兵很熟。禁止他们进城之前，棕蛇酒吧是士兵们最喜欢光顾的地方。更重要的是，我们试图建立的俱乐部，就是瓦尔支持的……”

“好，好，上尉，好主意，就这么办。”约翰逊打断了他的话，急于把事情办好。“今天下午我一定要跟她谈谈，还要跟那个敲诈勒索的家伙泰勒谈谈。现在我要去凯尔索。”

他大步走出办公室，与等候在外面的司机会合，留下还处于懵懂中的其他人。这个人似乎不知疲倦。

查克·马克斯韦尔认为这个新来的正在调查暴乱的国会议员想和他谈谈他为什么被叛乱者盯上。他很气愤，在他看来，这纯粹是浪费时间。他已和总部的参谋卡特面谈过了，每个方面都谈过了。令他更加恼火的是，国会议员恰好在午饭时间出现在营地。他饿极了，本想在军官食堂里好好吃一顿热饭。现在，他奉命在C连军官的帐篷里等待这位约翰逊海军少校的到来，只好将就着吃个汉堡了。

汉堡吃到一半，吉普车就停在了外面，仅仅几秒钟后，宪兵中尉就把约翰逊领进帐篷。查克立正站起来。

介绍完后，中尉说：“我在车里等着，长官。”

约翰逊匆匆点了下头，中尉就不见了，只剩下他们两个。文员珀西·欧文平时都坐在角落里的办公桌前，现在正在士兵帐篷里吃着热饭。

“希望我没打扰到你的午餐，上尉。”约翰逊和蔼地说，然后坐了下来，他已经决定举行非正式面谈。他跟以往一样，没有吃午餐。注意力转移到别的事情上，即使胃口很好，他也可以很长时间不吃东西。

查克坐下来摆弄着汉堡，等待着那些他已经回答过却又不能回避的问题，但却没等到这些问题。德州佬想谈谈安东尼·希尔。为什么？查克并没紧张。他和斯特鲁特·斯托尔斯已经把这件事情说得一清二楚，他的死被公认是个意外，但他还是有点困惑。安东尼·希尔和暴乱有什么关系？

“上尉，我听说士兵们对你区别对待列兵希尔的方式有些不解。”约翰逊说，态度仍然和蔼可亲。

“对他区别对待，长官，”查克满嘴塞满汉堡，问道，“您到底是什么意思？”

约翰逊耐心地回答说：“我的意思就是成为欺凌的目标。”

查克眼神突然警惕起来，对汉堡失去了一点兴趣。

“我知道你撕碎了一本对那个孩子来说非常珍贵的

书，至少他们是这么告诉我的。”

查克·马克斯韦尔抑制住想大笑的冲动。见鬼，一分钟前他还以为国会议员要指控他造成了严重的人身伤害。

“正是我做的，司令官，我对此供认不讳。”他露出友好的笑容。看在上帝的份上，国会议员是德州人。他们都说同样的语言，注定有同样的观点。“得了吧，你我都知道黑鬼需要被欺负。这就是他们想要的。他们需要知道自己在生活中的位置。你给他们太多自由，他们就会困惑。在我的家乡，这叫作命令。有些规矩是必须遵守的，长官。”他以为自己好像做了很有意义的陈述，“这个词的意思都是有黑有白的，你我都知道，不是吗?”

德州人站在那里，高大的身影俯视着那个手里拿着吃剩下的汉堡的人。他若有所思地打量了马克斯韦尔一会儿。这就是他来凯尔索的原因，想看看这个马克斯韦尔到底是个什么样的人，现在他知道了。

林登·约翰逊已经弄清了在拘留营开会时的每个暗示，每处字里行间的意思，每一件被小心翼翼隐而不言的事情。“是的，马克斯韦尔，你这个狗屎，”他想，“我相信你很可能要为那个男孩的死负责。妈的，可惜没有证据。我真想把你关起来。”

“你就是个人渣，对吗，马克斯韦尔，”他冷冷地说，声音单调，“你真是个卑鄙的、狗娘养的人渣。”然后他走出了帐篷。

查克·马克斯韦尔看着他离开，感到很惊讶。“一个喜欢黑鬼的德州人，”他想，“这可真是个新鲜事儿。”

查克并没有被国会议员的敌意困扰，也没有为他对安东尼·希尔所表现出的兴趣所烦恼，但他还是决定和斯特鲁特·斯托尔斯谈谈。如果斯托尔斯也被要求面谈，他们最好重新排练一下各自的陈述，这样就不会有出入。

离开凯尔索，林登直接去了军官俱乐部，那里有为他预订的旅馆房间。他脱下制服，换上卡其色军装，肩章上有军衔的徽章。他更喜欢海军蓝夹克、白色衬衫和领带这种更时髦的打扮，但卡其色没那么显眼。整个小镇看起来都是卡其色。考虑到他一会儿要与普通百姓接触，和他们进行“私下”讨论，他认为保持低调是明智的。

他没吃午饭，就把司机打发走了。弄清方向后，他决定步行去棕蛇酒吧。

“走路可能更快，”他一边想，一边向山坡上行进，穿过几乎停滞不前的军车，“汤斯维尔确实是个繁忙的地方。”

他到了酒吧，还没开业。男人们也没有像每天傍晚那样在街上排队。棕蛇酒吧还要再过几个小时才会对酒客开放。

酒吧旅馆的大门没有上锁，林登走去接待处，柜台后面站着一位金发的年轻姑娘。她正埋头于手头文案，没有听到他已走到近前。

“对不起，小姐……”

“噢。”贝蒂猛地抬起头来。她并没有真正在看那些款项和列在旁边的数字，她也没有看到或听到什么。她的思绪完全飘到另一个地方，一个麻木、没有痛苦的地方。她脸上总是流露出一种随叫随到的机械微笑。

“您好，兵哥，有何贵干?”她注意到他肩上的徽章，那是个级别相当高的北佬海军军官。她对军衔很了解。也许他想订个房间。

林登·约翰逊还不习惯被这么年轻的人用这种亲昵的方式称呼，但还是报以微笑。“当然，”他想，“她对军衔一无所知，再说，怎么可能对这样漂亮的姑娘有什么反感呢?”

“我想见酒吧老板，”他说，“瓦尔·卡拉汉女士，对吗?”

“是的。”

“她在吗?”

“是的。在她办公室。”贝蒂指了指楼梯。“要我带你上去吗?”

“当然可以，如果你愿意的话。”他又朝她笑了笑，这次笑得很灿烂。她是他见过的最漂亮的一位姑娘。

“好的，跟我来。”

她从柜台后走出来，他注意到她形貌皆佳，整体非常完美。

“我该怎么通报呢?”她边带他上楼边问。

“你说什么，抱歉?”他有点心不在焉。

“贵姓?”

他非常想给人留下深刻印象。“国会议员，海军少校林登·贝恩斯·约翰逊。”他说。

他们走到楼梯口，她转过身来，意识到上楼时他一直在盯着她的背影看。“哇!”她说，似乎感到十分惊讶，“真够拗口的。”

“约翰逊司令官也可以。”他说，又是一个灿烂的微笑，只是想让她知道他在开玩笑，其实他并没在开玩笑。

贝蒂敲了敲门。“我，瓦尔，”她喊道，“有人找你。”

“请进。”一个女强人的声音回应道。

贝蒂打开门。“约翰逊司令官要见您。”她郑重地宣布，仿佛在介绍皇室成员。“真讨厌。”她边想边关上身后的门。

瓦尔从桌旁起身，但没有走到他面前。“下午好，司令官。”她说道，上下打量着他。“这就是巴兹今早跟她说的那个德州佬吗?”她想，他们说他很高，果不其然。“有何可以为您效劳的?”她问。“请坐。”她说，一边坐下，一边指了指待客的椅子。

“谢谢您，夫人,”约翰逊答道，走到写字台前，在她对面坐了下来，“不胜感激。只是想向您请教几个问题。”

“是的，他就是那个德州佬。”瓦尔想。“请说,”她说，“我会知无不言的。”她的微笑不仅友好，而且绝对是带着挑逗。她希望他会问她想回答的问题，即使他不问，她也会把自己的想法告诉他。

林登一直在考虑，他应该向他打算调查的老百姓透露多少信息。当务之急，他不能将调查的真正目的泄露给公众。美国军队发生兵变，黑人士兵背叛白人军官。这样的真相绝不能暴露给世人。然而，他还是没忍住，透露了自己的身份。

“我是美利坚合众国国会议员，卡拉汉夫人。”他开始说。

“是的，我听说了,”瓦尔愉快地回答道，“直接听命于罗斯福总统。不得不说，令人印象深刻。”

“啊!”他本能的反应是惊讶和满足。他确实喜欢给人留下印象。“你怎么会知道呢?”

“汤斯维尔没有秘密。”她说。然后，她注意到他那短暂关切的表情，补充道："我消息灵通，司令官，我能听到许多人所不知的消息。"她向他微笑以示亲密。"坦白地说，没什么事情能瞒过我，但我也向你保证，我知道如何保守秘密。"

"听你这么说我很高兴。"他发现她的微笑最能使他心安，仿佛他们之间有某种秘密协议似的。"我确实很高兴，有几个问题我想问问您，卡拉汉夫人。"

"是关于凯尔索那边的麻烦事儿，是不是——有关第96营的小伙子们。叫我瓦尔好了。"

他一时被这个回答难住了，这不像他的行事风格。

"我告诉过你，没什么能瞒得过我。"他们的目光锁定在一起，这次她的笑容显得更加亲密，甚至有些轻浮。"如果您不介意的话，司令官，您叫什么名字？"

"林登。"他不可理喻地脱口而出，没再多想。"林登·贝恩斯·约翰逊。"

"林登。"她似乎在细细品味这个词，在舌头上滚来滚去。"林登。我喜欢这个名字。我认识很多人，但从没见过叫林登的。想喝点什么吗，林登？"

"好的，女士，谢谢，非常乐意。"

"记得就叫我瓦尔。"她站了起来。"我猜你喜欢喝波旁威士忌，对吗？"

"对。"

“好吧，我要请您尝尝别的，至少在我看来，比波旁威士忌强多了。喝过班迪朗姆酒吗？”

他看着她走向角落处的柜子。他想：“她上了年纪，应该有四十多岁，身材却很好，坚强又自信。”他崇拜那样的女人，她丰满的胸部和身材——大多数男人都会觉得她很性感。他看得出来，她深谙于此。

“班迪，”他说，这个词听起来很古怪，“不，我应该没喝过。”

她拿着一瓶酒和两个玻璃杯回来。“班达伯格朗姆酒。”她把酒放在桌子上说道。“就是昆士兰这里出产的，你在世界其他地方都找不到比这里更好的蔗糖。”她边说边坐下，她给两个人各倒了一杯适量的酒。“林登，我想你会喜欢的，”她说，“干杯，嗯？”

他们碰杯后一饮而尽。

瓦尔在肆无忌惮地调情。从林登·约翰逊进到她办公室的那一刻起，她就把他盯住了。这个大个子男孩喜欢玩。她看到贝蒂离开房间时，他是怎么看她的。他坐在她对面时，她也看到了他的目光是如何凝视着她的胸部。这个人的眼神不老实。

“哦，我的天，”约翰逊喝了一小杯班达伯格朗姆酒后说，“这个酒够劲。”

“我发誓，它确实好喝，”瓦尔表示同意，“大多数澳大利亚人会加点姜汁汽水和冰块，对我来说，这简直是犯罪。什么都不加更好喝。”

“这一点，我得同意你的看法，瓦尔。”他说，同时细细品味着，然后又喝了一大口。他真的很喜欢这酒的味道。

“是啊，林登，我就知道你会喜欢。我总能看出一个人是否喜欢优质烈性酒。”

他们会心一笑，又分享了一个秘密，然后瓦尔停止调情，开始谈正事，她打定主意要说出自己的想法。

“说到凯尔索的那些男孩，”她一面给他的杯子斟满酒，一面说，“我知道外面发生了些麻烦，我不知道是怎么回事，没人知道，但不管发生了什么，我可以告诉你，那些男孩是无辜的。”

“你凭什么这么肯定？”约翰逊的态度立即变了，和瓦尔的态度变得一样快。调情结束，他的注意力全部都集中在她身上。

“林登，那些可怜的小杂种被人欺负惨了。我认识很多人，他们以前就在棕蛇酒吧喝酒，从不惹麻烦，每个都是好孩子。他们从一开始就成了替罪羊，被指责为黑人和白人之间任何争端的罪魁祸首，我可以告诉你，当时确实发生了不少争端。人们把一切都归咎于那些孩子，禁止他们进城。真令人感到可耻。”

约翰逊点了点头，仿佛他以前没听过这些似的，但他当然听过。整个上午，他听到了各种版本、观点和争论，汉克·亨利的政治必要性版本，约翰·卡特的纯粹种族主义观点，塞缪尔·罗宾逊的人道主义争论……他没有听到什么新消息，但这次他是听一个老百姓，一个澳大利亚平民，一个聪明人在说。

她说："我甚至被说服了，为那些孩子们创办黑人军人俱乐部，好让他们远离城镇，这样他们就不会惹上麻烦了。"

"是的，有人对我提及此事，"林登说，"这实际是我想和你谈的一个原因，瓦尔。"

"我创办这个俱乐部也不仅仅是为了做生意，"她满怀激情地继续说，"当然，总是会有那方面的因素，"她坦白道，"我的意思是，如果你是商人，你不会仅仅因为同情男人就把大笔的钱砸得一文不值，对吧?"

"当然不会。"

她说："那个俱乐部本来可以解决很多问题。"她无奈地耸了耸肩，"但就这样，仅过了一个晚上，它就关闭了。这一切就是因为几个不喜欢黑人的农民妻子，至少让我是这么认为的。我得知她们去投诉了"。

"是的，她们确实投诉了。"这些话他都是从汉克·亨利那里听来的，他也很喜欢听听她的版本。

“我们，我们澳洲人，是一群奇怪的老百姓，”瓦尔若有所思地说，对德州人的热切关注表示感谢，“我们喜欢假装这里人人平等，但事实并非如此。我们的黑人一直被当成狗屎般对待。我们甚至有像你们美国佬一样的奴隶劳工，就在不久前，人们叫他们‘黑鸟’。太平洋岛民被绑架到这里，在昆士兰的甘蔗种植园干活儿。我们靠剥削肯纳卡人的劳动不劳而获了整整五十年。”她举起酒杯，“这就是它的由来，林登，班达伯格朗姆酒之乡”。她又喝了一大口，好像是为了强调这一点。

“所以你看，我们并没有什么不同，对吧，你们和我们的人，”她接着说，“多年来，我们所有人都一直在嘲笑黑人。而这正是96军团的男孩们所经历的。至少我是这么认为的，你的人对那些年轻人的态度很恶劣。他们都是善良诚实的孩子，来这儿帮我们打仗，可却受到了狗屎般的对待。”

“善良诚实的孩子们来帮我们打仗。”林登想知道瓦尔是否知道她自己的政府最初对黑人士兵的反应。他回忆起最近与罗斯福和艾森豪威尔的会面，艾克对他讲有关白澳政策的情况。艾克说：“我们第一次提出派遣黑人军队时，他们说他们不需要黑人军队。”他回忆起罗斯福的回答，罗斯福当即表达了自己的惊讶，以及对结果的询问。“我们说如果没有黑人军队，就没有美国军队，”

罗斯福咆哮道，“一切免谈！”

“不，”林登想，“瓦尔·卡拉汉不会知道的。她只是平民百姓，政府不会把这些秘密告诉他们。当然在战争时期更是不会。”

“我尊重你的观点，瓦尔，”他说，“你说的一切我都接受，相信我。”他这么说也是这么做的。毕竟，她只是证实了他自己的直觉。经过今天早上在营地的问讯，他也对第96营的男孩们产生了同情，但同情不能解决问题，他需要了解更多。

“我很想和你的一位员工谈谈，”他说，“他叫巴兹·泰勒。”

瓦尔发出一声嘲讽：“员工？我不确定这个词是否合适。我觉得巴兹会把自己看作‘合伙人’。”她坦诚地承认，“的确，我在很多事情上都要靠他，战时物资短缺，那些东西本来就很难搞到。你知道是什么情况”。她戛然而止，暗含的意思显而易见。

“包括你创办的俱乐部提供给黑人士兵的酒。”他说道。

“没错，”她回答道，“还有一大堆别的东西，巴兹能从帽子里变出兔子，他是我认识的人中最有能耐的人。他就是个魔术师。”

林登说：“黑市骗子。”

“一回事儿。”

他们相视而笑。

“我能跟他谈谈吗?”

“当然。”瓦尔起身，“顺便问一下，你饿吗?”她指了指他喝完的空杯子。“肚子没食儿，那些东西就会上头。想吃三明治吗?”

林登突然想起他还没有吃东西。“谢谢，来个三明治就太好了。”

她走到门口，打开门，对着楼梯口，朝楼下喊道:“嘿，贝蒂，把巴兹叫上来，好吗，亲爱的? 顺便去厨房叫吉尔给我们做几个三明治。”她又转向林登。“火腿番茄行吗?”

“好。”他点了点头。

“火腿番茄，谢谢，亲爱的。”她大声喊道，贝蒂的声音也同样有力地回应。

“马上就好，瓦尔。”

瓦尔关上身后的门，走到桌前坐下，又给两人倒了点朗姆酒。“您找巴兹干什么?”她毫无顾忌地问。如果他不想让她知道，他随时都可以叫她走开。

但林登并不介意。他们之间已经进展得足够深入，他没理由让她走开。此外，他信任她。“凯尔索的那些人喝醉了，”他说，“麻烦就是这样开始的。我想了解他们的酒类供应情况。”

“哦，肯定是巴兹提供的，”瓦尔毫不含糊地点头说，“肯定是巴兹提供的，绝对没错。”

“是的，这的确是事实，”林登表示同意，“但我认为情况要更复杂一些。我相信你的泰勒先生有个内应，应该是第96营的人，他协助并怂恿向士兵供应酒品。”

“是的，这说得通。”瓦尔想，“当然会有。天啊，巴兹在部队那里都有内应。”

“我得告诉你，林登，”她说道，她觉得对他直言才公平，“巴兹的大部分生意都是跟汤斯维尔的美国人做的。我是说这并不稀奇，对吧？你的伙计们有那么多物资和钱。物物交换，这就是黑市买卖。”

“是的。”林登仔细地打量着她。“你真是个机灵的女人，”他想，“你对游戏规则和自己从事的行业了如指掌。你大概和他一样是个骗子。你不会碰巧知道你的‘巴兹’在第96军团中可能有什么特殊的线人吧，瓦尔？”

瓦尔把头向后一仰，开怀大笑：“如果我知道，你认为我会告诉你吗？”

他点了点头，瓦尔认为这是“有道理”的意思，然后她公正严肃地继续说下去。

“林登，我不认识巴兹的任何线人，”她说，“这是我做买卖的原则。这样更安全。”

“我理解。”他说。

他们俩沉默了一会儿，啜饮着酒。林登放下酒杯，再次打量着她，好像在掂量她的价值，抑或是在发起挑战。

“你认为你的泰勒先生会告诉我他在96营的线人是谁吗?”他问。

瓦尔迎向他的目光，接受挑战。“如果我让他这么做，他会的。”她说。

林登笑了。这正是他期待的回答。

有人在轻轻敲门。

“进来。”瓦尔喊道。

林登从坐着的椅子里转过身来，期待来人会是无耻的泰勒先生，不料却是那个端着一盘三明治、漂亮的金发女郎。

“谢谢，亲爱的。”瓦尔说，贝蒂把盘子连同几张餐巾纸放在桌子中央。

“巴兹马上过来。”贝蒂说，转身离开，她对指挥官笑了笑，因为她知道，在她走过房间时，他始终都在打量着自己的身体。

瓦尔也注意到他不老实的眼神，以及贝蒂对德州佬的微笑。这是贝蒂随时都能展露的微笑。冷酷，脆弱，但只要她想，就能赢得男人的芳心。“这就是这个女孩的应对之道。”瓦尔想。她不禁又想，如果贝蒂知道，就在这间办公室里，他们正在谈论害死凯西·戴维斯的“事故”，她会做何感想。瓦尔也不禁想知道，有多少人在那次“事故”中丧生。她想，这起事故一定是极其灾难性的，否则美国总统怎么会派国会议员大老远跑到这里来调查。

瓦尔将身后的门关上，“吃吧，林登。”她说道。她把三明治推向他那边。“这些都是你的。”她自己根本不饿。

这个大个子德州人饿坏了。不到一分钟，一个三明治已经下肚，第二个三明治刚吃到一半，又响起敲门声。

“进来。”瓦尔叫道，巴兹进来了。

“老板，你要见我?”

“是的，巴兹，进来，把门关上。这是约翰逊海军少校。”她说着，引见了林登。此时林登已经放下三明治，从椅子上站起来。她没有添加“国会议员”的头衔。毕竟，是巴兹把镇上新来人的事情告诉她的。“这是巴兹·泰勒，指挥官。”她说着，两人握了握手。“请坐，先生们。”

他们坐下来，忙着互相打量。巴兹不为所动。这就是那个在机场出了名的德州人。嗯，他们说得对，他很高。

林登·约翰逊在想巴兹·泰勒之类看起来有多典型。罗纳德·科尔曼式的小胡子，时髦的衣服和亮闪闪的鞋子，他看上去就是那种英国人眼中衣冠楚楚的奸商，一个非常英俊，却让人一眼看穿的游手好闲之徒。

“交给您了，指挥官。”瓦尔说。

林登直奔主题。“我正在调查向96营士兵供应酒的事情，泰勒先生，”他说，“也就是向驻扎在凯尔索的A和C两连供应酒的情况。”

巴兹笑了，厚脸皮的魅力展现出来，对大多数人来说，还是蛮迷人的。“啊，是我，司令官，就是我，我不忌讳承认。”“承认也无妨，”他想，“隐瞒事实毫无意义，人人都知道，那些家伙真是处境艰难，他们应该……”

“是的，是的，这一切我都知道。”林登简短地打断，“我知道酒是你提供的，我想知道军队里的线人是谁。”

巴兹的笑容消失了，他的表情变得茫然若失、困惑不解，仿佛他真的是在追寻某种莫名其妙的联系。“我不太明白您的意思，司令官。”

“我的意思是，泰勒先生，”林登说，他的语气很谨慎，他可不想被巴兹·泰勒这样的人当傻瓜耍，“就是跟你做交易的那个士兵。”

“哦，我明白了，当然知道。”巴兹又笑了，恍然大悟一般。“有几个人连名字都记不住了。他们收了孩子们的钱，我把烈酒送过去，就是这么简单。”

“不，事情根本不是这么简单。你和一个特别的人做交易，我要知道那个人的名字。”

他们现在注视着彼此。约翰逊咄咄逼人，巴兹也挑衅地注视着他。

“你吓不倒我，来自德州的大人物，”巴兹想，“我不是你们该死的部队上的人，伙计，你管不着我。”

巴兹没有任何退缩的意思。不是要对斯特鲁特·斯托尔斯忠诚，而是因为斯托尔斯是非常有价值的线人，他不能失去他。他们一起做了很多买卖，巴兹盘算着会继续跟他合作。

“恐怕没有什么特别的名字，司令官……”他听起来有些歉意，但眼神显然在说：你他妈的可以走了。“就像我说的，只是下士，我不知道他们的名字。”巴兹说道。

约翰逊看了他一会儿，然后瞥了瓦尔一眼。

“把司令官想知道的告诉他，巴兹。”瓦尔说。

巴兹转向她。他看了瓦尔一眼，就知道这绝对是命令。“好的，老板。”他得意地咧嘴笑了，他绝不能拿自己和瓦尔的关系冒险。瓦尔·卡拉汉的价值要抵过一百个，甚至一千个斯托尔斯。他转向约翰逊，依旧咧嘴笑着，好像在说：乐意效劳。

“一个叫斯托尔斯的家伙，”他说，“C连的斯特鲁特·斯托尔斯中士。”巴兹想：失去那样一个线人真可惜，管他呢，还会找到别的线人，反正我也他妈的不在乎。

林登看着瓦尔说道：“谢谢你，泰勒先生。”“很好，”他想，“这就是他想要的名字。”他明早第一件事就是叫斯托尔斯来问话。

第十六章

斯特鲁特·斯托尔斯小心翼翼地打量着审讯室。“他遇到什么麻烦了吗？该死，坐在他前面的都是大人物。有人告诉过他都有谁，他眼睛一眨一眨地依次看过去。新来的国会议员约翰逊少校，司令部的参谋；那个叫什么来着的中校——对，是卡特；宪兵少校亨利，和镇上的其他士兵一样，他认识汉克·亨利；以及他自己的指挥官塞缪尔·罗宾逊上尉。他被告知“只是一次问话，仅此而已”。然而坐在角落里的是一名宪兵中尉，正端坐在打字机前，准备记录下每一个字，还有两名宪兵站在通向牢房的门边。

“哦，操，”斯特鲁特想，“我被拉到这些白人高级军官面前。我他妈的到底陷入什么麻烦中了？”

他感到脉搏加速，额头冒汗。这一定和安东尼·希尔有关。就在昨天下午，马克斯韦尔还坚持要他们再过一遍那天晚上的故事。为了给安特一个教训，他们把书撕了，留下他在帐篷里收拾残局，他们继续巡逻。马克斯韦尔想确保时间和细节都吻合。他似乎并不担心。

他说国会议员来到营地，问了他一些问题，仅此而已。

“斯托尔斯，我们得把事情搞清楚，以防那家伙也想找你谈话，”他说，“我向你保证，没必要惊慌。”

但查克·马克斯韦尔没面对过这样的阵容，对吧？斯特鲁特现在明显感到了害怕，他心里咒骂着他的指挥官：“马克斯韦尔，如果这些家伙一起向我群起攻击，我一定要让你跟我一起完蛋。我发誓，我会拉你一起下地狱。”

“斯托尔斯中士……”坐在他对面的大个子德州人开始讲话，“我来这里是为了调查发生在5月22日晚的兵变以及导致骚乱的事件。”

斯特鲁特松了一口气，摇了摇头，假惺惺地感慨发生了这样一件令人震惊和悲惨的事情。“是的，长官，”他说，“那是个可怕的夜晚。”“妈的，原来就是为了这个，”他想，“我没有麻烦，我和暴乱没有任何关系。”

约翰逊继续说：“那天晚上，有人给士兵们提供了禁酒，报告说这是导致他们兵变的一个主要因素。”

坐在一排军官队伍最后靠墙位置的约翰·卡特忍不住微微叛逆地点了点头。尽管约翰逊对此不屑一顾，他还是认为酒无疑是导致兵变的主要因素。

“是的，长官，确实有酒，”斯特鲁特证实道，“长官，士兵们确实喝醉了，这是确定无疑的。”

“中士，他们从哪儿弄到的酒？”

“长官，我想是从一个叫巴兹·泰勒的人那里弄来的。那个人也给罗宾逊上尉成立的俱乐部供应酒水。”

斯特鲁特朝塞缪尔的方向瞥了一眼，表示他只是过于急切想帮忙，尽可能多地提供细节，并在此过程中把一切都做好，但他没有得到任何回应。

“中士，你知道这烈酒是怎么弄到，又是怎么分配的吗？”约翰逊问。

“我当时不知道，长官，我当然不知道。那天晚上对我们大家来说都是极为震惊。”他又由衷地摇了摇头，“我后来了解到，有几个士官从这些士兵那里收了钱，然后把钱给泰勒，他就把酒送过去。至少我听说是这样的，长官。”

斯特鲁特没有意识到自己正步入陷阱，他感到非常安全。那些下士告诉他，他们已经承担责任，他们接受了审问，并承认与巴兹·泰勒直接有过交易。“当然，他们会受到一些批评，”斯特鲁特想，“但我会让他们觉得值得。更重要的是，他们知道，这是一开始就达成的协议。”

“你在撒谎，中士。”约翰逊放弃了简单的问答，正如他一开始打算的那样，开始用强硬的口吻提问。“士官们当然收了钱，但他们没有把钱付给泰勒，而是直接交给了你。”

这一指控，虽出乎意料，却使原本得意扬扬的斯特鲁特大为震惊。他脑子开始飞快地转着：“是哪个杂种下士出卖了他？”更重要的是，他将如何应对？

“中士，你和巴兹·泰勒有生意往来。”约翰逊毫不留情地继续说，背景中宪兵也在打字机上无情地敲击着。“你从自己士兵那里拿了钱，然后把烈酒卖给他们，我想知道为什么。你是在中饱私囊还是另有险恶用心？”

斯特鲁特想知道这个人到底想说什么。他觉得受到了威胁，而且威胁远不仅仅是给士兵提供酒水那么简单。德州佬是在暗示什么，到底是什么？斯特鲁特知道自己走投无路，于是开始卑躬屈膝。

“我错了，长官，我承认我做错了，但我并没恶意，我发誓。您知道，罗宾逊上尉费尽气力创办的军人俱乐部仅仅过了一个晚上就关门了，士兵们都很不高兴，非常不高兴，长官。于是，我想……”

“你是说，如果他们能弄到些烈酒，也许能让他们高兴一点，是吗?”

斯特鲁特听出了德州人语气不善，但还是坚持说:“是的，长官，我……”

“你的动机很无私，中士，但我一点儿也不信你。”

斯特鲁特没料到他会这么说，他想知道为什么这个家伙会这么强势。仅仅因为他是德州人，憎恨黑人，还是因为这里发生了别的什么事儿？国会议员自己想到了什么？更不祥的东西。斯特鲁特很困惑，恐慌感开始袭来。

他目光扫向坐在他面前的军官，他们谁都没说话，都在等待他的回答，他们串通一气给他设圈套。“他们当然是在设套，不是吗,”他心想，“该死的白狗们。”

“我一直在了解你的情况,”约翰逊说道，不再讲究上下级之间的礼节，“你的士兵们不喜欢你，对吗?”

“我是名中士，长官……”斯特鲁特虽然坐着，但他的态度显示他是立正站着的，至少这是他在努力维持尊严。“我不指望士兵们喜欢我。”

“当然了，他们应该尊重你，这难道不是一个中士的职责吗?”这种人是林登·约翰逊所鄙视的。一个男人，不管他是黑人还是白人，位高权重于他人却滥用职权，出卖自己的部下，就像斯特鲁特·斯托尔斯那样，而且显然他经常这么做。约翰逊非常认真地听取了阿莫斯·科尔和威利·帕克的意见。

“你根本不关心你的士兵，对吧，斯托尔斯？”这是个反问句，约翰逊毫不留情地继续说着，“只要有利可图，你就会把自己人推进火坑。”

“这家伙是来找我麻烦的。”斯特鲁特想，他的恐慌现在变成了恐惧。

“你给士兵们提供酒的动机除了利他就没有别的了，”约翰逊嘲笑道，“这是彻头彻尾的下流行为。这些是你经常欺辱背叛的人，你故意制造麻烦，自己从中渔利。”

麻烦？想要制造麻烦？斯特鲁特的额头上又一次布满了冷汗，心里盘算着该怎么应付他无法理解的指责，什么样的麻烦？

斯特鲁特·斯托尔斯并不是唯一感到困惑的人。汉克·亨利想知道约翰逊的话到底是什么意思，已经确定斯特鲁特是幕后主使供酒的内应，这肯定是这次审讯的目的。约翰·卡特也有点困惑，尽管他记得约翰逊认为内应可能是兵变的主要影响因素，但他自己觉得这种观点脱离了常识。

塞缪尔·罗宾逊是在场的唯一对德州人的长篇大论有一点头绪的人，就连他自己也远不能确定。他想：“这肯定不是约翰逊的意图。这是不可能的。这不可能。”塞缪尔屏住呼吸、难以置信地观察、等待着，绝望地祈祷着，希望能印证自己的猜想。

“我认为，斯托尔斯中士……”这一次，约翰逊看着那个人的军阶，但听上去他是在进一步控诉他的罪行，“你故意煽动士兵，鼓动他们暴动。”

“上帝啊，”斯特鲁特惊恐地想，“这个混蛋要把整件事都推到我身上！”

“你知道士兵们有多不高兴，你自己也说过。你知道他们恨你，就看你对他们的态度，这也是情理之中。斯托尔斯，你煽动很多心存不满的士兵，”约翰逊指责道，“你把他们逼上绝路。事实上，我甚至可以说你是引起他们兵变的主要原因。”

斯特鲁特吼道：“这不是事实！”他实在忍无可忍。“他们兵变是因为马克斯韦尔上尉。我听士兵们这么说。他们哗变是因为他们认为马克斯韦尔杀了安东尼·希尔。他们说得对，他确实杀了安东尼·希尔。我当时在场。”

房间里一片寂静。就连打字机的按键声也暂停了一会儿，然后又恢复工作。

塞缪尔难以置信地看着约翰逊。“你让一切水落石出了，”他想，“太聪明了。你是怎么做到的？”约翰逊一直盯着斯特鲁特看，实际上他对斯特鲁特的坦白感到惊讶。“你是不是故意让他进入圈套的。”塞缪尔想。他回忆起前一天约翰逊听阿莫斯·科尔、威利·帕克和鲁珀特·巴雷特讲述时的专注。斯特鲁特的名字被提到过好几次。那天晚上斯特鲁特和马克斯韦尔一起巡逻，亲眼看见了那本书被撕毁，这是大家都知道的。斯特鲁特是如何对马克斯韦尔的霸凌行为熟视无睹，以及士兵们如何因此而憎恨他。但他们从未提到过谋杀，或者暗示斯特鲁特可能会是一个从犯。

士兵们被警告说，没有证据就不能指控。约翰逊是否得出了自己的结论，并有意让斯特鲁特进入圈套？或是，他对斯特鲁特穷追不舍的追问让他无意中招了供？

“马克斯韦尔上尉会说那是个意外，长官，但那根本不是意外。他会说他撕书时列兵希尔袭击了他，但列兵希尔没这么做……”现在斯特鲁特已经停不下来了，打字机追着他说的每个字，试图跟上他的速度。“那孩子刚想保护他的书，马克斯韦尔就冷酷绝情地杀了他。击打过猛，把他脖子打断了。”

“我知道，”约翰逊若有所思地说，“这对你来说很困难，中士，我能想象得到，你到底做了什么？”

“我无能为力，长官。”约翰逊的话，甚至连同他的语气听起来都是理解他的，斯特鲁特突然感到希望涌动。现在他看到了出路，对他来说，这是个明智之举。“马克斯韦尔上尉说他会把安特的死归罪于我。他说我会死，说白人军官根本不会听黑人士兵的话。他命令我把尸体处理掉，弄得像一场意外。”

“所以你就这么做了。”

“我必须服从，长官。我是在服从命令。我是在服从指挥官的命令，长官。”

“尽管你的指挥官刚刚犯下谋杀罪?”

“我有什么法子呢，长官?”斯特鲁特直视着德州人，这一次他的恳求似乎完全没有狡诈的成分。“这是一个白人军官对一个黑人士官说的话。我根本没有机会。”

“我知道了。”

这是自审讯开始约翰逊第一次和他的同事交换眼神，其他人彼此交换着眼神。反应似乎一致：这次审问无疑是成功的，约翰·卡特中校的脸上仍愁云密布。

接下来的10分钟，约翰逊向斯特鲁特核实了更多细节，包括尸体的处理，事件发生的时间，然后一切就结束了。

“我想这差不多就是事情的真相了。”约翰逊说，然后向后靠在椅子上，带着一种自满的神情。他的注意力仍然集中在斯特鲁特身上。“你是无期服役的，是吧，中士?”他毫不喘息继续说下去，“一个职业军人。你服役多久了?”

德州佬的语气又一次听上去通情达理，斯特鲁特没有感到受到威胁。“到现在22年了，长官，”他自豪地说，“我19岁参军的。”

“这么多年的服役，你一直爬到上士。”约翰逊点了点头，好像是在表示祝贺。

“是的，长官。”斯特鲁特接受了他应得的祝贺。

“好了，现在我要告诉你，情况要变了。”约翰逊的语气听上去不再是通情达理。游戏结束，他找足了乐子，他的声音变得冷冰。“斯托尔斯，你不会再得到额外的津贴。我说到做到，你从今天起就被降为列兵。”约翰逊很有礼貌地朝约翰·卡特瞥了一眼，尽管他真的认为没有这个必要。约翰·卡特也点头回应，对得到认可表示感激。

“从现在起，你和那些孩子们一样，就是士兵，”约翰逊用讽刺的语气强调说，“一位好的普通老兵。真有意思，我倒要看看你如何适应普通士兵的身份。”他接着说：“更有意思的是，看看有你在，他们会怎么适应。”

这个情况立即使斯特鲁特不寒而栗。“他们真他妈的会杀了我。”他想。

“是的。”约翰逊表示同意，斯特鲁特的表情清晰可见，“我想你肯定能赢得大家的拥护。”他站了起来，其他的军官也随着站了起来，然后他转向汉克·亨利，说道：“少校，我建议我们暂时把这个人和另外两名证人关在一个牢房，直到三人被转送回营地。”

"好的，当然了。"汉克·亨利向两个宪兵快速地点点头，两个宪兵立即羁押了惶恐的斯托尔斯。

斯特鲁特被押送出审讯室，又出了一身冷汗，脑子里拼命地盘算着他唯一的防御方法。马克斯韦尔。他得传播有关马克斯韦尔的消息。他得让士兵们知道所有的事实……马克斯韦尔如何勒索他……他和那小子的死没有任何关系……

卫兵走后，汉克·亨利说："我马上安排转送，司令官。"他和约翰逊之前同意让阿莫斯·科尔、威利·帕克，加上现在的斯特鲁特·斯托尔斯被送回营地。官方调查已经结束，现在只剩下讨论结果了，主要是如何不让外界知道整件丑事。

"谢谢您，少校。"

汉克·亨利离开审讯室，塞缪尔安静地待在约翰逊身边。"干得漂亮，长官，"他说，"向您祝贺。"

"祝贺什么，上尉？幸运的突破，仅此而已。"那最轻微的笑意转瞬即逝。"可以说是意外收获。"

塞缪尔仍然不知道约翰逊的策略是不是有意而为之。他想他永远也不会知晓。

陆军中校约翰·卡特或许听到了这段简短的对话，但不管怎样都无关紧要了。他在想着更重要的事，他急不可耐地等着记录员把文件整理好。

年轻的宪兵说："长官，我会为您把这些记录仔细打印好。我会把记录附在昨天的报告上，今天下午早些时候把整个卷宗送到军官俱乐部。"

"非常感谢，中尉。"约翰逊回答。

"那个人在撒谎！"

中尉身后的门还未关上，卡特就再也控制不住自己，脱口而出。他愤怒的矛头直接指向林登·约翰逊，在他看来，约翰逊似乎相信斯特鲁特说的每句话。

"那孩子的死就是个意外，"他激动地说，"即使不是，也必须被看成是个意外。马克斯韦尔并不想杀那孩子。看在上帝的份上，我们不能把杀害黑人士兵的罪名推到白人军官身上。尤其是现在不行。天啊，伙计，我们是作战部队！我们必须被视为一个团结的部队！"

"我同意。"约翰逊似乎被卡特的激情爆发逗乐了。他也确实如此。"绝地反击了"，他想。"我完全同意，上校。"

卡特的长篇大论戛然而止，他看上去很困惑。指挥官同意他说的什么？

约翰逊决定详细说明，他意识到，对于卡特之类的官僚，这样的程序是必要的。"我同意在此情况下我们不能以谋杀罪审判这个人。我甚至同意马克斯韦尔并没有打算杀了小安东尼·希尔，"他耐心地说，"但事实是他杀了那个男孩。可能是无意的，但有恶意伤害他人的意图。马克斯韦尔害死了无辜的人，上校。当然，这种肆无忌惮的残忍行为不应该不受到惩罚。你同意吗，上尉？”他转向塞缪尔问道。

约翰·卡特不以为然地噘起嘴。为什么国会议员在所有人中偏偏问罗宾逊上尉？上尉并不是正式调查员，他只是以第96营C连的指挥官身份出席。

“是的，长官，”塞缪尔小心地回答，“我当然认为这种行为不应逍遥法外。”塞缪尔本人对约翰逊征求他的意见感到惊讶。他该说什么呢？毕竟，他们两人都知道美军不允许采取正式的法庭行动。约翰逊今天带给他太多的惊喜。

“你会拿马克斯韦尔怎么办，上尉？”林登·约翰逊目不转睛地盯着塞缪尔·罗宾逊。他无疑是在寻找答案。“你了解那个人，”他说，“给我讲讲他。你会怎么处理他？”

塞缪尔思考了好几秒钟，他和约翰逊对视，时间似乎很漫长。

他说：“马克斯韦尔是个胆小鬼，长官。”他准备绝对诚实地发表意见。“他是个懦夫，利用自己的职级进行欺凌，以显示自己男子气概。至少我是这么认为的。”

“是的。”约翰逊点了点头，回忆起他在凯尔索与那个人的简短会面，那个他极其讨厌的人。“我认为你说得有道理。那你会拿他怎么办?”

“我会取消他的军衔，把他分配到美国武装部队中最艰苦的战斗单位。”

“那是……”

“美国海军陆战队，长官。他们很快就要上前线了，他们每次都是第一个，我猜也就只有几周时间了。”

林登·约翰逊发出一阵短促的大笑，这个回答令他满意。“那会把马克斯韦尔那样的混蛋吓得屁滚尿流的，是不是?”

“是的，肯定的。”

“谢谢你，罗宾逊上尉。”

“这是我的荣幸，司令官。”

塞缪尔非常希望约翰逊能照他的建议去做。“这是你应得的报应，查克，”他想，“我可以向你保证，你爸爸能把你从海军救出来。你不面对战斗，你就得面对士兵。那些人一英里外就能嗅出懦夫的味道。”

从约翰·卡特怒视他的眼神来看，塞缪尔知道上校觉得他已经越位，所以他决定离开。两位被指派调查骚乱及其后果的高级军官需要进行磋商。

“请原谅，长官，我要回营地。我想在他们到达前赶回营地，他们最近处境很艰难。”他指的是阿莫斯·科尔和威利·帕克，他根本不在乎斯特鲁特·斯托尔斯。事实上，他很高兴斯托尔斯现在注定要得到多年来他一直给予别人的待遇。

“好的，上尉。谢谢你的帮助。”

约翰逊的感谢显然是真诚的，两个人之间无声的交流或许也是某种形式的祝贺。

罗宾逊上尉离开后，约翰·卡特努力恢复他认为自己被严重剥夺的尊严。他对约翰逊向塞缪尔而不是他来征求意见感到非常生气。这种对他军衔藐视的行为是不合适的，不得体的，且极不合规矩的。

“好吧，司令官，”他生硬地说，“我想现在我们俩作为这次调查的高级指挥官应商讨一下该对第96营的兵变士兵采取什么行动。”

“我来告诉你我们该怎么做，上校……”

约翰逊走了几步，站在那里，几乎是鼻子对鼻子地盯着卡特，矮一些的他不得不抬起头，才能看到高他六英寸的盯着他看的眼睛。

“我会向我的上级汇报，”约翰逊接着说，他们两人都知道是富兰克林·D.罗斯福总统，“你向你的上级汇报，”指的是道格拉斯·麦克阿瑟将军，“我建议你向上司提议，把第96营的A连和C连调离澳洲服役，我敢肯定这也正是善良的将军所希望的。”

卡特清了清嗓子，又一次被这个傲慢无礼的大个子德州佬吓住了，但他决心不露怯。“是的，也许，”他开始说，打算开始进一步的讨论，“这确实是个可行的建议——”

约翰逊已不想再听下去。“至于马克斯韦尔，”他说，“嗯，你也听到罗宾逊上尉的话了。我认为海军陆战队听起来不错。”他大步走向门口，“我想就这些了，上校”，他边走边回头喊道。他开了门，但还是很有礼貌地转过身来，甚至还对他微微一笑。“对了，祝你回总部旅途愉快。”

然后，他就走了。

他回到女王酒店时，已是下午1点，林登已确定他当天之后的计划。首先，他会沿着海滨愉快地散步，昨天他一直闷在室内进行问讯，现在又闷了一上午，他还没领略汤斯维尔的美丽风景。他决定沿斯特兰德大街北行，一直走到香吻地要塞，他了解到那里是最北端。然后，回到旅馆吃下午饭。吃完午饭，书记员就会把审问记录送来。之后，他就开始着手完成艰巨的任务，写一份完整的报告，回美国时面呈罗斯福。

他刚走进旅馆门厅，就发现有人和他搭讪。

“您是约翰逊少校吧。”一个男人从旁边的扶手椅上站了起来，椅子离大门很近。显然是在等他。

“皮特·维克斯。”男人走近时说道，左腋下紧紧夹着个很大的文件夹，伸出右手，面带友好的微笑。“我昨天下午留了一张名片。实际上还有张便条，”他说道，“我打过两次电话。”

“哦，是的。”林登别无选择，只好和他握手。这个长相讨人喜欢的年轻人大约25岁左右，是个跛子，对跛子粗暴无礼是不对的。“我收到了名片和便条，维克斯先生，”他说，“但我不想和媒体交谈。”

“哦，司令官，我不是要进行采访，”皮特说，“绝不是，我向你保证。如我在便条中所说，我坚信我能帮到您，而不是您帮我。”

“当然，记者都会这么说，是吧？”林登恼怒地想着。“我无意与《新闻简报》进行任何交谈，维克斯先生。”他相当严厉地说道。

“我也不想。”皮特回答。“我不会写您和您来此的目的，没有意义。他们一个字也不会刊登。”

这个年轻人的举止，虽仍旧彬彬有礼，却非常自信，令林登不禁好奇起来。“哦？”他问，期待得到解释。

这正是皮特想要的反应，所以他开门见山。“您是来此调查5月22日晚第96营骚乱的，”他说，“黑人和白人士兵间的冲突。”

他这句故意说得很直白的话产生了效果，已引起约翰逊的兴趣，指挥官的表情显然是在说：“你到底是怎么知道的？”

“我相信你已经掌握了兵变的所有相关信息。”皮特继续说。他知道他在用“兵变”这个词打赌——他从来没听过“兵变”这个词——但既然他们为了阻止黑人士兵进城设置了路障，那肯定就是。他可以从约翰逊坚定的眼神中看出，他说对了。“我指的当然是所有的军事信息，这些资料我很难获得。”他露出迷人谦逊的微笑，如果时间和对象合适的话，这个微笑可能会起作用。但两者都不契合，约翰逊仍未被打动。因此，皮特决定不再施展魅力。

“在汤斯维尔，黑人和白人士兵间有矛盾已有段时间了，司令官。”他说，“问题被自然地掩盖了，但在此之前发生的事情太多了，导致了最近这起灾难性事件，坦率地说，军方本应有所预见。”

他知道，他现在已吸引了约翰逊的全部注意力。

“整个北昆士兰，有关黑人士兵的问题都在持续发酵，”他继续说，“当然，澳大利亚政府要求黑人士兵远离主要的城市中心并没起到什么作用，”他嘲讽地补充道，“但美国军方未能为黑人士兵提供足够公正待遇，已公开引发灾难。我相信这一切的直接结果就是兵变。”

“看来你对形势做了一番研究，维克斯先生。”约翰逊说。

“是的，长官，我研究了。”这正是他所期待的，“过去几个月里汤斯维尔发生的每起事件我都写了报告。”他递过文件夹，“都在里面，司令官”。

林登接过文件夹。“你想让我拿这个做什么？”他问。

皮特不会把自己的愿望说出来去碰运气。至少现在还不行，要等这个人看完文件夹里的内容之后，“悉听尊便，司令官。”他说，“我相信报告会说明一切。”

“很好。”林登当然很感兴趣，但他不想让自己的一天被破坏，“我要去散散步，呼吸点新鲜空气，”他突然说，“我会坐在公园的长凳上读。”

“好主意，长官。”

“我会在适当时候给你答复，维克斯先生。”说完，林登·约翰逊转身走出了酒店。

一出门，他就穿过马路，快步沿斯特兰德大街北行，欣赏着风景；右边是波光粼粼的大海，远处是神秘的磁石岛，左边是俯瞰小镇铁锈色的城堡山。

他放慢脚步，充分欣赏着美景。此时已是深秋，北昆士兰的晚秋凉爽清新，要是能忽略掉斯特兰德大街上来来往往的军车的话……嗯，从热带风情来看，汤斯维尔非常漂亮。他一边想着，一边欣赏着海边林荫大道，道路两旁是郁郁葱葱的树木和散布在海滩上的棕榈树。还有鸟……他猜想是一种鹦鹉，很大，黑色，有羽冠，很多在地上和树上觅食。有两只鸟从它们栖息的树枝上飞下来，他看到了红色的尾羽一闪而过。多么有异国情调，他想。林登以前从未见过黑凤头鹦鹉。

前方不远处，可以看到排列在海滩上盘绕着的带刺铁丝网和沙袋。他决定不再继续前行去斯特兰德大街北端的堡垒，那里的风景已明显被军事化了。他停留焉为，在此处景色更为迷人。

他在公园里，找了一张面向大海的长椅坐下，打开文件夹，里面的记录一页接着一页，大概有50页或更多，排版工整，单倍行距。每份报告记载一起事件，页数各不相同，有单独的标题和日期。这确实是详细的研究，他边想边静下心来浏览文件，寻找可能感兴趣的要点。

材料本身……所做的评论……报告人没有赘述的观点，而是清晰简洁地让每一事件自我展现，然后再给出富有理智的因果分析。很多报道都令人震惊。从伊萨山偷运来的装有黑鬼的棺材？这是真的吗？阅读其他黑人死亡事件，林登想，此类事件完全有理由保持高度机密，但这些事件从一开始就不应该发生。

一个半小时后，他合上文件夹，望向大海，却没有欣赏海景。他的思绪还停留在刚刚读到的内容上。

他想，维克斯有关我们黑人士兵所处困境的看法是对的。他说得确实对，我们是在自找麻烦。这个文件夹里的东西有充分理由说明为什么黑人工程兵会暴动。

他站起身来，伸展后背。板凳很硬，他穿着浅卡其色制服，觉得有点冷。午后的空气似乎也开始有点让人不舒服，也许这只是因为他在吹过水面的微风中坐得太久了。

他轻快地大步走回酒店，计划的午餐早就过点儿了，也忘记吃了，食物现在已不重要了。他会给皮特·维克斯打电话，安排一次会面。

他一走进门厅，就看到了皮特，他还在那里等着，还坐在那把扶手椅上，他已经在那儿待了大半天。

一看到大个子德州佬，皮特就跳了起来，急切地向他迎了过去。

“嗨，司令官，”他说，“您认为怎么样？”

“我想我们需要谈谈。酒吧营业了吗？”

“还没有。我看过了。四点钟，还有半个小时。”

“好，那就喝咖啡。”

林登向休息室走去，他调整了一下自己的步伐，让记者能跟得上。但记者毫不费力就跟上了。皮特·维克斯热情高涨，他控制着自己笨拙的步伐，不让自己冲到前面去。

“这家伙好像根本不知道自己是个跛子，”林登想，

“真让人印象深刻。”

他们似乎等了很长时间咖啡才做好，德州人保持着沉默，显然是在深思熟虑，皮特抑制住自己的焦躁不安。事情进展得很顺利，他不敢冒险去激怒这个家伙。

终于，他们坐下来，咖啡摆在面前，他忍不住又问：“司令官，我的报告，你觉得怎么样？”

“真他妈的了不起。”林登说。然后，他敏锐地观察着皮特的反应，补充道：“如果一切属实的话。”

“每个字都是真的，”皮特毫不犹豫地回答，“我敢发誓。没有修饰，没有夸张，只有我通过调查发现的事实。当然了，还有我的评论和分析，毕竟我是一名记者。”

“是的，”林登想，“的确如此，而且做得很好。”

“请注意”，皮特接着说，“我相信你已经注意到，没有具体死亡人数的数字。我不知道镇上有多少黑人在黑人和白人的暴乱中被杀，也不知道有多少黑人在伊萨山喝了含氰化物的烈酒而死。当然了”，他意味深长地补充说，“最近兵变导致死亡的人数，美国军方会守口如瓶。”

“当然，”林登说，“这是必须的。”他长长地喝了一大口咖啡，低头看着面前桌子上的文件夹，重复之前的那个问题。“你想让我做什么？”

这一次，皮特胸有成竹。“我想让你带回美国，”他说，努力抑制住自己对期待已久的梦想可能实现的兴奋，

“这个在澳大利亚不会出版，你知道的，这里的战时审查制度比其他任何同盟国都严格得多。但它很可能会在美国出版发行……”他停了下来，意识到自己的热情开始显露，而约翰逊正疑惑地看着他。“这是一个必须讲述的故事，司令官。”他说道。

“不，不，不，”林登想，“这是一个永远都不能讲的故事。一个绝不能让世人听到的故事。这个人怎么能这么天真，他真的相信我会让这个东西发表出来吗?”

“你一定知道，是吧，维克斯先生，我是美国国会议员，直接受命于总统本人调查凯尔索的暴乱。”

皮特意识到自己的话听起来是多么荒谬天真，甚至是愚蠢。像往常一样，他头脑发昏，现在他疯狂地纠正自己。

“当然了，”他急忙说，“是的，我当然知道兵变本身不能被提及，其他事件的具体细节也是，但作为一个有人情味的故事……”“哦，天哪，”他想，“我只是用了吉姆每次要我把事情说清楚时都会说的那个老词。”“我的意思是，黑人士兵在这个国家的偏远地区干活所面临的困境……关于双方种族歧视的评论……”他的声音开始减弱，觉得自己的论点听起来不太充分。“这当然是值得注意的。”

“是的，”林登鼓励地点了点头，“的确如此。”

就林登·约翰逊而言，整个报告都值得注意。这个文件夹有他要呈给罗斯福的一切。这里有对事件和局势最详尽的分析，这些很可能引起黑人士兵对白人军官的反叛行动，就像在凯尔索发生的那样。他要亲自撰写报告。除了书记员的审讯笔录和约翰·卡特对该事件极其贫乏的描述中所包含的事实和数字，他什么都不需要了。真是天赐良机。

他拿起文件夹。“我不会对你撒谎，维克斯先生，”他说，“这里面的东西不可能在美国发表，即使是有关人性的故事，战争还在进行，肯定不会发表。但我可以告诉你，文件夹将送到白宫，供国家最高权力机构阅读。这份报告将由罗斯福总统亲自审阅，我可以向你保证，仅此而已。”

皮特激动得说不出话来。美利坚合众国的总统。他的报告将呈给罗斯福，之后将保留在白宫，传给子孙后代。也许有一天战争结束，故事或许甚至会发表。好吧，不能太贪心了，对吧？

“谢谢您，司令官。”他由衷地笑着说。“非常感谢，我发自肺腑地感谢。”

林登看了看表。“四点钟，酒吧开了，”他说，“我们休息一会？”

第十七章

第二天是约翰逊在汤斯维尔的最后一天。当天下午，他要和第22炸弹组一起飞往莫尔兹比港。他被指派为观察员，计划第二天早上对莱城发动空袭。

由于还有几个小时的空闲，他决定去棕蛇酒吧，拜访瓦尔·卡拉汉并同她道别。他可以沿维克汉姆街和弗林德斯街北行至市中心，这样就有时间走回军官俱乐部，拿好装备，同司机会合。不知怎的，他很想去见瓦尔，也不知为什么，大概是为了感谢她的帮助吧，他最终还是选择穿制服。他渴望给人留下印象。

他的确这样做了。

他来的时候以为酒吧已经打烊了。现在才早上10点，通往大街的门肯定关着，但他一走进酒吧，就立刻发现里面有动静。接待区直接通向左边的门大开着，人们的说话声响亮而清晰。

他走进去。里面至少有十几个人，都是穿制服的军官，懒散地喝着啤酒，有几个聚在屋子中央的玻璃围栏周围。

瓦尔和那个非常漂亮的年轻姑娘在柜台后面，她刚刚收了一位士兵的钱，而女孩则站在柜台的另一端清洗着玻璃杯。

他对那个姑娘笑了笑，注意到她穿着珍·哈露风格的丝质上衣，胸部很迷人。他一边琢磨着她里面是不是没穿胸罩，一边向瓦尔走去。

贝蒂也对指挥官回以灿烂的微笑。“又是那个混蛋，”她想，“他这次还打扮得有模有样的。”

“天哪，林登，”瓦尔走到她身边时偷偷地嘀咕道，“真帅，非常非常性感。”他漫不经心地耸了耸肩，知道她是在开玩笑，但他也觉得自己穿着海军蓝夹克、白衬衫，戴着领带时，很精神，也很性感。在周围的卡其军服中，他确实显得与众不同。

“这儿出什么事儿了，”他问，“为什么酒吧还开着？”

“一个私人派对，”她说，“只是几个军官的聚会，也许是某个家伙的生日，我不知道，严格来说不合法，”她笑着承认道，“管他呢，男孩们在打仗，你真的不能说不，是吧?”

“确实是。你也真的不能拒绝挣外快，对吗?”林登想，他想知道瓦尔在棕蛇酒吧举办过多少场私人派对。

“给您来杯啤酒，司令官?”她问，“当然是记在酒吧的账上，”她补充道，“想的话，还可以喝点烈酒。”

他怀疑这一提议是否意在行贿，但他发现她似乎对他的出现一点也不在意。

“不，不，”他说，“天哪，现在对我来说太早了。”

他表情挑剔地看了看周围的客人，注意到在场没有美国人时，松了口气。“哦，当然，”他想，“美军军官绝不会表现得这么明目张胆；他们对自己的制服更尊重。在场的都是澳大利亚军官，澳洲人是出了名的不守规矩。”

“那边出什么事儿了，那该死的是条蛇吗?”他指着酒吧中央的玻璃围栏问，有三个人正聚精会神地看着要发生的事儿。

“是的，”她说，“一个家伙刚刚对蛇下了赌注。”“蛇对人，”她解释说，“如果赌客能把手一直放在玻璃上，他就有三分之一的胜算。”

林登饶有兴趣地看着，蛇被棍子敲打底座和拍打玻璃的声音所激怒，把身体的前部从地上抬起，开始左右摇晃，吐着黑信子。他看着赌客举起手，平放在与胸平齐的玻璃上。

“第一条规则，”瓦尔说，“这个家伙必须始终保持与蛇的眼神接触。如果他闭上眼睛或看向别处，他就输了。蛇栏对面的另一个人负责监督，做裁判。”

林登看着裁判，裁判正盯着赌客。他又看向赌客，赌客正盯着蛇。两人的注意力都很集中。他的眼睛不时地看向蛇，它现在比两个男人中任何一位的注意力都要集中。蛇正准备进攻。它身体后部直立起来，露出白白的下腹部，舌头仍吐着信子，脖子威胁地盘绕着。

林登自己并没有与蛇的眼睛对视，但他也像那个男人一样被迷住了，那个男人一只手放在玻璃上，眼睛和蛇的眼睛锁定在一起。

蛇停止了吐黑信子，又大又圆的脑袋上，嘴巴恐怖地大张着，突然间，蛇开始攻击。就在同一刹那，那人的手本能地从玻璃上抽走，无法控制的自我保护本能，至少在林登看来是如此。

“哇！”他惊叹。既而转向瓦尔，问“有人赢过这个赌注吗?”

“哦，有的。”她轻快地回答。讹言谎语，觉察到他的兴趣，她希望发出挑战。“总有一个家伙能经受住考验。当然，他们主要是黑人，”她不得不承认，“怎么了，司令官，你想试试吗?”

他们注视着彼此。他知道她在向他发出挑战。他说:“我从不做没有把握的事情。”

她笑了起来，破解了此刻的尴尬。“聪明人。”

“日安，司令官。”一个高傲的声音从酒吧尽头传来。

储藏室的门开了，是巴兹。他用最喜欢的口头语说着，他正从卡车后面卸下新到的烈酒，用他喜欢的口头禅来说酒是“从卡车后面掉下来的”。

他慢悠悠地走了过来，站在瓦尔旁边，胳膊肘懒洋洋地杵在吧台上，摆出一副自命不凡的样子，故意要惹他们生气。至少林登是这样想的。

“早上好，泰勒先生。”他生硬地回答。

“斯托尔斯那边怎么样了?”巴兹问道，露出极为友好的笑容，意在进一步激怒他。“希望我能帮上忙。”

林登想:“这个人傲慢无礼，他指望我谢谢他吗?”“我想你再不会和你的前合伙人做生意了，”他冷冷地说，“斯托尔斯中士已被降职。”

“哦，天哪，”巴兹的脸上流露出极其关切的表情，“天哪，天哪，他肯定不开心。”

“走开，巴兹。”瓦尔插话道，“你他妈的真烦人，别再说这些鬼话。对不起，司令官，”她边说，边沿着吧台给两位澳大利亚军官端去空杯子，“马上就来。”

巴兹好像服从了老板的命令，不再懒散，笔直地站好，但举止仍然傲慢无礼。“哦，天哪，不，可怜的老伙计，”他同情地摇着头，说道，“他会很不开心的。”巴兹一边摇头，一边发出恼人的啧啧声，慢悠悠地走出了酒吧。

“对，”林登想，“你说得太对了，他不会喜欢这样的。列兵斯托尔斯一点儿也不喜欢这样。我不知道那些人有没有把他打得屁滚尿流，我不会怪他们的。他现在可能已经半死不活了。”

斯托尔斯还没有半死不活，也还没有被殴打，这只因为他狡猾。从前一天下午到第二天早上，他一边和那些恨他的人一起干活儿，一边继续传播关于马克斯韦尔的故事。马克斯韦尔是如何残忍地杀死安东尼·希尔的：“真冷血，我发誓，根本没有挑衅……”马克斯韦尔是如何勒索他的：“如果我不把这件事弄得像个意外，他就会把整件事都推到我头上。他说没人会相信我，白人军官不会相信黑人士官的话？那个马克斯韦尔，他是个邪恶的混蛋……”

斯托尔斯并没赢得士兵们的同情。他自己知道，士兵们也知道。但大家都在听他讲。他在疯狂地给自己开脱罪名，其实，他做的正是约翰逊指控他做的事。他在煽动士兵，煽动他们复仇的欲望，这种分散注意力的策略被证明是成功的。士兵们的注意力从他身上转移到了马克斯韦尔，整个营的人都在谈论马克斯韦尔的事，议论的声音越来越大，复仇之火持续发酵，能不能酿成森林大火也只是时间问题。

“十分抱歉，巴兹就这副德行，”瓦尔说着，再次走到林登身旁，“他有时真招人烦。”

“是啊，”他赞同道，“巴兹确实惹人讨厌。”

“也有可取之处。”她环顾酒吧，“这里有点吵。想上楼吗？我去给我们弄杯咖啡。”

瓦尔自己不喝咖啡，更喜欢喝茶，如她惯常所说是个完完全全的“茶女”。但镇上来了美国人，一如她常说的，她得学会“吃垃圾”。她还教会吉尔按美国佬喜欢的方式煮咖啡，她很自豪能随时提供咖啡。

“哦，谢谢你，瓦尔，”林登感激地说，“能喝到咖啡就太好了。”

她绕着吧台转了一圈，向贝蒂示意，食指指向楼上，贝蒂点点头。

他们走进接待区，碰上正在下楼的伊迪姨妈。她一直在整理送洗衣物，巴兹会把衣物送到玫瑰湾的洗衣店。

伊迪经常打电话“要把送洗的衣物整理一下”，她本可以轻松地把这个活儿交给能干的女儿来做。但她非常喜欢走着进城，喜欢坐在厨房和吉尔边喝茶、边吃饼干、边聊天。即便她不在洗衣店，那些来自棕榈岛的姑娘们也能轻松地处理好一切，她现在有好大一群姑娘。

“你好，伊迪。”瓦尔说着，和林登开始上楼。

“你好，瓦尔。”伊迪立刻停了下来，等着瓦尔介绍。

瓦尔不得已介绍道：“这是约翰逊司令官。司令官，这是伊迪姨妈。”

“你好，女士。”林登礼貌地对这位土著妇女说道，对方像瓦尔一样敏锐地上下打量着他。

“美国海军……”伊迪端详着林登上衣的纽扣和剪裁。“无可置疑，你们美国佬的服装就是有派。就看那样式，是吧，”她迅速瞥了瓦尔一眼，赞赏地挥了挥承接各式服装的手，接着说，“面料和做工都比澳大利亚军服好，裤子有拉链，不像我们士兵的裤子用纽扣。”

“伊迪姨妈是专家。”瓦尔对林登解释说。“是的，”伊迪骄傲地笑着说，“汤斯维尔最好的洗衣店。”她的目光暂时离开那身军服，抬起头来望着美国军官的脸。“天哪，他个子真高，”她想，“而且也是个大人物。”她一看到他就知道，她喜欢他说话的样子，像一些美国兵一样慢条斯理的。“只要你把衣服拿给我，我可以把它变得像新的一样还给你。”

“谢谢您，伊迪姨妈，我会记住的。”林登从瓦尔的语气看出，“姨妈”是一种称谓，所以他在使用这个称呼时，表现出得体的尊重。

瓦尔继续带路。她要是不打断，伊迪会站在这里聊一整天。“请让吉尔给我们端杯咖啡来，好吗，伊迪?”她边说边往楼上走。

“好的，瓦尔。”伊迪又对那个美国佬笑了笑，然后向厨房走去。

办公室里就他们两人，瓦尔没有坐在桌子后面，而是坐在一张扶手椅中，桌子会产生隔阂。

林登在她对面的另一张扶手椅上坐下，两人之间只有一张小咖啡桌，这种不拘礼节和友好的气氛使他很高兴。

“那么，林登……”她说道，跷着二郎腿，露出一双整洁的脚踝和膝盖。瓦尔身体丰满，双腿匀称，她也喜欢展示。“什么事儿承蒙您到访?还需要我为您的调查提供什么帮助吗?”

“不，不，”林登急忙说，目光从那双迷人的腿上移开，“我的调查任务结束了，今天下午就走。我来是为了感谢你的帮助。我向你保证，你帮了大忙。”他意味深长地补充了一句：“比你想的要大得多。”暗示他本希望能告诉她，但这件事是最高机密。

“哦，我很高兴，”她热情地微笑着，“我很愿意能帮上‘大忙’。那你一会儿去哪儿？回家？还是……”她像是很感兴趣，问出这些问题。瓦尔在跟他调情。在她这个年纪被人发现有魅力，尤其是被比她年轻20岁的人，是件好事。

“哦，不，极为肯定的不是回家。”他说着，严肃地摇了摇头。她的微笑如此诱人，使人浮想联翩，他决心给她留下深刻印象。就像许多其他女人一样，她显然被他所吸引。“我要乘飞机去执行轰炸任务，当然，我能说的仅此而已。”他露出歉意的微笑。

“你当然不能多说了。”她回答道，“接受道歉，”然后她继续说，语气中带着关切，“好吧，你一定要安全回家，林登。”

“哦，我会的，瓦尔，我当然会平安回家。”他看得出，到目前为止，她挺喜欢他的，但这只是一个开始，他还有很多东西可以展示。“实际上，我还可以向你多透露一点儿，”他神秘地向前探着身子说，“我在汤斯维尔这里进行的调查比我即将执行的飞行任务更重要。”

“哦，真的吗？”“天哪，”瓦尔想，“真有趣，他居然把我当回事了。他以为我喜欢他。”

“是的，真的，我发誓。我当然不能告诉你细节，但我来此是直接听命于美利坚合众国总统富兰克林·罗斯福本人。”

“天哪!”她忍住笑，说道，“这个我知道，亲爱的!”她想:“半个镇子的人都知道。”

林登谦逊地承认:“说实话，瓦尔，别告诉别人，罗斯福和我关系亲密。真的，非常亲密，我想他不会把这个任务交给除我之外的别人。”

瓦尔放下跷着的双腿，表示调情结束。“你太狂妄了，伙计,”她想，“是时候打断这种蠢话了。”“这样的话，林登,”她说，“我不得不承认，见到你绝对是我的荣幸。”

林登意识到她的肢体语言，也许这意味着他们短暂的调情结束，但他完全误解了瓦尔的意思。“也许你会喜欢我此行的小小纪念。”他说道，并把手伸进制服里，从胸前口袋里掏出一张卡片。“请接受我最真诚的问候。”他说着，把卡片递给了她。

瓦尔接过卡片，低头一看，惊呆了。“他是认真的吗?”她想，“他不可能是认真的，这一定是在开玩笑。”她手里拿着一张明信片大小的林登本人的照片。他穿着海军制服，凝视着相机的镜头，脸上带着得意的微笑，只能说是一种假笑。

“天哪，天哪。”她终于说出来，再也想不出别的话了。

“是的，”他赞同道，“相片很清晰，不是吗？”林登很为他的个人肖像卡片感到自豪。所有大咖级电影明星都有这种卡片，至少他听说是这样的。“我来之前在好莱坞做的。”

“为什么？”她问，仍然处于惊呆之中。

“我想做个纪念吧，”他说，“你知道，就是我此行的纪念。如果你愿意，我很乐意为你签名，让卡片更美观和富有个性化。”他把手伸进胸前的口袋，掏出自来水笔。

“我想这个是让我加深印象的，是吧？”她问。他停止拧钢笔盖，盯着她，有点吃惊。“啊……是的，”他说，“是的，我就知道你会印象深刻。”

“是时候让那家伙难堪了。”瓦尔想，但她会和颜悦色地做。林登尽管狂妄自大，她还是挺喜欢他的。“现在你听我说，亲爱的，”她说着把卡片扔在咖啡桌上，“我才不在乎你和你的好朋友罗斯福。事实上，我才不管你会不会成为下一任他妈的美国总统。对我来说，你就是普普通通、可爱的林登·约翰逊，永远都是。”

“哦。”林登彻底泄了气，“那么你是不想让我签名了。”他嗫嚅着说。

本是半开的门突然被打开了，伊迪倒退着走了进来，手里拿着托盘。她决定自己把咖啡端上来，以便和那个高个子美国佬再聊聊。她把吉尔也一道带来了，她很想让女儿见见这么显赫的美国军官。

吉尔彬彬有礼地在门口徘徊着，母亲已轻盈地走进房间。

“不是，我当然想要你的签名了，”瓦尔说，“给伊迪姨妈签名吧。”“嘿，伊迪，”她说着，从咖啡桌上拿起卡片，给伊迪端来的托盘腾出地方，“想要一张司令官的照片吗？他很高兴为你签名。”

“哦……”伊迪从瓦尔手中接过卡片，欣喜若狂地叹了口气。“哦，感谢上天保佑，看看这个，好吗？”她又叹了口气，把卡片紧紧地抱在胸前，然后把它塞给林登。“是的，您能帮我签个名吗，司令官？”

瓦尔把托盘端起来，放在一个膝盖上，把咖啡桌腾出地方让林登在卡片上签名。

“是有单人旁的那个‘伊’字。”

“伊迪姨妈留念，林登·约翰逊”，他签了名，把卡片交还给她，伊迪仰慕地看着。“是啊，看起来真不错。”她说。然后，她突然想起了女儿，接着说道：“能否请您也给我的吉尔签个名。”

瓦尔抬起头来，这才注意到吉尔，她还耐心地等在门边。

“进来吧，吉尔，”她挥挥手说，“进来吧，见见司令官。”“伊迪就他妈是这样，”她想，“把孩子带上楼，然后忘得一干二净。”

吉尔害羞地朝桌子走过来。

“这是伊迪姨妈的女儿吉尔，”瓦尔说，“吉尔·伊兰巴。”令她非常高兴的是林登站了起来。

“你好，吉尔。”

“天哪，林登，太让人惊喜了。”瓦尔想。

“您能把吉尔的名字也写上吗？”伊迪说着，把卡片塞给他。

“我可以再写。”林登坐下来，又从口袋里掏出一张卡片，签了名。“吉尔惠存，致以最美好的祝福，林登·约翰逊”。

伊迪从女儿的肩膀上望过去，看到吉尔接过卡片，她被深深地打动了。“天哪，”她想，“这真是值得骄傲的事。吉尔收到了‘最美好的祝福’。这真是太棒了，真的。”

“非常感谢您，司令官。”吉尔说，脸上露出愉悦的微笑，令林登觉得美得难以置信。

“这是我的荣幸，伊兰巴小姐。”他甚至还记得她的姓氏。当然了，林登总能记住漂亮姑娘的姓名。

伊迪开心地笑了。“我等不及要给姑娘们看了。”她又有了个主意。“嗯，您能再给我洗衣店的姑娘们几张照片吗，司令官？”她满怀希望地问道。

林登正要从口袋里再掏出几张卡片，他总是带着半打或更多的卡片，但瓦尔制止了他。

“司令官没有多余的了，伊迪，”她说，“这两张照片很特别，是特意送给你和吉尔的。你明白我的意思，不是吗？”

“我们当然明白！瓦尔。”伊迪代表娘俩使劲地点了点头，把卡片抱在胸前。“我告诉你，没人能从我这里得到这个。除非我死了。谢谢，司令官，我会珍惜这张照片的，我会的。”

“我也是。”吉尔接着说道，在很多方面，她的话比母亲的话更有深意。吉尔手中的照片将来不仅是值得夸耀的东西，也是对宝贵时光的回忆。

吉尔依旧去跳舞。她喜欢和美国兵跳牛仔舞和吉特巴舞。她没有和贝蒂一起去，贝蒂再也不想跳舞了。吉尔不知道原因，但她猜想是因为贝蒂怀念凯西，第96营的男孩们不能进城，他们的俱乐部仅仅开了一晚就关闭了。吉尔和洗衣房一位棕色皮肤的棕榈岛姑娘一起去跳舞，那个姑娘和她一样是混血儿，他们与白人和黑人士兵一起跳舞，度过美好时光。两个女孩儿非常受欢迎，司令官送给吉尔的这张照片会使她想起这些珍贵而短暂的日子。

伊迪和吉尔怀抱卡片离开了，面对林登质疑的目光，瓦尔答道："伊迪洗衣店的姑娘在夜里还做点兼职，至少有相当一部分人是这样。你的照片最终会出现在汤斯维尔的每家妓院里。"

"我明白了，"他回答道，"谢谢你，感谢你及时的制止。"他当然很感激。他的照片在妓院流传，对他的事业和婚姻都有害。

但林登依旧感到困惑。正如所料，瓦尔的怠慢让他感到困惑而不是愚蠢。带有他肖像的卡片对许多收到他馈赠的人都产生了相当大的影响。他们都极为感激，至少他们看起来如此。然而，瓦尔……？瓦尔·卡拉汉就是瓦尔·卡拉汉，不是吗，这个女人和他以前见过的女人都大不相同。

瓦尔意识到林登的困惑，决定进行弥补。"这家伙真是个傲慢自大、自以为是的混蛋。"她想。

"我去把这咖啡弄得更好喝点，怎么样?"她提议道。瓦尔从扶手椅上起身，走到角落的柜子边，拿了两瓶班达伯格朗姆酒回来，一瓶喝了一半，另一瓶还没开封。

她坐了下来，把那个没打开的瓶子放在身旁的地板上，先拿起桌上的咖啡壶给两人各倒了杯咖啡，又拿起那半瓶酒把两个杯了斟满。然后她举起杯子。

"为你的事业干杯，林登。"她是认真的，她能看出他内心的渴望和野心。"祝你好运。"她想。即使是像林登这样狂妄自大的人也会出人头地，见鬼，美国就是这样，不是吗？她说道：“为你的事业，为远方的朋友，为班达伯格朗姆酒干杯。”

他举起杯子和她碰杯。“为所有这一切干杯。”他非常真诚地回应道。

他们又舒适地聊了20分钟左右，就着朗姆酒喝了第二杯咖啡。林登离开之际，瓦尔拿起那瓶还没开封的班达伯格酒，放到桌子上。

“一点心意，不成敬意。”她接着说道，“如果你喜欢，就做个纪念吧，你的北昆士兰之行纪念。”她面带微笑，尽管话语满是善意，语气却有些嘲弄。

“我一定不会忘记你的，瓦尔，”他回答说，“你帮了我那么多。”

“你当然不会的，林登，我不容易让人忘记。”她站起身来。“走吧，我跟你下楼，把你送到前门，免得伊迪在那儿等着。”

他们躲过了伊迪，她已经在回玫瑰湾的路上。穿过接待区时，瓦尔突然有了主意。

“等一等，”她说，“为什么不请您在访客簿上签名呢？那对我来说可比签名照重要得多，这样就会让人知道你真的来过这里，就在我的旅馆里。”

“乐意效劳，瓦尔，非常乐意。“林登很高兴她想把他的来访记录下来，这证明她还是敬重他的。

瓦尔看着他再次从胸前口袋里掏出钢笔，在前台桌上那本访客簿上龙飞凤舞地签上名。

“这只是访客留言簿，”她想，“不是旅馆的登记簿，如果真有一天他成了美国总统会怎样？很显然，他野心勃勃想要成为总统。见鬼，我可以说他来过棕蛇酒吧这里。这确实是值得炫耀的，不是吗？”

旅馆的前门敞开着，他们握手道别。

“再见，瓦尔，”他说，“我发誓我不会忘记你的。”“我知道你不会的，林登。谁知道呢？我们也许还会再见面。”她站在那里，看着他沿着斯托克斯街南行，朝弗林德斯大街走去，腋下夹着那瓶班达伯格酒。

一周后，A连和C连被派往新几内亚，在那里，与同一军团的其他连会合。他们在抵达汤斯维尔后不久就被调往莫尔兹比港。第96营的所有连现在的都在新几内亚服役。在昆士兰北部，汤斯维尔市外被当地人叫作凯尔索的地方发生的惨烈暴动，都将成为过去，就好像从未发生过。

A连和C连的士兵作为工程兵，没有参加战斗的任务，但在派往莫尔兹比港的人员中，有相当多的人已不在原先的名单之中。其中就有C连的白人指挥官查尔斯·勒罗伊·马克斯韦尔上尉。记录显示，马克斯韦尔已被剥夺军衔，并将调往美国海军陆战队。但他未能成行，也没有随他以前指挥的部队被派往新几内亚。他的命运发生了截然不同的变化。

凯尔索暴乱调查结束的三天后，人们在离营地大约一英里处的河边发现了查克·马克斯韦尔的尸体。奇怪的是，就在离安东尼·希尔尸体被发现的不远处，更为离奇的是，他的死因碰巧也是颈部骨折。

两人的死因纯属巧合，调查未能找到任何谋杀的证据。没有目击证人。罗斯河冬季的河岸又陡又滑，在这个特别的交汇处，错综盘绕的灌木丛很容易使人跌倒，从尸体坠落时被破坏的植被所留下的路径就可以看出这一点。除了宣布意外死亡外，别无选择，尤其是在部队即将出发前往海外。军方永远不会承认，宣布查尔斯·勒罗伊·马克斯韦尔“意外死亡”的确最为简便。

接下来的日子，他们等待出发，塞缪尔·罗宾逊思忖着查克·马克斯韦尔的死。当然，每个人都知道他被谋杀了，但无人提及此事，甚至没人私下议论。官兵们团结一致，正义得到了伸张。塞缪尔想：“没有必要去猜测究竟谁是肇事者，毫无疑问，这次是集体行动。”马克斯韦尔已被法官和陪审团宣判有罪，即刻处决。

他还是不禁对当时的情形感到疑惑。他们不会在营地杀他，然后把尸体运到河边，他们不会冒这个险。不，不，他们会把他绑架，然后把他带走，不让任何人看见。

塞缪尔试着想象查克独自一人被黑人士兵包围时的感受。这看着不太对，不是吗？他脑海里一定涌现出对他父亲和三K党的回忆——戴着头罩的白人围着手无寸铁的黑人，知道那些白人要对黑人做什么，查克肯定会被吓呆。

“他们是不是辱骂他了，”塞缪尔想，“很有可能。但他们并没折磨他，尸体上没有任何印记，除了颈部明显骨折外没有他伤。也许你应该为自己感到幸运，查克，你的死可能比你将来在海军陆战队服役时会遭的罪要仁慈得多。”

塞缪尔认为再仔细考虑这件事已经没有意义。他无法让自己对查克·马克斯韦尔产生任何同情，这个人真正的死因将永远不为人知。“你的死就是个谜，查克，”他想，“众多谜团中的一个谜。”

他们出发前往莫尔兹比港的前两天，塞缪尔在城里的住处过了夜。第二天，部队将离开营地，在凯尔索过夜。

他和阿米莉亚认为离别不应伤感，他们尽可能分分秒秒在一起度过最后一晚的时光。他们几乎没睡觉。他们当然会做爱，但也会聊天，不是聊什么特别重要的事儿，而是聊他们最喜欢的书和音乐，他对爵士乐的酷爱，她对管弦乐的喜爱，他们还发现彼此都喜欢诗歌。他们有说有笑，情深意切，午夜时分，他们躺在床上吃着面包夹沙丁鱼。

她边享受着美味，边说："奥斯卡王沙丁鱼罐头是她'小时候的最爱'。"

他说："是的，我小时候也喜欢，但不记得是什么牌子了，感觉不是奥斯卡王这个牌子。"

他们都同时想到了一处，但她把话说了出来。"我们以前从未谈过我们的过去，是不是，"她说，"谈我们的童年或家庭，这是不是很奇怪？"

"也许吧。"他在想，还有一生的时间去做这一切，他希望如此。如果战争没有夺走他的生命。他一直等到他们吃完沙丁鱼。然后，他把盘子放在床头柜上，漫不经心地问道："顺便问一下，你的求婚提议还算数吗？"

"当然。我都准备好了，看。"她伸出左手，张开手指。

"没有婚戒。"他说。

"昨晚你来之前我把它摘下来了。你没注意到，对吧？"

"我没时间，发生了太多的事情。"他们接起吻来，满是沙丁鱼的味道。

凌晨三点左右，他们终于打了个盹儿，黎明时分，他们在缠绕成一团儿的床单和面包屑中醒来，最后做了一次爱，就只剩下半个小时了。

“走之前，我给你做一顿丰盛的早餐，”她说，“你一定饿坏了。”

“不，不要。”她刚起身，他就把她拉回身边。“我宁愿饿肚子，就待在这儿。”

“我也是。”她紧紧偎依在他身边，两人躺在那里，凝视着天花板。

“我会回来的，阿米莉亚，”他说，“你知道的，是不是?”

“是的，”她说，“我知道。”

他们无视战争的威胁。

他一只胳膊肘支着，低头看着她，一脸迷惑，这个话也许是，也许不是认真的。她不能肯定。

“我有个秘密，我想告诉你。”他说。

“噢？什么秘密?”

“我不姓罗宾逊，我姓拉比诺维茨。我是犹太人。”

“确实，”她说着，端详着那张长着鹰钩鼻的很有魅力的面孔，“是的，”她若有所思地说，“你看着像犹太人。”

尾　声

1964年

林登把酒杯里剩下的朗姆酒喝完；瓶子里的酒已喝了有三分之一，博比只喝了三杯，林登·约翰逊的酒量很好，丝毫没有醉意。

“罗伯特，就是这样，”他说，“这就是1942年发生在汤斯维尔第96营的故事。再来一杯班达伯格吗？”他拿起瓶子，鼓励地点头示意博比喝光杯中的酒。

博比顺从地喝了。“天啊，林登，这真是个可怕的故事。”他说，心烦意乱地看着自己的杯子又斟满了一杯朗姆酒。他确实觉得自己不胜酒力。

“是啊，确实可怕，不是吗？”林登赞同道，给自己倒了一杯。“你能理解为什么罗斯福想要对整个混乱局面保密了吧？直到今天还很少有人知道，那些知道的人，我发誓，什么也不会说。”

“但是那些死者的家属呢，”博比问，“怎么跟他们说的？”

林登说：“我认为他们被告知，自己的孩子死于罗斯河热病，是那个地区由蚊子传播的热带疾病。至少我是这么听说的，不太确定。之后那些年，我就不太清楚了。”他带着一种自嘲的微笑补充道，没产生什么效果，“我那个时候年轻，就是个稚笨的国会议员。”

博比看着约翰逊又喝了一大口，心中想道：“我想你从未幼稚过，林登。老实说，我很难相信你曾年轻过。我觉得你生下来就是个固执、渴望权力、自以为是的混蛋。”

“哦，我的天，”林登把他那杯班达伯格放回桌上，“没有上等苏格兰威士忌那么纯，但你得承认，这酒有种令人满足的刺痛感。我告诉你，还可以就着咖啡喝。”

博比忍住了要咖啡的冲动，空腹喝咖啡会不舒服，他不想分心。他来了兴致。

“罗斯福对你的报告有什么反应？他接受你对形势的分析了吗？”

“当然了，罗斯福完全接受了我的分析。”林登非常钦佩地回答，他的钦佩究竟是针对罗斯福还是针对他自己还很难说。“他说我的报告对他最有用，他没意识到我们对黑人士兵已经失控。”

调查的一些内容，林登没有与博比·肯尼迪分享。特别是有关皮特·维克斯以及使用他所撰写的报告一事，他把它作为自己的报告呈交给罗斯福。他认为事出偶然。他对形势的分析与维克斯一致，如果他来撰写详细的报告也会得出同样的结论。借用那个澳大利亚人的材料有什么坏处吗？反正它永远也见不到天日。他认为自己的做法省力、实际和高效。

林登接着说：“罗斯福也认为这是我们自找麻烦，我们把那些士兵派到热带，没有任何社交活动，没有女人，没有任何发泄的途径。他完全同意我个人的观点，我们把黑人士兵置于这样的境地就是自寻烦恼。最该死的是，你信不信，他竟然直接给他们建了个妓院。更重要的是，就在镇中心。”

“他做了什么？”博比很惊讶，“建了个妓院？”

“确切地说，不是一家妓院，他们称之为军人俱乐部，它是在红十字会支持下成立的。只为黑人士兵服务，我敢打赌，那里肯定有女人。同年晚些时候，他们开了这家俱乐部。妈的，罗斯福甚至在1943年派埃莉诺到澳大利亚时，去了这个俱乐部。可以说是得到了总统的认可。”

博比疑惑地扬起眉："不知道她会怎么想。"

"哦，我相信她肯定会认可的。"林登有意地说。"相信我，埃莉诺了解性欲望和需求。我认为不会有什么事情会让第一夫人感到震惊。"

他又喝了一大口朗姆酒，接着说："当然，也有一些当地人不喜欢为黑人建俱乐部，有些人仍希望黑人部队不要进城。但我想这是人的本性，不是吗？罗伯特，就像我之前说的，澳大利亚人和我们，其实并没有什么不同。我们没为黑人做过什么好事。"

林登粲然一笑。这一次，他幽默真诚地笑了，满脸璀璨的笑容。每当他杯酒下肚，讲起下流笑话，就会露出这种迷人的笑容。

"见鬼，澳大利亚人真的是露了马脚，不是吗？我是说'白澳政策'！这是什么狗屁名词？如果他们坚持《移民限制法》，就不会以种族主义者的混蛋形象示人了。"

一阵大笑之后，他又严肃起来。"这个政策今天仍然奏效，那些澳大利亚人不想在他们的国家看到任何非白人的影子。但我们比他们略胜一筹，罗伯特，这是理所当然，我们是文明世界的领袖。我们有那个。"

他用手指戳了戳桌子中间的那份文件。"我们有《1964民权法案》，从明天起，它就会在全国实施。这是值得骄傲的事，不是吗？”

“我同意，林登。是的，确实值得骄傲。”

博比不得不承认，在那一刻，也许是不情愿，他确实对约翰逊的敬意油然而生。在博比心目中，林登仍然是粗声大气、傲慢无礼、庸俗不堪之类。但他总体上是个好人。价值观正确。杰克被暗杀后，他努力推动该法案的通过，一如杰克自己一直坚持的那样，他是个非常聪明的政治家。

“博比，没有他，我们不可能当上总统，”杰克说过，“没有约翰逊，我们将一事无成。”

林登非常喜欢向博比·肯尼迪讲述自己的冒险经历，现在他能感觉到这个年轻人对他重新产生的尊重，尽管他一直认为这种尊重毫无意义，但还是令他高兴。约翰逊担任副总统期间，他与肯尼迪总统形成了良好的工作关系，但他一直知道两兄弟都有点瞧不起他。肯尼迪家族历来如此。现在他想，能感觉到这种柔和的变化真是太好了。班达伯格的作用？

“你喝得太慢了，博比。”他说着，又斟满了朗姆酒。博比的还没喝。他举起酒杯，“我想最后敬一杯，为杰克、为美国，为所有人的平等权利。”

“我要为此干一杯，总统先生。”

他们碰了杯，一饮而尽。

作者后记

事实还是虚构?

《棕蛇酒吧》是一部虚构作品，取材于人们所知甚少的真实事件。这部小说是个有趣的结合，对作者（我知如此）和读者来说（至少希望如此）均是考验。

书里有不少这种结合的例子。

除富兰克林·D.罗斯福（FDR）、艾森豪威尔、林登·贝恩斯·约翰逊（LBJ）和罗伯特·肯尼迪四位美国历史人物，以及一位不太引人注目的人物——1939年至1944年担任汤斯维尔副市长的汤姆·艾肯斯之外，书中人物皆为虚构。

棕蛇酒吧，以及它所在的酒店也是虚构的。出于叙事目的，小说将棕蛇酒吧设定在老赫伯特酒店的旧址。

其前身是法院酒店，建于19世纪后期，1910年更名为赫伯特，20世纪20年代，原来的建筑为现在的红砖结构所取代。

当地《新闻简报》的记者皮特·维克斯也是虚构的，但他在小说中的角色非属虚构。记者皮特的原型是美国战地记者罗伯特·谢罗德，当时驻扎在汤斯维尔。他给了林登一份关于第96营兵变的报告，尽管约翰逊警告他这份报告涉及内容过于“敏感”，他还是十分天真地希望能够绕过战时审查。回美后，罗伯特显然呈交了这份报告并谎称出自其手。至今，报告的副本仍保存在林登·约翰逊总统图书馆。

北美军人俱乐部是专门为非裔美军士兵创建的，1942年在汤斯维尔弗林德斯大街380号正式营业。埃莉诺·罗斯福总统夫人于1943年在其北昆士兰之行时到访了俱乐部。

尽管谣传众多，也无切实证据，但汤斯维尔令人震惊的兵变和伊萨山的非裔美国士兵的死亡事件都是事实，我想没人知道全部真相。

1966年，美国总统林登·约翰逊对澳大利亚进行正式访问。他是第一位在任期间访问澳大利亚的美国总统，汤斯维尔是他行程的一部分，个中缘由已无从得知。

为避免混淆，现简要进行说明：伊迪姨妈洗衣店所在的玫瑰湾实际上是罗威湾，以查尔斯·塞维利亚·罗威命名，他是克利夫兰湾最早的一位定居者。该名称在第二次世界大战后才开始使用，在此之前，该地区被称为玫瑰湾或罗斯湾。

致 谢

首先也是最重要的，我要感谢我的丈夫布鲁斯·维纳布尔斯，他一直是我灵感和支持的来源，即便有时会让我分心，他始终是我的佳配良偶。

我还要感谢那些在各自专业领域给予我鼓励和实际帮助的朋友：詹姆斯·劳里、苏·格里夫斯、迈克尔·罗伯茨、科林·朱利安、苏珊·麦基·胡克韦。

我也非常感谢我的出版人贝弗利·考辛斯，编辑凯瑟琳·希尔和亚历山德拉·纳卢斯，经纪人杰西卡·马尔帕斯和凯伦·里德，以及澳大利亚企鹅兰登书屋辛勤工作的整个团队。

我由衷地感谢安妮·杰克逊在研究方面所给予我的支持，她与我分享了她对战时汤斯维尔的童年记忆，慷慨地把富有洞察力的资料借给我，包括她个人的回忆录《人生点滴》。

我还要感谢汤斯维尔的许多热心人，尤其是汤斯维尔市图书馆的工作人员：黛布拉·克罗斯、西蒙娜·罗斯汀、罗宾·马康纳奇，他们为我提供了丰富的历史资料。

感谢北昆士兰陆军博物馆的工作人员：科比、艾伦等人。

感谢汤斯维尔表演艺术博物馆的金姆和罗德。

感谢当地历史学家雷·霍利亚克。

我个人还要感谢老朋友丹尼·米尔斯，他的水纹餐厅是我研究之旅的大本营。真希望你的美食与美景兼具的大本营能始终与我相伴，向丹尼致以最真诚的感谢。

我的研究资料还包括：

《这个城镇与众不同：1942—1945汤斯维尔回忆》，盖·科普曼、黛安·万斯，图林戈瓦市议会，1992。

《一个人的多数：汤姆·艾肯斯和汤斯维尔的独立政治》，伊恩·摩尔，昆士兰大学，1979。

《1942的澳大利亚：最危险的一年》，希瑟·布朗，澳大利亚杂志，全国新闻有限公司，1992。

《身边的翅膀》，罗德尼·G.卡德尔，安菲翁出版社，1991。

《第二次世界大战（1942—1945）时的北昆士兰》，P.D.威尔逊，地理信息部，1988。

《战争中的汤斯维尔：1942驻军城市中的生活》，达里尔·麦金太尔，汤斯维尔市议会，1992。

《音乐永续：生活故事》，海伦·门兹主编，包括短篇小说《一战与二战》。安妮·杰克逊，希利亚德·哈德森出版社，2016。

译后记

《棕蛇酒吧》是澳大利亚著名女作家朱迪·纳恩所创作的一部激动人心、扣人心弦的作品。朱迪思·安妮·纳恩，曾以笔名朱迪·伯纳德·怀特发表作品，是一位多才多艺、资深的戏剧和电视演员，也是成功多产的广播和电视编剧及作家。

她创作的《风暴之眼》和《都市之眼》两部儿童冒险小说，在澳大利亚和欧洲持续畅销。《闪光游戏》《舞台中央》和《阿拉伦》是她在20世纪90年代初创作的三部小说，分别被改编成电视剧、戏剧和电影，一经出版就成为畅销书。之后，她开始撰写澳大利亚历史题材小说，如《卡勒》《南十字星下》《领地》《太平洋》《遗产》《潮汐》《马拉林嘎》《虎人》《爱莉安娜》《乾铁精神》《避难所》等，这些作品也被译成德语、法语、荷兰语、捷克语和西班牙语，奠定了她作为澳大利亚杰出小说家和国际畅销类型化小说写作者的地位。

朱迪思·纳恩天生就是个故事家。她的童年是在澳大利亚珀斯度过的。童年有如田园诗一般，住在美丽的天鹅河边，河流是她的游乐场。她生性好奇，勇于探险，喜欢各种挑战，她和哥哥罗伯特一起游泳、划船、钓鱼、捕蟹、捞虾，一起潜水采集贻贝。父亲鲍勃是一位农业专家，喜欢让孩子们体验新事物，有时也会带他们一起去西澳大利亚偏远地区出差。

早年的朱迪思·纳恩有视力问题，看不清远处东西，直到十岁才被诊断出来，为此她找到了创造性的解决方法。“我变成了一个非常聪明的小骗子，”她说，“如果妈妈从我们家俯瞰水面的阳台上指向远处的东西，我也会加入谈话，就好像我能看见一样，边猜边编。”她的另一个逃避策略就是阅读，她喜欢阅读R.M.巴兰廷的《珊瑚岛》，相信自己将来也能成为一名作家。

如果说父亲是她的英雄，那母亲南希则是对她影响最大的人。“她是一位非常优秀的教师，她最大的爱好是戏剧。在我看来，她一直都是一名演员，我很小的时候就决定要成为一名演员——当然，也要成为一名作家，但那是后来的事。”在母亲的影响下，朱迪十几岁就开始上表演课。1963年，她搬到悉尼，开始追求自己的表演梦想。后来，她又移居伦敦5年，从莎士比亚戏剧到BBC广播剧以及电视节目，1973年她回到悉尼，此时澳大利亚的戏剧和电影业正蓬勃发展。她直接进入了电视剧表演，其后的10多年，她成为澳大利亚电视上一张熟为人知的面孔。“表演教会了我关于角色和对话的一切。演员们需要不断地探索角色和人际间关系。在我自己的书中，我非常喜欢写对话，我发现这很自然，无论我的故事有多重要，我都专注于以角色为驱动。”1988年，纳恩与布鲁斯·维纳布尔斯结婚。她的丈夫也是位演员和作家，他们在写作上互相帮助。

如今，朱迪·纳恩的书籍在全球销量已超过一百万册，她是澳大利亚最成功的作家之一。2015年，她获得澳大利亚勋章，以表彰其作为编剧和演员在舞台和银幕上对表演艺术，以及作为作家对文学的杰出贡献。

《棕蛇酒吧》是朱迪·纳恩的一部新畅销书，取材于二战期间一个尘封了70多年的“真实”故事，故事发生在澳大利亚昆士兰州北部的汤斯维尔。1942年2月15日，新加坡沦陷，澳大利亚的达尔文遭到轰炸，澳大利亚本土受到威胁，许多人认为日军入侵在即。3月30日，盟军西南太平洋司令部（SWPA）成立，美国的道格拉斯·麦克阿瑟将军被任命为最高指挥官，总部设在布里斯班。多达一百万美国兵来到澳大利亚，其中约10万名为非裔美国人，部队主要驻扎在汤斯维尔。

一夜之间，这座昆士兰小镇成了交通枢纽，7万名奔赴南太平洋战场的美国和澳大利亚士兵聚集于此。

“到处都是军人。陆军、海军、空军，应有尽有，他们都身着卡其色军装……我们这里变成了一个卡其色的兵镇。”海滩上布满了铁丝网和炮台，历史性建筑被征用，舞厅里吹奏着爵士乐，人们在热跳着吉特巴舞和摇摆舞。汤斯维尔的棕蛇酒吧成了那些孤独买醉士兵们的寻欢作乐之处……

此时的澳大利亚和美国种族主义盛行。在奉行“白澳政策”的澳大利亚，士兵们对那些洋洋自得、“钱多、欲望强、到处都是”的“美国佬”心存不满，痛恨他们占领了自己的城镇，抢走女人。而民权运动尚未开始的美国，美军内部的冲突也愈演愈烈，黑人士兵享受着没有种族隔离的生活，而白人士兵则对此深恶痛绝。澳大利亚人与美国的白人与黑人之间的冲突加剧，种族暴乱终于在美军中爆发，年轻的美国国会议员林登·贝恩斯·约翰逊受罗斯福总统委派前往汤斯维尔进行调查，使真相浮出水面。

这些历史事实构成了故事的三个视角：努力适应“新常态”的汤斯维尔平民百姓、澳美两国的军人和政治家的故事。作者塑造了众多栩栩如生、个性鲜明的人物，酒吧老板瓦尔·卡拉汉——历经生活磨难、坚强自立、内心依旧善良如金；巴兹·泰勒——留着小胡子、衣冠楚楚、善于牟求暴利的黑市商人；伊迪姨妈——来自棕榈岛、热爱自身文化、勤勉自立、经历种族迫害的原住民；皮特·维克斯——充满激情、致力于挖掘“罗斯河热病”真相的新闻记者；查尔斯·马克斯韦尔——富有种族偏见、喜欢霸凌黑人士兵的白人军官；安特——逆来顺受、饱受种族主义之害的黑人士兵；林登·约翰逊——高大自负、前途无量、狡猾干练的总统特使，加上其他众多角色，每个人在这个小镇努力适应大批美国兵涌入的故事中都发挥了重要作用。

这部小说不仅仅是关于战争和涌入汤斯维尔的军人，潜藏在外表之下的是澳大利亚的“白澳政策”和美国的种族隔离政策所引发的紧张关系，白人和原住民之间、汤斯维尔居民和军人之间、美国军人和澳大利亚军人之间、白人美国兵和非裔美国兵之间的紧张关系。这些紧张关系在多处爆发，最终引发严重后果。书中使用了一些带有冒犯性的语言，如将非裔美国兵称为“黑鬼”，这是20世纪40年代的贬义用语，但却真实地反映了那个时代的价值观。

与主要情节并行的是两个爱情故事：非裔美军士兵凯西和汤斯维尔白人女招待贝蒂之间超越肤色的爱情，以及美国军官罗宾逊上尉和澳大利亚女房东阿米莉亚之间跨越文化的爱情。整部小说的故事情节跌宕起伏、引人入胜，虽话题沉重，有时令人心碎，有时却又温暖人心，感人至深。

本书的翻译得到了许多人的帮助和支持。感谢资深翻译家李尧教授的信任，使我有机会与中国工人出版社合作。感谢优秀的宋杨、李骁编辑，其专业的指导和帮助令我受益匪浅。感谢唐丹、吴倩倩两位同学对术语库和初译工作的贡献。感谢康燕彬教授作为本书的第一个读者通读了全稿。一路走来，很多朋友对本书的翻译提出了宝贵的建议，在此一并表示感谢。翻译的过程于我也是学习的过程，由于译者水平有限，翻译难免有疏漏之处，敬请专家、学者和广大的读者朋友批评指正。

赵雯
暨南大学

图书在版编目（CIP）数据

棕蛇酒吧 / (澳) 朱迪 · 纳恩著；赵雯译. —北京：中国工人出版社, 2023.12
书名原文：*Khaki Town*
ISBN 978-7-5008-8136-0

Ⅰ. ①棕… Ⅱ. ①朱… ②赵… Ⅲ. ①长篇小说－澳大利亚－现代 Ⅳ. ①I611.45

中国国家版本馆CIP数据核字（2023）第240226号

著作权合同登记号 图字：01-2023-0189

棕蛇酒吧

出 版 人 董 宽
责任编辑 宋 杨 李 骁
责任校对 张 彦
责任印制 黄 丽
出版发行 中国工人出版社
地 址 北京市东城区鼓楼外大街45号 邮编：100120
网 址 http://www.wp-china.com
电 话 （010）62005043（总编室）
（010）62005039（印制管理中心）
（010）62379038（社科文艺分社）
发行热线 （010）82029051 62383056
经 销 各地书店
印 刷 北京利丰雅高长城印刷有限公司
开 本 880毫米×1230毫米 1/32
印 张 14.5
字 数 185千字
版 次 2024年4月第1版 2024年4月第1次印刷
定 价 48.00元

“澳大利亚当代文学译丛”是澳大利亚西悉尼大学澳华艺术文化研究院与中国工人出版社·尺寸联合推出的文学翻译系列。该系列由中方主编李尧教授和澳方主编韩静教授主持，中方顾问胡文仲先生和澳方顾问周思先生（Nicholas Jose）指导，中国工人出版社宋杨负责出版运作。该翻译项目旨在将更多的当代澳大利亚重要文学作品介绍给中国读者，推进两国之间的文学文化交流。《莫利》即是该系列的译本之一。

FASIC

FOUNDATION FOR AUSTRALIAN STUDIES IN CHINA